ABTEILUNG 89 BÜCHER 12-14

MARK O'NEILL

An Monika und Schlumpf, meine Musen.

BEVOR SIE BEGINNEN...

Dieses Box-Set enthält die Bände 12 bis 14 der Abteilung 89-Reihe. Wenn Sie neu im A89 Universum sind, beginnen Sie mit dem Box-Set für die **Bände 1 bis 3**. Andernfalls besteht die Gefahr, dass Sie alles falsch verstehen – oder, schlimmer noch, sich die vorherigen Missionen verderben.

Sie können sich außerdem das KOSTENLOSE Prequel zu Abteilung 89 sichern, indem Sie dem Thriller-Leserclub beitreten.

Neben zahlreichen exklusiven Gratis-eBooks für Abonnenten bei der Anmeldung erhalten Sie außerdem jeden Monat ein neues kostenloses eBook.

MISSION DONNERSCHLAG

KAPITEL EINS

PADERBORN

Mikhail Kharkov begann, ernsthaft über den Job nachzudenken, den er angenommen hatte. Während der ramponierte Lastwagen mit der illegalen Ladung durch die dunklen Straßen Paderborns fuhr, fragte er sich nicht zum ersten Mal, ob er nicht wenigstens mehr Geld hätte verlangen sollen.

Aber das war schon immer sein Problem gewesen. Er war zu impulsiv, und konnte nicht nein sagen, wenn ihm jemand Geldscheine unter die Nase hielt. Wenn er Geld sah, schaltete sein Gehirn ab und der gesunde Menschenverstand galt plötzlich nicht mehr. Er hatte einfach nicht die Impulskontrolle, um Nein zu sagen oder zumindest die Sache zu Ende zu denken. Hätte er das in diesem Fall getan, hätte er sofort erkannt, dass er ein enormes Risiko für eine zu geringe Belohnung eingehen würde.

Er seufzte über seinen Mangel an Weitsicht. Jetzt war es zu spät. Seine einzige Möglichkeit war, den Auftrag zu beenden, indem er den Lkw nach Dortmund lieferte, schnell zu verschwinden und zu vergessen, was er getan hatte, wenn das überhaupt möglich war. Instinktiv bekreuzigte er sich und fragte sich dann, warum er sich die Mühe gemacht hatte. Er war bereits davon überzeugt, dass er direkt in die Hölle kommen würde, wenn seine Zeit gekommen war. Wahrscheinlich hatte Gott ihn schon vor langer Zeit als hoffnungslosen Fall aufgegeben. Seine Eltern hatten es jedenfalls getan.

Seine Gedanken wurden von blinkenden Blaulichtern auf der dunklen Straße unterbrochen. Wenn er die Augen zusammenkniff, konnte er allmählich die Umrisse einer Polizeisperre ausmachen. Sein Mut verließ ihn.

"Verdammt!", murmelte er, und seine zitternden Hände umklammerten das Lenkrad so fest, dass seine Knöchel weiß wurden.

So nah an Dortmund. Die Chancen, durch die Straßensperre zu kommen, wenn sie sich entschlossen, die Ladefläche zu kontrollieren, waren gleich null - und welche Polizeisperre wollte nicht den Inhalt eines Fahrzeugs kontrollieren?

Aber ein Feuergefecht mit den Bullen? Obwohl er bewaffnet war, war der Gedanke, auf eine Polizeisperre zu schießen und vor allem, dass die Polizei zurückschießen könnte, mehr als unattraktiv. Er hatte keine Lust, zu sterben und ebenso wenig, den Rest seines Lebens für den Mord an Polizisten im Gefängnis zu verbringen.

Dann dachte er: "*Suchen die überhaupt nach mir?*"

Er verdrängte den Gedanken sofort wieder. Bei diesem Job stand zu viel auf dem Spiel, als dass jemand ihn bei der

Polizei verraten hätte. Jeder wusste, für wen er arbeitete, und niemand hätte den Mut, sich gegen *ihn* zu wenden.

Er senkte langsam eine Hand und klopfte dreimal an die Wand hinter seinem Sitz. Das war das Signal für eine Polizeikontrolle, sodass die Hinterbänkler wussten, dass sie ruhig sein sollten. Ein diskretes Klopfen bestätigte, dass er verstanden worden war.

Kharkov entschied sich, daran zu glauben, dass es sich nur um eine zufällige Straßensperre handelte und er sich höchstwahrscheinlich einen Weg hindurch würde bluffen können. Seine Hände begannen zu schwitzen und er wischte sich instinktiv die Handflächen an seiner schmutzigen Jeans ab, als er langsamer wurde. Kharkov sah, wie ein Beamter seine Hand hob und nach vorne kam, in der anderen Hand eine Taschenlampe.

Zwei weitere Personen standen an der Absperrung. In der Dunkelheit konnte Kharkov keines ihrer Gesichter erkennen. Er kurbelte sein Fenster herunter und der kalte Nachtwind schlug ihm ins Gesicht, sodass es ihn fröstelte. Der Beamte mit der Taschenlampe trat an Kharkovs offenes Fenster heran und nickte.

"N' Abend, der Herr", sagte Wolfgang Schmitz, "kalte Nacht für eine Spazierfahrt."

Kharkov nickte nervös. "Ja, Sie haben recht. Ziemlich kalt."

"Das erklärt dann wohl, warum Sie zittern", sagte Schmitz, "Führerschein und Fahrzeugpapiere, bitte, und zwar schnell. Mein Chef schaut zu und es ist Zeit für eine Leistungsbeurteilung. Ach ja, und stellen Sie bitte den Motor ab. Das ist schlecht für die Umwelt."

"Ja, ja, natürlich", sagte Kharkov, kramte nach seinen Unterlagen und schaltete die Zündung aus. *Was war nur los mit ihm?* Dies war nicht seine erste Polizeikontrolle und es würde sicher nicht seine letzte sein. Aber im Moment zitterte er wie ein zugekokstes Eichhörnchen auf der Tanzfläche.

Als er Schmitz die Dokumente übergab, spürte er den beruhigenden Griff seiner Pistole, die er hinten in seiner Jeans versteckt hielt. Zum Glück war sie von seiner Jacke verdeckt, und so vor Schmitz' Blicken geschützt.

"Woher kommen Sie?", fragte Schmitz und sah sich die Unterlagen an.

"Kattowitz", sagte Kharkov gereizt, "das ist in Polen."

"Ich weiß, wo Kattowitz liegt", sagte Schmitz ruhig, "und was ist Ihr Endziel?"

"Dortmund".

"Sie Glücklicher", sagte Schmitz, "Man müsste mich bezahlen, damit ich auch nur die Nähe von Dortmund gehe."

"Ich werde bezahlt", sagte Kharkov trocken, "kann ich jetzt gehen?"

Anstatt zu antworten, wanderte Schmitz' Blick zum hinteren Teil des Lastwagens. "Was haben wir denn da hinten?"

Kharkov bemühte sich, den Klang seiner Stimme zu beruhigen. "Ich glaube nicht, dass ich Ihnen das sagen muss. Ich habe nichts Falsches getan, es sei denn, das Fahren mitten in der Nacht ist plötzlich ein Verbrechen."

"So selbstgerecht. Heutzutage ist jeder ein Anwalt", sagte Schmitz zynisch. "Ich gebe all diesen Anwaltssendungen im Fernsehen die Schuld."

Während Schmitz Kharkov im vorderen Teil des Lastwagens beschäftigte, machte sich Major Sophie Decker heimlich auf den Weg zum hinteren Teil des Fahrzeugs.

Sie hatte sich zunutze gemacht, dass Kharkov am linken Fahrerfenster mit Schmitz beschäftigt war, und näherte sich durch das Gebüsch auf der rechten Seite. Jetzt stand sie an der Hintertür des Lastwagens, eine Taschenlampe im Mund, während sie mit einem Dietrich das Vorhängeschloss öffnete, mit dem die Türen sicher verschlossen waren. Während sie arbeitete, konnte sie Schmitz weiter reden hören.

"Sind Sie Russe? Ich hatte einen Russen in meiner Familie. Aber das ist Hunderte von Jahren her. Hatte eine Affäre mit einer Zarin. Totaler Alkoholiker. Hatte Wodka in seinen Adern statt Blut...."

Decker lächelte vor sich hin. Schmitz konnte jeden in Grund und Boden reden. Kharkov saß erstmal fest. Schmitz wusste, was sie vorhatte, und er würde Kharkov so lange ablenken, wie es nötig war.

Das Vorhängeschloss schnappte schließlich auf und Decker entfernte es vorsichtig. Aber als sie versuchte, die Ketten zu entfernen, machten sie zu viel Lärm und Kharkov hörte es.

"Was zum Teufel?", schrie er und griff instinktiv nach seiner Waffe.

Schmitz hatte plötzlich seine eigene Waffe in der Hand und richtete sie ruhig auf Kharkovs Kopf. "Keinen Zentimeter bewegen, mein Freund, sonst verteile ich den Inhalt deines Kopfes auf der Windschutzscheibe. Und wenn du eine Waffe hinter der Tür hast, dann gib sie her - vorsichtig."

Doch bevor Kharkov die Waffe aushändigen konnte, hörten er und Schmitz den lauten Knall einer Schrotflinte aus dem hinteren Teil des Lastwagens - und schreiende Frauen.

Schmitz schaute zu seiner Rechten. "Major?"

Kharkov nutzte die vorübergehende Ablenkung und zog seine eigene Waffe aus dem Hosenbund. Er feuerte einmal, doch die Kugel verfehlte Schmitz' Kopf nur um Millimeter. Erschrocken ließ Schmitz seine Waffe fallen und fiel benommen rückwärts auf den Boden.

Als Feldwebel Penelope Brinkmann, die dritte Person am Kontrollpunkt, dazu eilte, drückte Kharkov das Gaspedal voll durch und der Lkw raste vorwärts. Er durchbrach den Kontrollpunkt und ein bewaffneter Mann fiel aus dem hinteren Teil des Lastwagens.

Der Mann, der herausfiel, hatte die Schrotflinte in der Hand. Es war seine Aufgabe, die Frauen im hinteren Teil des Wagens ruhig zu halten, vor allem, wenn sie auf eine Polizeikontrolle stießen. Es war auch seine Aufgabe, mit neugierigen Leuten fertig zu werden, die das Türschloss knacken wollten, um einen Blick in den Laderaum zu werfen. Die Frauen wurden zur Zwangsprostitution in die Bordelle seines Arbeitgebers transportiert, sie waren also viel Geld wert.

Deshalb hatte er auch sofort geschossen, als er hörte, wie das Vorhängeschloss und die Ketten von der Tür entfernt wurden. Sein Chef hatte ihm klargemacht, dass er zuerst schießen und dann Fragen stellen sollte. Zum Glück für Decker zielte er jedoch genauso schlecht wie Kharkov, und der Schuss ging direkt über Deckers Kopf hinweg. Dennoch fiel sie durch die Wucht des Schusses geschockt nach hinten.

In der Zwischenzeit hatte eine der Frauen beschlossen, die plötzlich geöffnete Tür zu nutzen, und in einem Anfall von Entschlossenheit hatte sie ihren Entführer auf die Straße geschubst. Beim Aufprall schlug er mit dem Kopf hart auf die Straße auf und wurde bewusstlos.

Kharkov seinerseits kam nicht sehr weit. Nachdem er das Polizeiauto aus dem Weg geräumt hatte, als ob es aus Pappe wäre, wollte er Gas geben. Doch Brinkmann rannte vor den Lastwagen, zielte und feuerte einen Schuss durch die Windschutzscheibe ab. Die Kugel traf Kharkov in die Kehle, und er umklammerte die Wunde, während ihm das Blut durch die Finger rann. Da er nun beide Hände vom Lenkrad nahm, geriet der Lkw ins Schleudern, kam von der Straße ab und fuhr in einen schlammigen Graben. Die Frauen im Laderaum schrien, während die hinteren Türen wild umherflogen. Dampf stieg aus dem zerstörten Motor auf.

"Major? Hauptmann?", sagte Brinkmann, immer noch ihre MP5-Automatikwaffe im Anschlag, "reden Sie mit mir."

"Ich sterbe", stöhnte Schmitz, auf der Straße liegend, "der Schuss hat mein Ohr nur um so viel verfehlt. Ich habe schöne Ohren."

"Und mein Ego ist tödlich verwundet", murmelte Decker, die auf allen Vieren mitten auf der Straße hockte, "wie konnte ich nicht wissen, dass sie jemanden hinten drin haben würden? Ich werde wirklich alt."

Nachdem sie sich vergewissert hatte, dass ihre Kollegen nicht verblutet waren, holte Brinkmann ihr Mobiltelefon heraus und schickte eine SMS mit einem vorher vereinbarten Code an die Zentrale, um mitzuteilen, dass der Vorfall schiefgelaufen war und sie dringend Hilfe benötigten. Dann rannte sie zu dem Lastwagen. Die Frauen saßen immer noch auf der Ladefläche und wirkten benommen.

"Bleiben Sie im Truck!", rief Brinkmann auf Englisch, "Sie sind in Sicherheit, aber Sie müssen bleiben, wo Sie gerade sind."

Ohne eine Antwort abzuwarten, bewegte sich Brinkmann langsam vorwärts, die Waffe geradeaus gerichtet. Sie fand Kharkov, der beim Versuch, aus dem Führerhaus zu klettern, gerade daran war, an seinem Blut zu ersticken, die Augen schreckgeweitet.

Es war offensichtlich, dass er nur noch Sekunden zu leben hatte. Er sah sie flehend an, die blutgetränkten Hände um Hilfe ausgestreckt, während er Blut gurgelte.

"Verdammt, dafür wird mich der Major am Arsch kriegen", flüsterte sie wütend, "sie wollte Sie lebend."

Der Klang von Polizeisirenen machte deutlich, dass die echte Polizei bald auftauchen würde. Als das erste Polizeiauto zum Stehen kam, wählte Kharkov genau diesen Moment, um seinen letzten Atemzug zu tun, und seine Hände fielen auf seine Seiten, die Augen waren weit geöffnet.

Die Polizei war verwirrt, als sie drei als Polizisten verkleidete Personen vorfand. Sie nahmen sofort an, dass Decker, Schmitz und Brinkmann Kollegen waren.

"Ich muss einen Ausweis sehen", sagte einer der Beamten und zückte seine Pistole.

"Wir sind von der Regierung", sagte Decker und humpelte nach oben. Sie hatte dem halbbewussten Bewaffneten von der Ladefläche Handschellen angelegt.

"Legen Sie Ihre Waffen nieder und helfen Sie den armen Frauen hinten aus dem Laster."

Der Beamte schaute auf den Lastwagen, aus dem einige der erschütterten Frauen mit angstverzerrten Gesichtern herausschauten.

"Ich muss trotzdem einen Ausweis sehen", sagte der Beamte hartnäckig.

"Rufen Sie Hauptkommissar Otto Busch von der Berliner Polizei an", sagte Decker, "er wird für uns bürgen. Mein Name ist Decker. Ich kann Ihnen garantieren, dass Sie eine Reihe von Obszönitäten hören werden, wenn Sie ihm meinen Namen sagen."

Als der Beamte sein Telefon zückte, um Busch anzurufen, hatte Decker den deutlichen Eindruck, dass der Beamte sie bereits vom Hörensagen kannte. Der Ausdruck in seinem Gesicht sagte alles. Wenige Augenblicke später kam er zurück, mit einem verärgerten Gesichtsausdruck. Er wandte sich an seine Kollegen. "Waffen runter. Ihre Geschichte stimmt. Verdammte Spione."

Er sah Decker an. "Sie haben recht. Hauptkommissar Busch hasst Sie. Er will auch wissen, warum sich der deutsche Geheimdienst in einen eindeutig illegalen Schmugglerring einmischt. Er denkt, dass Sie ... Zitat ... 'Ihre große Nase in Dinge stecken, die Sie nichts angehen - *schon wieder*' ... Zitat Ende."

Decker blickte ihn einen Moment lang schweigend an. "Folgen Sie mir."

Zögernd folgte der Beamte Decker, die auf den Lastwagen zuging. "Alle aussteigen!", rief sie.

Die Frauen schauten einander verwirrt an und stiegen langsam aus.

Decker sah den Polizeibeamten an. "Sie wollen wissen, warum wir heute Abend involviert sind?"

Sie stieg hinten in den Lkw ein, warf einen Blick auf die Seitenwände und griff nach einem automatischen Gewehr, das Schmitz ihr widerwillig reichte.

"Deswegen", sagte sie.

Mit dem Gewehrkolben schlug sie die Seitenwände des Lastwagens ein. Schließlich kamen versteckte Fächer zum Vorschein. In jedem Fach befanden sich ordentliche Stapel von Plastiksprengstoff und Zündern, dicht verpackt.

"Das waren nicht nur Sex-Händler. Das waren Terroristen", sagte Schmitz, der eine Hand fest auf die Schulter des Bewaffneten gelegt hatte, der sich langsam erholte und sehr mürrisch aussah, "dieser Sprengstoff war auf dem Weg zu IS-Gruppen hier in Deutschland."

"Gern geschehen", sagte Decker und warf dem verblüfften Polizisten das Gewehr zu, während sie aus dem Lkw sprang.

KAPITEL ZWEI

Zur gleichen Zeit, als Kharkov sein plötzliches und gewaltsames Ende fand, landete ein kleines Flugzeug auf einem privaten Flugplatz außerhalb von Berlin. Nachdem es zum Stillstand gerollt war, öffnete sich die Tür und ein Mann schaute heraus. Er sog die Luft ein, wie ein Bluthund, der eine Fährte sucht, und ging dann, scheinbar zufrieden, die Treppe hinunter auf das Rollfeld.

Seine Kollegen folgten ihm schwer beladen mit Taschen voller Equipment, aber er trug nichts. Privilegien seines Ranges, dachte er. Leute wie er trugen keine Sachen. Dafür hatte er Lakaien. Arrogant betrat er deutschen Boden, als gehöre ihm das Land und lockerte seine Schultern.

Es war ein langer Flug gewesen, und er hätte den Auftrag nicht angenommen, wenn er nicht vom CIA-Direktor selbst gekommen wäre. Man hatte ihm eine streng geheime Akte mit dem Namen "Operation Donnerschlag" ausgehändigt, ihm gesagt, wer sein Team sei und dass das Flugzeug am Flughafen warte. Zunächst war er verärgert über den

Befehl, aber als er begann, die Akte im Flugzeug zu lesen, änderte sich seine Stimmung schlagartig.

Er war hinter dem Attentäter von Präsident Trent her. Er hatte es auf *sie* abgesehen.

Während das Flugzeug über den Atlantischen Ozean flog, sah sich Agent Tom Finn wie besessen die verdeckten Überwachungsfotos von Major Sophie Decker an. Er prägte sich jeden Teil ihres Gesichts ein. Das war die Frau, die er töten sollte, zusammen mit jedem einzelnen Mitglied ihrer Abteilung. Die CIA wollte, dass die Abteilung 89 ausgelöscht und damit eine Nachricht an Bundeskanzlerin Meyer geschickt wurde.

Finn und sein Team waren die Boten.

Die Botschaft? Man legt sich nicht mit der CIA an und erwartet, ungeschoren zu entkommen.

Als Finn und die anderen ihre gefälschten Diplomatenpässe den Sicherheitsbeamten des deutschen Flughafens vorzeigten, dachte er an sein Treffen mit dem CIA-Direktor zurück.

Norman Lester saß an seinem Schreibtisch, las die Washington Post und trank starken, schwarzen Kaffee. Während Lester einen Leitartikel las und über den hochtrabenden Tonfall des Redakteurs spöttisch schnaubte, summte die Sprechanlage seines Schreibtisches. Er drückte auf den Knopf.

"Ja?"

"Agent Tom Finn ist hier, wie Sie gewünscht haben", sagte seine Sekretärin.

"Gut. Schicken Sie ihn rein", sagte Lester und drückte erneut auf den Knopf, um die Verbindung zu kappen.

Einen Moment später klopfte es an der Tür, und Finn kam herein. Lester schätzte ihn sofort ein. Er hatte viel über Finn gehört - viel Gutes, aber auch viel Schlechtes, je nach Sichtweise. Lester wollte jemanden, der rücksichtslos die Aufgabe erledigte, die ihm vorschwebte, aber er musste sicher sein, dass er die Aufgabe nicht einer außer Kontrolle geratenen, tickenden Zeitbombe übertrug.

"Agent Finn", sagte Lester, "kommen Sie bitte herein. Nehmen Sie Platz."

"Danke, Sir", sagte Finn unwirsch. Er sah erschöpft und abgekämpft aus, und in seinem Gesicht wuchsen die Stoppeln von drei Tagen. Dies blieb von Lester nicht unbemerkt.

"Bezahlen wir unseren Agenten nicht genug, Agent Finn?"

"Sir?"

"Sie scheinen sich keine Rasierklingen leisten zu können. Sie kommen zu einem Treffen mit mir und sehen aus, als hätten Sie die Nacht in einem Müllcontainer verbracht."

Finn kämpfte darum, seine wachsende Verärgerung zu unterdrücken. "Bei allem Respekt, Sir, ich bin gerade von einem Einsatz in Columbia zurückgekommen. Ich habe buchstäblich neunzig Minuten geschlafen, bevor mich Ihre Sekretärin anrief und mir sagte, ich hätte dreißig Minuten Zeit, um hier in Langley zu Ihnen zu kommen. Die Körperpflege ließ sich nicht in den engen Zeitplan quetschen."

Lester lehnte sich zurück und betrachtete Finn genau. "Wissen Sie, ich habe eine Menge guter Dinge über Sie gehört, Agent Finn. Sehr gute Dinge, wie zum Beispiel, dass Sie Ihre Arbeit erledigen, egal wie unangenehm sie ist. Andererseits habe ich auch gehört, dass Sie ein Temperamentproblem haben, ein Alkoholproblem, ein Problem mit Autoritäten und dass Sie an der Grenze zum Psychopathen entlangschrammen. Korrekte Einschätzung?"

Finn schmunzelte. "Mir war nicht bewusst, dass die CIA nur Chorknaben beschäftigt. Solange ich den Job erledige, ist es doch egal, wie ein Psychiater mich diagnostiziert."

"Letzten Endes ist mir das egal", sagte Lester, "aber ich muss sichergehen, dass meine Agenten im Außendienst - vor allem die, die inoffiziell arbeiten - den Kopf nicht verlieren. Kann ich mich darauf verlassen, dass Sie sich beherrschen und Ihren Auftrag einhalten?"

"Habe ich schon einmal bei einer Mission versagt?"

"Es gibt für alles ein erstes Mal, Agent Finn", sagte Lester und warf einen Aktenordner auf den Schreibtisch. Als Finn ihn aufhob, bemerkte er sofort die Bezeichnung "Streng geheim" und darunter den Namen der Operation.

"Operation Donnerschlag?", sagte Finn, "Ist das nicht ein bisschen theatralisch?"

"Lesen Sie das Dossier auf dem Flug", sagte Lester, "Ihr Team sitzt bereits im Flugzeug und wartet auf Sie. Abflug in dreißig Minuten. Am besten, Sie machen sich auf den Weg."

"Ich ziehe es vor, entweder allein zu arbeiten oder mein eigenes Team zu wählen", sagte Finn säuerlich.

"Sie werden tun, was man Ihnen sagt", sagte Lester kalt, "das wäre alles, Agent Finn. Ich erwarte alle vierundzwanzig Stunden ein Update. Bitte zwingen Sie mich nicht, ein zweites Team hinter *Ihnen* herzuschicken."

Als Finn das Büro mit einem, wie er glaubte, weiteren Scheißauftrag verließ, klappte er untätig die Mappe auf und sah sich mehrere Fotos an, die obenauf lagen. Anbei befand sich ein Stück Papier mit einem maschinengeschriebenen Befehl.

TÖTEN SIE ALLE

Es wurde gerade hell in einem Berliner Vorort, als Sophie Decker plötzlich in einem fremden Bett aufwachte. Ihre Augen flogen auf und ihr Adrenalin schoss in die Höhe, als sie versuchte, schnell herauszufinden, wo sie war. Dann erinnerte sie sich.

Kurz schloss sie vor Schreck die Augen und atmete tief durch, dann drehte sie sich um und sah hinter sich. Dort lag Penelope Brinkmann und schnarchte leise.

Decker schaute unter die Decke, stellte fest, dass sie beide nackt waren, und zählte eins und eins zusammen. Sie war entsetzt über ihre mangelnde Urteilsfähigkeit und stieß einen leisen Schrei aus.

"Oh Scheiße, nein", murmelte sie und suchte verzweifelt nach ihren Klamotten, "nein, nein, nein".

Die plötzliche Bewegung des Bettes und Deckers Gemurmel

weckten Brinkmann, die blinzelte und Decker alarmiert ansah.

"Ja, ich wusste, dass das eine schlechte Idee war, als wir gestern Abend wieder hier gelandet sind", sagte Brinkmann.

"Eine schlechte Idee?", sagte Decker, "Das ist noch milde ausgedrückt. Ich bin der vorgesetzte Offizier. Wenn das bekannt wird, könnte ich wegen Verbrüderung vor ein Kriegsgericht gestellt werden. Wo zum Teufel sind meine Jeans?"

"Wahrscheinlich im Flur", gähnte Brinkmann, "Sie können sich entspannen, Major, ich werde es niemandem erzählen und Sie sicher auch nicht. Es wird unter uns bleiben."

Decker funkelte sie an. "Wer's glaubt, wird selig. So etwas kommt immer heraus. Schmitz zum Beispiel ist kein Idiot. Er riecht so etwas schon aus einer Meile Entfernung. Er ist ein Bluthund."

"Dann sollten wir lieber duschen, um den Geruch abzuwaschen", sagte Brinkmann.

"Nein, ich gehe ins Büro", sagte Decker und zog die letzten Klamotten an, "und nur fürs Protokoll - das war eine einmalige Sache."

Bevor Brinkmann antworten konnte, hatte Decker ihre Pistole und ihre Jacke aus dem Halfter genommen und war zur Tür gehastet. Als die Tür ins Schloss fiel, seufzte Brinkmann.

"Sie weiß wirklich, wie man einem Mädchen das Gefühl gibt, begehrt zu werden."

Als Decker in das frühe Morgenlicht hinaustrat, schlug ihr kalte Luft ins Gesicht und sie fröstelte. Als sie ihre Jacke hochzog, verfluchte sie ihre eigene Dummheit.

Sie war lange genug beim Militär, um zu wissen, dass das, was sie in dieser Nacht getan hatte, sowohl monumental dumm als auch karrieregefährdend war, wenn es jemals herauskäme. Aber sowohl sie als auch Brinkmann waren nach dem Vorfall mit dem Lastwagen völlig betrunken gewesen und eines hatte zum anderen geführt....

Normalerweise, wenn Decker sich so fühlte, verarbeitete sie es mit Alkohol. Für sie war Sex nicht so wichtig. Für sie war der Job ihr Ersatz für Sex, und es war ihr peinlich, sich einzugestehen, dass es ihr einen fast sexuellen Kick versetzte, wenn sie bösen Jungs in den Hintern trat und damit davonkam.

Aber gestern Abend wurde ihr klar, wie sehr sie sich zu Brinkmann hingezogen fühlte, und dass sie schon seit geraumer Zeit so empfand. Sie konnte sich nicht mehr erinnern, wer den Anstoß gegeben hatte, aber eines war sicher. Wenn es hart auf hart käme, würde sie als Abteilungsleiterin den Kopf hinhalten. Wenn Köpfe rollen mussten, würde es ihrer sein. Sie trat wütend gegen die Wand, drehte sich um und ging die Straße hinunter, die Hände in den Taschen.

Als sie wegging, wurde sie von vier Männern in einem Auto auf der gegenüberliegenden Straßenseite beobachtet. Einer von ihnen war Finn.

"Das war ein unerwarteter Bonus", sagte Finn und zündete sich eine Zigarette an. "Wer hätte gedacht, dass Decker es mit ihren Untergebenen treibt? Noch dazu mit Frauen. Das heben wir uns für später auf, nur falls wir es brauchen."

Die anderen gluckten nervös.

"Nehmen wir Decker jetzt mit?", fragte einer.

"Nein", sagte Finn, "erstens ist sie kein Idiot und wird wahrscheinlich mindestens ein paar von euch erschießen, bevor wir sie vielleicht selbst erwischen. Und zweitens ist sie die Kirsche auf dem Sahnehäubchen. Sie kommt zuletzt. Ich will, dass sie sieht, wie ihre kostbare Abteilung Stück für Stück auseinander genommen wird. Dann werde ich sie persönlich von ihren Qualen erlösen, aber nicht bevor wir sie lange und ausgiebig gefoltert haben."

"Und was machen wir jetzt?", fragte ein anderer.

Finn deutete auf das gegenüberliegende Gebäude. "Schaltet Brinkmann aus. Und macht es *sehr* unschön."

KAPITEL DREI

Brinkmann stellte die Dusche ab, öffnete die Tür der Kabine und wickelte ein Handtuch fest um ihren Körper. Dann zog sie sich einen Bademantel an, trocknete sich gründlich die Haare und ging ins Schlafzimmer, während sie gedankenverloren eine Melodie summte.

Sie war wirklich sauer, und jetzt verstand sie auch, warum. Es war nicht die Ablehnung durch Decker, die sie ärgerte. Es war die Tatsache, dass Decker recht hatte. Was sie getan hatten, war für jedermanns Verhältnisse extrem dumm.

Aber Menschen in ihrem Beruf hatten nie die Chance auf ein "richtiges Leben". Ihre Chancen, jemanden für einen One-Night-Stand aufzureißen, waren praktisch gleich null. Schließlich wusste man nie, ob es sich bei der Person um einen unschuldigen Zivilisten handelte, der auf der Suche nach einem One-Night-Stand war, oder um einen ausländischen Agenten, der geschickt wurde, um einen zu töten oder in eine Falle zu locken.

Brinkmann warf das Handtuch auf den Boden und machte sich auf den Weg zurück ins Bad, als sie ein Knarzen hörte.

Sie wusste, dass die Treppen draußen Geräusche machten, aber sie knarzten *alle*. Ein einzelnes Geräusch war also nicht normal. Wenn ein Nachbar die Treppe hochkäme, würde sie jetzt eine ganze Reihe von Knarzgeräuschen hören.

Aber nur eine Stufe?

Das konnte für sie nur eines bedeuten. Jemand kam die Treppe hinauf, der nichts von den Stufen wusste und jetzt ganz still stand und überlegte, was er als Nächstes tun sollte.

Brinkmann öffnete den Schrank in ihrem Schlafzimmer, griff nach hinten und nahm vorsichtig ein schwarzes, abgenutztes Maschinengewehr heraus. Sie nahm auch ihren Standard-Panikknopf der Abteilung 89, den alle Mitarbeiter erhalten, und steckte ihn in die Tasche ihres Bademantels. Sie würde ihn nur benutzen, wenn sie sicher war, dass sie tatsächlich in Gefahr war. Sie würde in große Schwierigkeiten geraten, wenn sie den Knopf ohne Grund betätigen würde.

Sie vergewisserte sich, dass die Waffe richtig geladen war, und stellte sich an die Seite der Schlafzimmertür. Sie richtete die Waffe auf die Haustür und vergewisserte sich, dass sie nicht in der Schusslinie war, falls jemand durch die Tür stürmte. Sie versuchte, ihre Atmung zu beruhigen, die sich wieder beschleunigte, als sie ein weiteres hörte, dann noch eines.

Wer auch immer es war, er bewegte sich jetzt, und bei dieser Geschwindigkeit war es sicher nicht die 92-jährige Frau Hartmann aus dem Stockwerk darüber. Sie hob die

Waffe und zielte, um den Eindringling direkt in die Brust zu treffen. Sie hoffte nur, dass Frau Hartmann oder einer ihrer Nachbarn diesen Moment nicht nutzen würde, um mit ihren Einkäufen zurückzukommen.

Brinkmann hatte die mit Quecksilber gespickten Hohlspitzgeschosse selbst hergestellt und wusste, dass schon ein einziges von ihnen einem Gegner schweren Schaden zufügen oder sogar töten konnte.

Das Knarzen verstummte. Dann begann sich der Türgriff langsam zu drehen.

Brinkmann wusste in diesem Moment, dass sie wirklich in Gefahr war. Sie griff in die Tasche ihres Bademantels und drückte den Panikknopf. Kaum hatte sie das getan, zerschmetterte ein lauter Knall das Holz ihrer Tür und sie hob instinktiv eine Hand, um ihr Gesicht zu schützen.

Decker wollte gerade ihr Motorrad starten, das sie einige Straßen von Brinkmanns Wohnung entfernt abgestellt hatte, als ihr Telefon klingelte. Sie überlegte kurz, ob sie es ignorieren sollte, aber dann wurde ihr klar, dass sie das nicht konnte. Es könnte irgendjemand sein, egal was. Den Anruf zu ignorieren, kam nicht infrage.

"Ja, was?"

"Major, hier ist Liebermann. In der Wohnung von Feldwebel Brinkmann ist ein Panikalarm ausgelöst worden."

Deckers Herz blieb stehen. "Ein Panikalarm? Aber ich habe...."

"Was?", sagte Liebermann.

"Nichts", sagte Decker, "ich bin in der Gegend. Ich werde es mir ansehen. Schicken Sie mir Verstärkung, für den Fall, dass ich sie brauche."

"Brauchen Sie die Adresse?", fragte Liebermann, doch sie bemerkte, dass Decker bereits aufgelegt hatte.

Decker ließ den Motor ihres Motorrads aufheulen und schwenkte zurück in Richtung von Brinkmanns Wohnung.

Als sich der Rauch und der Staub gelegt hatten, sah Brinkmann einen maskierten Mann durch die Tür kommen. Er war mit einem automatischen Gewehr bewaffnet und war kurzzeitig durch den Rauch verwirrt, der ihm teilweise die Sicht nahm.

Brinkmann zögerte nicht. Sie hob das Maschinengewehr und feuerte einen kurzen Schuss ab, woraufhin der Brustkorb des Mannes förmlich explodierte. Seine Leiche flog durch die Wucht der Explosion rückwärts in die Trümmer der Türöffnung, und der Angreifer hinter ihm stolperte, als er versuchte, über seinen toten Kollegen zu steigen.

Brinkmann versuchte, erneut zu schießen, aber die Waffe verweigerte den Dienst. Sie konnte ihr Pech nicht fassen, warf die unbrauchbare Waffe hin und rannte durch ihr Schlafzimmer. Sie lief um das Bett herum, riss die Schublade des Nachttischs auf und zog eine Glock-Handfeuerwaffe heraus.

Sie rollte sich auf den Rücken und sah, wie der nächste Schütze ins Schlafzimmer kam. Bevor er schießen konnte, trat sie mit dem nackten Fuß gegen die Unterseite ihres Bettes. Der Schmerz breitete sich gnadenlos in ihrem gesamten Bein aus. Doch das Bett kippte um und prallte gegen das Schienbein des Eindringlings. Es hielt ihn für eine Sekunde auf, in der er das Gleichgewicht verlor und zurückstolperte. Aber das reichte Brinkmann, um ihm zwei präzise Schüsse aus nächster Nähe in die Brust zu verpassen. Er schrie vor Schmerz auf, seine Beine knickten ein, und er sackte zu Boden.

Der dritte Schütze kam jedoch nicht so schnell in den Raum. Er sah seine beiden toten Kollegen auf dem Boden und beschloss sehr schnell, sich ihnen nicht zu folgen, wohin sie auch immer gegangen waren. Stattdessen streckte er seine Waffe in den Türspalt und verteilte wahllos Kugeln im Raum.

Da sie auf dem Boden lag, flogen viele der Kugeln über Brinkmanns Kopf hinweg. Einige zertrümmerten die Fenster, aber die meisten schlugen harmlos in die Wand ein, sodass Putzbrocken auf den Boden fielen.

Doch Brinkmanns Glück verließ sie schließlich und sie wurde getroffen. Eine Kugel traf sie in den Arm und eine andere in die Hüfte. Sie blutete stark und versuchte, sich hinter dem Bett zu verstecken, aber sie wusste, dass ihre Handfeuerwaffe und das Holzbett einem automatischen Gewehr nicht gewachsen waren. Sie lag mit unerträglichen Schmerzen auf dem Boden, während die Kugeln weiter um sie herum den Raum zerfetzten, und hoffte auf ein Wunder.

Sie ahnte nicht, dass das Wunder bereits unterwegs war.

KAPITEL VIER

Decker beschleunigte weiter, als sie sich der Wohnung von Brinkmann näherte. Sie hörte einen lauten Knall und als sie um die Ecke bog, sah sie, wie das Schlafzimmerfenster explodierte und Glasscherben auf die Straße fielen.

Auf der anderen Straßenseite saß Finn im Auto und ärgerte sich. Wie er vermutet hatte, hatte Lester ihm einen Haufen Schwachköpfe als Team aufgehalst, und drei von ihnen waren entweder tot oder standen kurz davor, gefangen genommen zu werden. Er griff nach dem Kolben seiner Pistole und überlegte, ob er jetzt einfach rübergehen und Decker eine Kugel verpassen sollte, solange er noch die Gelegenheit dazu hatte. Doch das Geräusch der herannahenden Polizeisirenen überzeugte ihn davon, dass er wegmusste, solange es noch ging. Deckers Schicksal würde warten müssen.

Fluchend startete Finn den Wagen und fuhr langsam davon. Wenn einer von Lesters Idioten überlebte, war er auf sich allein gestellt.

Decker kam vor Brinkmanns Wohnhaus zum Stehen, warf die Maschine zu Boden und rannte mit aufgesetztem Helm hinein. Sie zog ihre Waffe, sprang die Treppe zwei Stufen auf einmal hinauf, und erreichte das, was von Brinkmanns Wohnungstür übrig geblieben war. Der Anblick der ersten Leiche ließ keinen Zweifel, dass gerade eine heftige Schießerei stattgefunden hatte.

Als sie das Schlafzimmer betrat, sah sie, wie ein weiterer Bewaffneter seine Waffe auf Brinkmann richtete. Ohne nachzudenken, stürmte Decker vor und rammte ihm ihre Waffe an den Hinterkopf. Er stöhnte und fiel nach vorne auf das umgestürzte Bett, wo er bewusstlos liegen blieb.

Decker rannte auf die andere Seite des Bettes und sah Blut auf dem Boden. Dann sah sie Brinkmann in einem blutroten Bademantel. Sie riss ihren Motorradhelm ab und warf ihn auf beiseite.

"Oh Scheiße, oh Scheiße", rief Decker, während sie auf die blutende Brinkmann zulief.

Brinkmanns Augen waren glasig, als Decker sie festhielt und ihr eine Ohrfeige verpasste.

"Wage es nicht, mir in den Rücken zu fallen, Sergeant!", rief sie, "komm schon!"

Brinkmanns Augen öffneten sich teilweise, als sie Deckers Jacke festhielt.

"Du hast dir verdammt viel Zeit gelassen", krächzte sie.

Als das Verstärkungsteam der Abteilung 89 eintraf, stürmte Schmitz an der Spitze das Gebäude. Zuvor drehte er sich um und wies auf die ankommenden Polizeiautos, die kreischend zum Stillstand kamen.

"Haltet sie auf", befahl Schmitz einem anderen Mitarbeiter, "das ist unsere Sache. Wir brauchen keine Polizei, die sich da einmischt. Wenn nötig, rufen Sie Busch an und sagen Sie ihm, er soll seine Leute an die Leine legen."

Ohne eine Antwort abzuwarten, zog Schmitz seinen Revolver und rannte die Treppe hinauf, gefolgt vom medizinischen Personal der Abteilung. Er zog eine Grimasse, als er die toten Körper und die zerstörte Tür sah. Er hatte plötzlich eine Vorahnung, was Brinkmann betraf. Sie hatten ihr wirklich übel mitgespielt.

"Major!", rief er, "Feldwebel! Einer von Ihnen muss etwas sagen!"

"Hier rüber", rief Decker.

Schmitz und die Sanitäter stürmten in das Schlafzimmer, wo sie ein Bild der Verwüstung vorfanden. Das umgestürzte Bett, der bewusstlose Angreifer auf dem Boden, das Blut, die Einschusslöcher, die zerbrochenen Fenster. Schmitz war fassungslos, vor allem als er sah, dass Decker eine regungslose Brinkmann hielt.

Schmitz' Stimme stockte. "Ist sie ...?"

"Nein", sagte Decker, "aber das wird sie sein, wenn die Sanitäter sie nicht sofort in einen Operationssaal bringen. Unsere Einrichtung im Hauptquartier. Kein ziviles Krankenhaus."

Die Sanitäter nickten und traten sofort in Aktion, indem sie Schmitz und Decker behutsam zur Seite schoben.

"Und er", zischte Decker böse und trat dem bewusstlosen Schützen in die Rippen, "er wird in eine Zelle im Kreuzberger Versteck gesteckt. Keine medizinische Hilfe. Lasst ihn leiden, bis wir für ihn bereit sind."

Schmitz blickte zu einem Mitarbeiter in der Nähe. "Sie haben den Major gehört. Los geht's. Sie haben gesehen, was sie mit Feldwebel Brinkmann gemacht haben."

Während sie den bewusstlosen Mann an den Knöcheln aus dem Raum zogen und Brinkmann auf einer Trage festschnallten, erschien ein weiterer Mitarbeiter.

"Major, Hauptmann", sagte er, "Hauptkommissar Otto Busch ist hier. Er verlangt, dass man ihn hereinlässt."

Decker ging vorbei und ging die Treppe hinunter, mit einem beängstigend kalten Gesichtsausdruck.

"Lieber Gott", murmelte Schmitz leise, "Busch hat sich einen echt miesen Zeitpunkt ausgesucht, um ein Arschloch zu sein."

Busch stand draußen auf der Straße und lief mit kontrollierter Wut im Gesicht hin und her. Als Brinkmann auf einer Bahre herausgebracht wurde, ging er nach vorne und musterte sie aufmerksam. Als der bewusstlose Schütze herausgeschleppt wurde, riss Busch der Geduldsfaden.

"Der gehört uns!", rief er, "übergebt ihn!"

"Den Teufel werden wir tun", sagte Decker und trat nach draußen, "er und seine Kumpane haben einen von uns angegriffen. Wir haben die Zuständigkeit. Gefällt Ihnen das nicht? Dann wenden Sie sich an den Stabschef des Kanzlers. Aber ich garantiere Ihnen, Sie werden nicht weit kommen."

Busch zeigte mit dem Finger auf sie. "Das ist schon das zweite Mal innerhalb von acht Stunden, dass ihr hier Chaos angerichtet habt. Erst der Lastwagen vor Paderborn und jetzt das. Und ich bin derjenige, der euren Dreck wegräumen soll."

"Nehmen Sie den Finger aus meinem Gesicht, bevor ich ihn breche", drohte Decker, "der Verdächtige kommt mit uns, und Ihre Untersuchung, so wie sie war, ist offiziell beendet. Und jetzt verpissen Sie sich."

Bevor Busch etwas erwidern konnte, schob Decker ihn aus dem Weg und ging zu ihrem Motorrad. Sie setzte ihren Helm auf, ließ den Motor an und fuhr zur Zentrale der Abteilung 89. Als sie auf der Straße verschwand, kam Schmitz aus dem Gebäude und schüttelte den Kopf über Busch.

"Ich weiß nicht, wie mein Vorgänger diesen Mist ertragen hat", sagte Busch.

Schmitz trat dicht an Busch heran und stellte sich ihm in den Weg. "Ich sag' Ihnen, wie. Er hat gelernt, wann es Zeit ist, die Klappe zu halten und sich zurückzuziehen. Solange Sie das nicht selbst lernen, werden Sie ein zutiefst unglücklicher Mensch sein, denn niemand fängt einen Streit mit Major Decker an und gewinnt."

"Wir haben Gesetze in diesem Land", sagte Busch gereizt, "ein ordentliches Verfahren".

Schmitz schnaubte. "Herr Oberinspektor, tun Sie sich selbst einen Gefallen. Akzeptieren Sie unsere Hierarchie und welcher Ihr Platz darin ist. Die Gesetze sind für normale Verbrecher da. Diejenigen, die wir verfolgen, sind keine normalen Kriminellen, deshalb haben wir außergewöhnliche Befugnisse, die uns von der Kanzlerin verliehen wurden. Hören Sie auf, sich mit uns anzulegen und erkennen Sie, was Ihr Vorgänger erkannt hat. Dass Sie sich diese Befugnisse gelegentlich zunutze machen können, wenn Sie die Regeln selbst umgehen müssen."

"Das wird nie passieren", sagte Busch mit Nachdruck.

"Das hat Fischer anfangs auch gesagt", sagte Schmitz, "und Sie würden sich wundern, wie oft er angerufen hat und um einen Gefallen gebeten hat. Brechen Sie nicht Ihre Brücken zu uns ab, Herr Oberinspektor, denn am Ende des Tages, wenn Sie am Boden liegen, werden wir immer noch stehen."

KAPITEL FÜNF

Tom Finn ließ den Mietwagen stehen, befreite den Innenraum von Fingerabdrücken und lief die Strecke bis zu ihrem Versteck, in dem der Rest seines Teams wartete. Er hatte den strikten Befehl, unter keinen Umständen die US-Botschaft zu kontaktieren, da seine Mission streng inoffiziell war. Deshalb hatte man für sie eine Wohnung unter falscher Identität angemietet.

Finn war wütend. Sie hatten die einmalige Gelegenheit gehabt, Penelope Brinkmann auszuschalten, und seine sogenannten "erfahrenen Feldagenten" hatten diese Gelegenheit gründlich vermasselt. Jetzt würde Decker wissen, dass jemand hinter ihnen her war. Das Überraschungsmoment war verloren und sie waren erst seit ein paar Stunden im Land.

Brinkmann war als erstes Ziel ausgewählt worden, weil sie am leichtesten zu finden war. Da sie ursprünglich Mitglied des Bundesnachrichtendienstes (BfV) war, war es für die CIA ein Leichtes gewesen, einen ihrer Mitarbeiter dort zu kontaktieren, um Brinkmanns Personalakte einzusehen und die Adresse zu erfahren.

Normalerweise wurde die Akte einer Person, die der Abteilung 89 beitrat, übertragen und in die höchste Sicherheitsstufe eingestuft. Aber entweder im BfV oder in der Abteilung 89 hatte jemand einen kolossalen Fehler gemacht und vergessen, Brinkmanns Akte aus der BfV-Datenbank zu löschen. Als sich herausstellte, dass Brinkmann immer noch an derselben Adresse wohnte, sah Finn die Möglichkeit für einen verheerenden Erstschlag.

Nur hatte es eben nicht so geklappt. Das kommt davon, wenn man im letzten Moment mit einem unbekannten Team überrumpelt wird. Finn zog ein verschlüsseltes Telefon aus seiner Tasche, blickte verstohlen um sich, um sicherzustellen, dass niemand zuhörte, und wählte dann eine private Nummer in Langley.

"Ja?", sagte Lester.

"Ich bin es", sagte Finn, "der Anschlag auf Brinkmann ist fehlgeschlagen."

Eine Pause.

"Das ist bedauerlich, Agent Finn. Ich dachte, Sie könnten so etwas ganz einfach handhaben."

"Hey, geben Sie nicht mir die Schuld", zischte Finn in sein Telefon, "Sie haben mir einen Haufen verdammter Praktikanten, Kellner und Putzfrauen zugeteilt. Leute, die ich nicht kenne und mit denen ich nie gearbeitet habe. Und Sie besitzen die Frechheit, mir die Schuld für deren Inkompetenz zu geben?"

Lester klang unbeeindruckt von Finns misslicher Lage. "Wie viele hast du verloren?"

"Zwei tot, einer gefangen."

"Gefangen?", fragte Lester scharf, "Abteilung 89 hat einen von ihnen lebend?"

"Als ich das letzte Mal nachgesehen habe, war das die Bedeutung von ‚ein Gefangener'", sagte Finn.

"Das ist inakzeptabel, Agent Finn", sagte Lester, "Decker wird ihn brechen, und wenn sie das tut, wird dieser Agent singen wie ein Vögelchen."

"Daran hätten Sie denken sollen, bevor Sie mir diese Idioten aufgehalst haben", sagte Finn und hielt das Telefon fest in der Hand, "jetzt machen wir es auf meine Art. Wollt ihr mich aufhalten? Kommt und holt mich. Wenn ihr wollt, dass dieser Job ordentlich erledigt wird, geht mir aus dem Weg." Er legte auf.

Das Hauptquartier der Abteilung 89 geriet in Bewegung, als der Krankenwagen mit Brinkmann eintraf. Nicht weit hinter dem Krankenwagen war Decker, die alle Geschwindigkeitsrekorde gebrochen hatte, um ihn einzuholen. Als der Krankenwagen in der Tiefgarage des Hauptquartiers zum Stehen kam, hörte man Deckers Motorrad von weiter hinten aufheulen.

Die Abteilung 89 verfügte über eine eigene Privatklinik, da es aus offensichtlichen Gründen nicht sicher war, verletzte Agenten in ein ziviles Krankenhaus zu bringen. Es würden zu viele unangenehme Fragen gestellt werden, und es bestünde die Gefahr, dass die Identität der Person an die Medien weitergegeben würde.

Deshalb hatte Decker den Bau einer eigenen Klinik angeordnet, die mit den modernsten Geräten, den besten Ärzten Europas und den am besten ausgebildeten Chirurgen auf Abruf ausgestattet war. Hans Unterwald, der Stabschef im Kanzleramt, war blass geworden, als er die Rechnungen für die Bauarbeiten vorgelegt bekam. Aber er war ein pragmatischer Mann und erkannte sehr schnell die Notwendigkeit, dass die Abteilung 89 ihr Personal an einem geheimen, sicheren Ort, fernab von neugierigen Blicken, behandeln lassen musste.

Einer der von der Regierung beauftragten Chirurgen bereitete sich gerade im Operationssaal vor, als Brinkmann hereingebracht wurde. Dr. Henrik Weiland, ein Holland-Deutscher, dessen Vorfahren während des Zweiten Weltkriegs im Widerstand gegen die Nazis gekämpft hatten, blinzelte schockiert, als er die Menge an Blut auf Brinkmanns Körper wahrnahm.

"Womit wurde sie angegriffen?", fragte er Decker, die im Vorraum wartete.

"Sie wurde mehrfach angeschossen", antwortete Decker knapp. "Lassen Sie sie nicht sterben, Doktor. Ich verlasse mich auf Sie."

"Ich werde mein Bestes tun", sagte Weiland, "aber im Gegensatz zu den meisten medizinischen Kollegen, die ich kenne, sehe ich mich nicht als Gott. Wenn sie stirbt, dann stirbt sie. Aber es wird nicht an mangelnden Bemühungen meinerseits liegen."

Er ging zurück in den Operationssaal und schloss die Tür, wo seine Kollegen begannen, Brinkmann auszuziehen und für die Operation vorzubereiten. Als sich die Tür schloss, schrie Decker aus Frust lauthals Obszönitäten. Sie drehte sich um und sah Schmitz, der nüchtern vor ihr stand und sie ansah.

"Wir können im Moment nichts für sie tun", sagte er schließlich, "Komm, Liebermann hat etwas für uns."

Liebermann hackte gerade auf ihre Tastatur ein, als Decker und Schmitz hereinkamen. Jeder im Raum bemerkte sofort, dass Decker ihren gefürchteten Gesichtsausdruck trug. Den Ausdruck, den jeder im Hauptquartier nur zu gut kannte und von dem sich jeder aus Selbstschutz abwandte. Der Ausdruck, der besagte, dass jemand ernsthaft zu Schaden kommen könnte.

"Schmitz sagt, Sie haben etwas", sagte Decker zu Liebermann.

Liebermann sah aus, als würde sie gleich weinen. "Wie geht es Feldwebel Brinkmann?"

"In der Chirurgie", sagte Decker, "was haben Sie da?"

Liebermann schluckte ihren Schmerz und wurde wieder sachlich. Währenddessen rollte Schmitz hinter Deckers Rücken mit den Augen über ihren völligen Mangel an Einfühlungsvermögen und Taktgefühl.

"Wie Sie wissen, hat jedes ältere Mitglied der Abteilung 89 eine versteckte Überwachungskamera, die die Vorderseite ihres Wohnhauses und die gegenüberliegende Straßenseite abdeckt", sagte Liebermann. "Ich habe mir das Bildmaterial von Feldwebel Brinkmanns Kamera besorgt und habe hier Aufnahmen von den Angreifern entdeckt."

Sie tippte auf eine Taste auf der Tastatur und eine extrem hochauflösende Filmdatei startete, die Finns Männer zeigte, wie sie die Straße mit Waffen an ihrer Seite überquerten. Sie gingen in das Gebäude und damit aus dem Sichtfeld der Kamera.

"Nun, da alle bis auf einen tot sind und das überlebende Arschloch in unserem Gewahrsam ist, hilft uns das nicht wirklich weiter", kommentierte Decker.

"Warte", sagte Schmitz leise, "den besten Teil hat sie dir noch nicht gezeigt."

"Wie gesagt, die Kamera erfasst auch die gegenüberliegende Seite der Straße", sagt Liebermann und öffnete eine neue Videodatei, "und wir haben diesen Herrn erwischt, wie er auf dem Beifahrersitz eines Mietwagens sitzt und wartet".

Das Video zeigte Finn auf dem Beifahrersitz, der das Gebäude von Brinkmann aufmerksam beobachtete. Das Filmmaterial lieferte kein völlig kristallklares Bild von ihm, aber er war gut genug zu erkennen, falls er sich noch einmal zeigen sollte. Das Video zeigt dann, wie er schnell wegfährt, als Decker am Gebäude ankommt.

"Wo wurde der Wagen gemietet?", fragte Decker.

"Flughafen Tegel", sagt Schmitz, "die Autovermietung hat eine Fotokopie des Führerscheins von der Person, die das Auto gemietet hat. Der französische Führerschein und die Identität sind Mumpitz. Wir haben bei unseren Kollegen in

Paris nachgefragt, und die Person auf dem Führerschein ist buchstäblich ein Gespenst."

"Gibt es Überwachungsvideos in der Autovermietung?", fragte Decker.

Liebermann öffnete ein weiteres Video. Es zeigte einen Mann in Jeans und Kapuze, der sich große Mühe gab, sein Gesicht von der Kamera fernzuhalten.

"Er wusste, wo die Kameras sind", sagte Liebermann, "deshalb haben wir sein Gesicht nicht. Sorry."

"Wurde das Auto an die Agentur zurückgegeben?"

"Noch nicht", sagt Schmitz, "aber wir haben eine rote Flagge für das Nummernschild rausgegeben. Wenn es auftaucht, werden wir sofort benachrichtigt."

"Der Typ im Auto", sagte Decker, "drucken Sie ein Foto von ihm für mich aus."

"Was willst Du damit machen?", fragte Schmitz.

"Abgesehen davon, dass ich es in mein 'Arschlöcher, die brutal ermordet werden müssen'-Sammelalbum einklebe, werde ich es unserem Gefangenen zeigen und ihn nicht so nett bitten, seinen Chef für uns zu identifizieren."

"Und du weißt, dass er der Chef ist ... woher genau?", sagte Schmitz.

"Weil Bosse nicht direkt in Gebäude marschieren, in denen sie getötet werden könnten", sagte Decker, "stattdessen halten sie sich im Hintergrund und schicken Kanonenfutter rein. Und dem Kerl, den wir gefangen genommen haben, steht ‚ahnungsloser Esel‘ ins Gesicht geschrieben."

Decker ging hinaus und Schmitz wollte ihr gerade folgen, als Liebermann ihn am Arm berührte.

"Hauptmann?", sagte sie leise, "Es gibt da noch etwas, das Sie sehen müssen. Ich weiß nicht, was ich damit machen soll, und ich wollte es Major Decker nicht zeigen."

"Was?"

Liebermann zögerte. "Die Kamera vor Brinkmanns Wohnung zeigt, wie Major Decker in den frühen Morgenstunden mit Brinkmann hineingeht und erst einige Stunden später, kurz vor dem Anschlag, wieder hinausgeht."

Schmitz starrte sie an und versuchte zu verdauen, was sie gesagt hatte. Er öffnete mehrmals den Mund, um zu sprechen, aber es kam nichts.

"Ich bin sicher, es gibt eine gute Erklärung dafür", sagte er schließlich.

"Natürlich gibt es die", sagte Liebermann, "aber ich wäre nachlässig, wenn ich es nicht jemandem sagen würde, und in Anbetracht der Umstände werde ich es ganz sicher nicht bei Major Decker ansprechen. Ich bin sicher, dass Sie wissen, ob die Angelegenheit angesprochen werden muss oder nicht. Ich bin gerne bereit, das Filmmaterial zu löschen und die Sache zu vergessen, wenn Sie das für das Richtige halten."

Schmitz nickte. "Packen Sie das Material auf einen USB-Stick und schicken Sie es in mein Büro. Unauffällig. Dann löschen Sie es aus Ihren Systemen. Kein Wort zu irgendjemand anderem. Gut reagiert, Feldwebel."

KAPITEL SECHS

Finn überlegte lange, was er mit dem Rest von Lesters Leuten machen sollte, die im Unterschlupf auf ihn warteten. In seiner derzeitigen Stimmung war er geneigt, sie alle loszuwerden und seine eigenen Leute zu rekrutieren. Er kannte sicherlich genug Leute, die die von ihnen geforderte Arbeit mehr als angemessen erledigen würden.

Aber er wusste, dass sein Leben hundertmal schwieriger werden würde, wenn Lester beschloss, dass Finn eine tickende Zeitbombe war und ein anderes Team schicken würde, um ihn zu neutralisieren. Obwohl er wütend auf den Direktor war, musste er ihn auf seiner Seite behalten. Gegen die Abteilung 89 zu kämpfen, war schon schwer genug. Gleichzeitig gegen ein CIA-Black-Ops-Team zu kämpfen, das ihn ausschalten sollte, würde die Sache absolut unmöglich machen.

Schließlich beschloss er, die verbleibenden fünf Teammitglieder einzusetzen, ihnen aber Routinearbeiten zuzuweisen. Sie sollten die Abteilung 89 ablenken. In der Zwischenzeit würden Finns handverlesene Leute, die er seit

Jahren kannte und mit denen er schon oft zusammengearbeitet hatte, die eigentliche Arbeit machen und Decker und ihren Führungsstab ausschalten.

Lesters Leute wären verärgert und sauer, aber ehrlich gesagt, war Finn das völlig egal. Sie hatten Glück, dass Finn sie nicht einfach alle erschoss.

Er kehrte in die Wohnung zurück und klopfte im vereinbarten Signal an die Tür. Nach wenigen Augenblicken öffnete sich die Tür mit vorgehängter Sicherheitskette und ein Gesicht lugte heraus.

"Ich bin's", knurrte Finn, "lasst mich rein."

Die Tür wurde kurz geschlossen, die Kette entfernt und geöffnet und Finn marschierte hinein.

"Wo sind die anderen?", fragte der Agent, der die Tür geöffnet hatte und nun mit ratlosem Gesichtsausdruck auf den leeren Flur blickte.

"Sie werden nicht zurückkommen", sagte Finn und zog seine Jacke aus.

"Was meinen Sie damit, dass sie nicht zurückkommen?", sagte eine farbige Agentin namens Thorne, die Finn für eine ernsthafte Nervensäge hielt. Er würde sie zu gerne schlagen.

"Zwei sind tot und einer wurde gefangen genommen. Das war ein totales Fiasko, okay?", rief Finn.

"Einer wurde gefangen genommen?", fragte Thorne, "wer?"

"Mitchell", sagte Finn, "Decker hat ihn erwischt."

Die Agenten sahen geschockt aus. "Und Brinkmann?"

"Schwer verwundet, aber am Leben", sagte Finn, "gibt es hier Kaffee?"

"In der Küche", sagte Thorne, "hol ihn dir selbst. Ich bin nicht deine verdammte Mutter." Sie ging auf den Balkon hinaus und zündete sich zitternd eine Zigarette an.

Diese Schlampe, dachte Finn, wird wirklich bald ihre Tracht Prügel bekommen.

"Und was machen wir jetzt?", fragte ein anderer Agent.

"Jetzt holen wir Ersatz für die toten Agenten", sagte Finn, "ihr bekommt alle eure Aufgaben, und wir rächen uns für heute Morgen. Aber zuerst müssen wir von hier verschwinden. Wenn die Mitchell brechen - und das wird passieren - wird es hier von Sauerkrauts wimmeln. Wir müssen sofort zum Ausweichquartier."

"Mitchell wird nicht brechen", sagte der andere Agent hochtrabend.

"Gut", sagte Finn, "dann bleib hier und warte darauf, verhaftet oder erschossen zu werden. Mir ist das egal. Wenn ihr mich braucht, ich bin in unserem Ausweichquartier."

Der unter dem Namen Mitchell bekannte Agent war von einem geheimen Standort in Kreuzberg in die Zentrale der Abteilung 89 gebracht worden. Man hatte ihn an Händen und Beinen gefesselt, ihm Kopfhörer mit lauter Heavy-Metal-Musik über die Ohren gestülpt und ihm eine drückend heiße schwarze Kapuze über den Kopf gezogen.

Dann wurde er kurzerhand in einen Vernehmungsraum geschleppt, wo Decker und Schmitz warteten.

Die Kapuze wurde ihm vom Kopf gezogen, sodass er verwirrt blinzelte. Er taumelte leicht zurück, als die Kopfhörer entfernt wurden. Aber die Fesseln blieben dran. Er blinzelte heftig, während er darum kämpfte, sich auf seine Umgebung zu konzentrieren, und sein ohnehin schon geringer Mut sank weiter, als er die beiden Leute sah, die ihn mit schlecht getarnter Feindseligkeit anstarrten.

Mitchell wusste natürlich, wer Decker und Schmitz waren. Er hatte ihre Akten in Vorbereitung auf die Mission gründlich studiert. Als er seine Situation beurteilte, wurde ihm klar, dass er in ernsthaften Schwierigkeiten steckte. Er wusste auch, dass die Agency jegliche Kenntnis seiner Existenz leugnen würde und dass von der Botschaft keine Hilfe zu erwarten war. Er war auf sich allein gestellt.

Er wurde in einen Stuhl gedrückt und mit Handschellen an den Metalltisch gefesselt. Er blickte auf eine Delle im Tisch und fragte sich, wessen Gesicht dafür benutzt worden war. Er beschloss, dass es besser war, nicht zu fragen.

Schmitz stand auf und stellte sich hinter Mitchell. Er war immer der Meinung, dass es aus psychologischer Sicht am besten war, hinter jemandem zu stehen, da dieser nie wusste, was man vorhatte zu tun.

"Mein Chef hier hat Sie gerade einen ahnungslosen Esel genannt", sagte Schmitz, "das ist offen gesagt eine Beleidigung für Esel. Was meinen Sie dazu?"

Kein Wort.

Schmitz drückte auf Mitchells Kopfwunde, wo Decker ihn mit ihrer Pistole geschlagen hatte. Mitchell kniff die Augen zusammen und unterdrückte einen leisen Schrei.

"Nein?", sagte Schmitz, "nichts? Vielleicht sollten wir damit beginnen, Ihre Fäden einen nach dem anderen zu entfernen, indem wir sie mit einer Zange herausreißen?"

Mitchell hatte plötzlich ein unstillbares Verlangen, zu lachen. Er drehte sich leicht um und spuckte Schmitz an, was teilweise seine teure Krawatte traf. Schmitz betrachtete den Speichel schweigend, dann begann er, seine Krawatte abzunehmen.

"Wenn ich etwas hasse, dann sind es Leute, die meine Kleidung ruinieren", sagte Schmitz. Er wickelte die Krawatte um beide Hände und schlang sie dann um Mitchells Hals, um ihn zu erwürgen.

Mitchells Augen wölbten sich vor Panik, aber die Handschellen hinderten ihn daran, sich von seiner Position zu bewegen. Schmitz stand hinter ihm, erhöhte langsam den Druck und sah Decker an, als wolle er sagen: "Sag wann". Schließlich nickte Decker und Schmitz zog die Fessel von Mitchells Hals. Der CIA-Agent sackte nach vorne und keuchte.

"Du bist ... fucking ... crazy", schimpfte Mitchell.

Schmitz sah Decker an. "Du hattest recht. Ahnungsloser Esel. Amerikanischer Akzent, das heißt, wir wissen jetzt, woher er kommt. Langley kriegt heutzutage einfach kein Personal mehr."

Decker lehnte sich in ihrem Stuhl zurück und betrachtete Mitchell, der seinen Ausrutscher nun im Stillen verfluchte.

"Ihre Fingerabdrücke sind nicht in einem Computer gespeichert, und wir haben kein Bild von Ihnen, was bedeutet, dass Sie nicht in der US-Botschaft in Berlin arbeiten. Wann sind Sie denn eingereist?"

Schweigen.

"Was genau war Ihr Auftrag?", fragte Decker.

Schweigen.

Schmitz schlug den Kopf von Mitchell auf den Tisch, wobei er besonders darauf achtete, seine Hand in die Kopfwunde von Mitchell zu drücken. Mitchell zog vor Schmerz eine Grimasse.

"Wenn wir eine Frage stellen, antworten Sie", sagte Schmitz, "wir Deutschen sind da total altmodisch."

Mitchell lachte wieder. "Ich bin darauf trainiert, extremen Verhörmethoden zu widerstehen. Glauben Sie, dass mich dieses Herumgeeiere brechen wird? Ihr Leute seid ein verdammter Witz. Wenn Sie mich jetzt gehen lassen, vergesse ich vielleicht, allen zu sagen, wie inkompetent Sie sind."

Decker stand auf und zog ihre Jacke aus, wodurch ihre gebräunten, muskulösen Arme zum Vorschein kamen. Aus dem Ärmel ihres engen schwarzen T-Shirts ragte die Tätowierung einer Schlange heraus. Dann zog sie eine Pistole aus einem Holster auf ihrem Rücken.

"Sie und Ihre Schläger haben heute einen meiner Leute erschossen", sagte Decker ruhig, "Feldwebel Brinkmann kämpft jetzt in einem Operationssaal um ihr Leben. Das heißt, Ihr Leben hängt äußerst prekär an einem seidenen Faden. Wenn sie stirbt, folgen Sie ihr."

Sie richtete die Waffe auf Mitchells Kopf. "Reden Sie. Wer hat Sie geschickt? Wie lautete Ihr Auftrag? Wo ist der Rest des Teams?"

Mitchell sah sie an. "Das würdest du nicht wagen. Töte mich und du hast nichts mehr."

"Wer hat gesagt, dass ich Sie umbringen will?", sagte Decker. Sie bewegte sich zur Seite des Tisches und gab einen Schuss in Mitchells rechten Fuß ab, der seinen Sportschuh zerfetzte und den Knochen explodieren ließ. Mitchell schrie auf und übergab sich über den ganzen Tisch. Die Handschellen hielten ihn fest und sorgten dafür, dass er sich nicht bewegen konnte. Um den zerstörten Fuß herum sammelte sich eine Lache Blut auf dem Boden.

"Reinigungspersonal", sagte Schmitz, "Kotze und Blut in Gang eins".

Der Schmerz in seinem Fuß war unerträglich, und Mitchell war sicher, dass er ohnmächtig werden würde. Sein blasses Gesicht war schweißnass.

"Zwingen Sie mich nicht, die Fragen zu wiederholen", sagte Decker und richtete die Waffe auf den anderen Fuß.

"CIA!", schrie Mitchell, "ich bin von der CIA!"

"Ach wirklich?", sagte Schmitz sarkastisch, "Wer hat Dich geschickt?"

"Siebter Stock", krächzte er, "Lester".

"Mission?", sagte Decker.

"Um euch alle zu töten, ihr Motherfucker", keuchte Mitchell, und der Schmerz durchströmte ihn in Wellen.

"Warum?", fragte Decker.

Mitchell lachte wahnsinnig, trotz der überwältigenden Schmerzen. "Nun, wenn Ihr das wirklich fragen müsst ..."

Decker richtete die Waffe auf Mitchells Kniescheibe, was dessen Lachen unterbrach. "Muss ich....tun Sie mir doch bitte den Gefallen...."

"Trent", sagte Mitchell zähneknirschend, "wir wissen, was Sie getan haben".

Schmitz warf einen Blick auf Decker, die Mitchell leidenschaftslos ansah. *Sie wissen es also*, dachte sie. Sie hatte immer gewusst, dass es irgendwann so weit kommen würde. Sie hätte nur nicht gedacht, dass es so schnell passieren würde.

"Wie haben Sie das herausgefunden?", fragte Decker.

Mitchell lachte manisch. "Sie wurden beim Friedensvertrag mit Nordkorea zusammen mit Meyer fotografiert. Man muss kein Raketenwissenschaftler sein, um eins und eins zusammenzuzählen. Es ist das am schlechtesten gehütete Geheimnis in Langley, dass Trent Ihr Flugzeug hat abschießen lassen."

"Wer ist Ihr Chef?", fragte Decker und zeigte den Ausdruck von Finn im Auto vor Brinkmanns Wohnung.

Mitchell zuckte zusammen, hielt plötzlich den Mund und drehte trotzig den Kopf zur Seite. Decker zögerte nicht. Sie schoss in die rechte Kniescheibe. Mitchell schrie noch lauter, das verkrüppelte Bein zuckte unkontrolliert, seine Jeans war nun blutgetränkt. Er fing an zu weinen und übergab sich erneut.

"Wow, die Reinigungskräfte werden einen Anfall bekommen, wenn sie sehen, wie es hier aussieht", sagte Schmitz und kaute lässig Kaugummi.

Decker schwang die Waffe hoch und drückte sie hart gegen Mitchells Kopf. "Letzte Chance."

"Finn", schrie Mitchell unter Tränen und Schmerzen, "Tom Finn".

"Danke", sagte Decker, "wenn Sie es mir nur beim ersten Mal gesagt hätten, hätten Sie Ihre Kniescheibe noch. Sie werden mir jetzt sagen, wo sich Ihr Team versteckt hält. Wenn Sie auch nur einmal zögern, werde ich Sie töten. Sagen Sie mir, was ich wissen will, und ich werde Sie vielleicht am Leben lassen."

Schmitz beugte sich vor und hielt ein Notizbuch und einen Stift in der Hand. "Adresse bitte."

KAPITEL SIEBEN

Der Gefreite Joseph Bigelow III. war gelangweilt. Er war dem US Marine Corps beigetreten, um aus Alabama herauszukommen, etwas Action zu sehen und ein paar Araber zu töten. Doch stattdessen fand er sich in der Nachtschicht als Wachmann am Eingangstor der US-Botschaft in Berlin wieder. Er gähnte, während er sich am Hintern kratzte.

In ein paar Stunden würde seine Schicht zu Ende sein. Dann würde er ein wenig schlafen können. Der Gedanke an sein Bett machte ihn glücklich. Doch diese Gedanken wurden von einem schwarzen Auto mit getönten Scheiben unterbrochen, das langsam die Straße hinauffuhr.

Bigelow war angespannt. Obwohl er sich nicht im Nahen Osten befand, war jede US-Botschaft überall auf der Welt ein Ziel für Terroristen. Also beobachtete er das Auto nervös und war bereit, seine Waffe zu ziehen, wenn es so aussah, als ob die Insassen die Botschaft angreifen wollten. Er sollte verdammt sein, wenn er sich in diesem gottverdammten Berlin eine Kugel einfangen würde. Ausgerechnet in

Deutschland gab es keine Orden und keinen Ruhm zu gewinnen.

Das Auto hielt an und die Hintertür öffnete sich. Bigelow war kurz davor, sich vor Angst in die Hose zu machen. Das war es, dachte er. Die Botschaft wurde angegriffen.

Er umklammerte seine Waffe mit schweißnassen Handflächen und wartete, bis sein Herz aufhörte, in seiner Brust Tango zu tanzen. Er durfte die US-Botschaft nicht mit einer geladenen Waffe verlassen, es sei denn, er war davon überzeugt, dass eine echte und unmittelbare Bedrohung für die Botschaft vorlag. Eine offene Autotür war noch keine Bedrohung.

Plötzlich wurde ein großer, sperriger Sack auf die Straße geworfen. Bigelow machte sich fast in die Hose. *Eine Bombe!*

Dann wurde die Tür zugeknallt, und der Wagen schoss die Straße hinunter und quietschte um die Ecke. Bigelow sah dem Auto hinterher und richtete seine Aufmerksamkeit wieder auf den Sack, der auf der Straße lag. Er war noch nicht explodiert, was ihn zu einer eher ungewöhnlichen Bombe machte.

Bigelow war fassungslos, als er ein Stöhnen hörte. Hatte sich der Sack gerade *bewegt*?

"Gib mir Deckung", rief er in einem plötzlichen Anfall von Übermut seinem ebenfalls verblüfften Kollegen zu. Bigelow hob seine Waffe, verließ das Botschaftsgelände und ging zu dem Sack, der auf der Straße lag. Daran befestigt war ein Zettel mit der Aufschrift:

EILZUSTELLUNG AN DEN CIA-CHEF IN BERLIN

VON CIA-DIREKTOR NORMAN LESTER UND CIA-AGENT TOM FINN.

Vorsichtig öffnete Bigelow den Deckel des Sackes und schaute hinein. Was er fand, war ein blutüberströmter, schwer verletzter, gefesselter und geknebelter Agent Mitchell, der ihn wild anstarrte.

Am Steuer des Wagens saß Amsel, dessen Aufgabe es gewesen war, Mitchell vor den Toren der Botschaft abzusetzen. Nachdem dieser von Amsels Kollegen auf dem Rücksitz aus dem Auto geworfen worden war, holte Amsel sein Telefon heraus und wählte Deckers Nummer, während er durch die dunklen Berliner Straßen fuhr.

"Das Paket wurde geliefert", sagte Amsel, "ich denke immer noch, wir hätten den Hurensohn erschießen sollen."

"Nein, nein, so ist es viel besser", sagte Decker, "denken Sie daran, was ich gesagt habe. Diese Operation ist wahrscheinlich inoffiziell. Wenn wir ihn in der Botschaft abliefern, wird er sich sehr unangenehmen Fragen des CIA-Stationschefs stellen müssen, der nicht weiß, warum sein Agent in Berlin ist. Wenn Finn erfährt, dass sein Name auf der Tasche stand, wird er wissen, dass sein Agent geplaudert hat und seine Operation aufgeflogen ist. Wenn der CIA-Direktor herausfindet, dass der Agent in einer Tasche mit seinem und Finns Namen vor der Botschaft entsorgt wurde, wird er wissen, dass sein Goldjunge es gründlich vermasselt hat."

"Wir müssen also niemanden umbringen", schloss Amsel, "wir lehnen uns einfach zurück und lassen Lester das für uns erledigen."

"Genau", sagte Decker, "willkommen in der schönen neuen Welt des Outsourcing".

Während Amsel den Müll vor der US-Botschaft ablud, bereitete sich ein Team der Abteilung 89 darauf vor, die von Mitchell angegebene Adresse des Unterschlupfs zu durchsuchen.

Da es wahrscheinlich war, dass die Identitäten aller hochrangigen Abteilungsbeamten kompromittiert und dem CIA-Team bekannt waren, musste das operative Kommando an Personen weiter unten in der Hackordnung übergeben werden. Personen, die von Finn und seinem Team nicht sofort erkannt werden würden.

Deshalb schlich sich Feldwebel Kristof Ludwig die Treppe zur Wohnungstür hinauf, dicht gefolgt von zehn Kollegen, von denen einer einen metallenen Rammbock in der Hand hielt, um die Tür aufzubrechen.

Andere beobachteten die Wohnung aus einem anderen Blickwinkel, und Schmitz und Graf beobachteten die Aktion von einem Überwachungswagen in der angrenzenden Straße aus, und zwar mithilfe einer Videokamera an Ludwigs Helm.

Alle waren schwer bewaffnet mit Maschinengewehren, Pistolen in ihren Holstern und Granaten an ihren Gürteln. Sie trugen kugelsichere Westen, Sturmhelme und Gasmasken. Sie boten einen furchterregenden Anblick, und die Nachbarn sahen verängstigt aus, als sie leise aus dem Gebäude evakuiert wurden. Ludwig und die anderen traten beiseite, als ein als Briefträger verkleideter Kollege mit einem leeren Karton zur Tür kam und an die Tür klopfte.

"Post!", verkündete er laut.

"Als ob ein verdecktes CIA-Black-Ops-Team ernsthaft glauben würde, dass ihnen jemand ein Care-Paket geschickt hat", kommentierte Graf.

Nach zwanzig Sekunden ohne Antwort trat der Agent beiseite , und Ludwig gab dem Soldaten mit dem Rammbock ein Zeichen, vorzurücken und die Tür einzutreten. Ludwig war froh. Er hasste es, wenn sie freiwillig die Tür öffneten und sich ergaben. Das nahm ihm den Spaß an der Arbeit.

Ein kräftiger Schlag genügte, um die Tür aus den Angeln zu heben. Sofort wurden Betäubungsgranaten hineingeworfen und der laute Knall erschütterte das Gebäude in seinen Grundfesten. Liebermann hatte die normalen Betäubungsgranaten modifiziert und ihre Wirkung verstärkt, sodass diese Granaten für jeden, der keine Gasmaske und Ohrstöpsel trug und im Moment der Detonation nicht die Augen schloss, eine schreckliche und äußerst traumatische Erfahrung bereit hielten.

Das Team schwärmte aus und ging methodisch von Raum zu Raum, die Gewehre erhoben, bereit für Gegenwehr. Aber es wurde schnell klar, dass niemand da war. Ludwig sprach in das Mikrofon, das an der Videokamera an seinem Helm befestigt war, und wusste, dass Schmitz und Graf zuhörten.

"Die Wohnung ist leer, Hauptmann. So wie es aussieht, sind die Vögel ausgeflogen."

Augenblicke später kamen Schmitz und Graf in die Wohnung gesprintet und sahen sich selbst um. Zufrieden, dass die Wohnung tatsächlich leer war, grunzte Schmitz.

"Nun, wir wussten, dass sie weg sein würden", sagte er, "nur vollkommene Amateure würden in der Nähe bleiben, weil sie wissen, dass ihr Unterschlupf irgendwann aufgedeckt werden würde."

"Hauptmann", rief einer der anderen Soldaten, die in der Küche waren, "hier herein".

Schmitz, Graf und Ludwig fanden den Soldaten, der auf eine Ecke der Küchendecke zeigte. Schmitz blinzelte und erkannte, was der Soldat gefunden hatte.

Es war eine winzige Videokamera mit einem ständig blinkenden Licht.

Schmitz ging in die Ecke der Küche, legte den Kopf schief und schaute nachdenklich in die Kamera.

"Hello Agent Finn", sagte er auf Englisch, "ich bin sicher, Sie sehen und hören zu. Falls Sie sich wundern: Agent GI Joe hat alle seine Geheimnisse verraten und wir haben ihn in der US-Botschaft abgeladen, adressiert an Sie und Direktor Lester. Junge, Sie und Ihr unglücklicher Agent werden einige unangenehme Fragen beantworten müssen, wenn der CIA-Stationschef in Berlin Sie beide ins Visier nimmt. Und wie wird Lester wohl darauf reagieren?"

Viele Kilometer entfernt, in einem abgedunkelten Raum, sahen und hörten Finn und die anderen Schmitz zu. Finn war gedemütigt und wütend. Die anderen starrten ihn nur ungläubig an.

"Oh, und falls Sie sich wirklich wundern sollten", sagte Schmitz, "Feldwebel Brinkmann ist aus dem OP heraus und wird wieder gesund. Ihr Idioten könnt nicht einmal mit Überraschungsmoment jemanden umbringen, ohne es zu vermasseln. Offensichtlich hat Lester nicht seine besten Leute geschickt, sondern nur die Versagertruppe. Major Decker lässt Sie grüßen und möchte, dass Sie wissen, dass Ihr Leben in Tagen und Stunden gemessen werden kann. Keiner von Ihnen wird dieses Land lebend verlassen. Man greift nicht einen von uns an und erwartet, dass man überlebt, um damit hausieren zu gehen."

Schmitz riss dann die Kamera herunter und warf sie in einen Faraday-Beutel, der das Signal abschnitt.

"Over and out, ihr Bastarde", murmelte er.

In dem abgedunkelten Raum, der meilenweit entfernt war, blickte Finn mit wütender Intensität auf den Bildschirm, der nun mit weißem Rauschen gefüllt war. Die anderen sahen ihn besorgt an, aber es war Thorne, der die Stille brach.

"Ich schätze, wir haben das Überraschungsmoment verloren", sagte sie säuerlich.

Finn drehte langsam den Kopf und sah sie mit purer Verachtung in seinen Augen an.

"Kein Scheiß, Sherlock."

"Und was jetzt?", fragte ein anderer Agent, Donaldson.

"Es ändert sich nichts", sagte Finn und überprüfte seine Waffe, "wir haben einen Auftrag zu erfüllen, und den werden wir auch erfüllen. Wir machen weiter mit dem nächsten Ziel."

"Obwohl sie wissen, dass wir kommen und die Sicherheitsvorkehrungen verschärft werden?", sagte Donaldson mit verschränkten Armen.

Finn musterte ihn einen Moment lang schweigend und schnaubte dann höhnisch über Donaldsons Feigheit. "Niemand hat gesagt, dass es einfach sein würde. Wenn Sie aussteigen wollen, schicke ich Sie gerne zurück nach Washington DC."

Donaldson hob seine Hand, in vorgetäuschter Kapitulation. "Ich bin immer noch dabei. Ich spiele nur des Teufels Advokat und versuche, Ihnen beide Seiten zu zeigen.

Finn ließ lautstark das Magazin der Pistole wieder einrasten und steckte die Waffe in den Holster.

"Gut so", sagte er und ging hinaus.

KAPITEL ACHT

Charlie Drake, der Leiter der CIA - Station Berlin, lag in den Armen einer schönen deutschen Frau, als er den Anruf erhielt, der seinen Abend ruinieren würde. Während er den Brüsten der Frau seine Aufmerksamkeit schenkte, hörte er sein Telefon summen. Entschlossen, es zu ignorieren, machte er weiter, hielt jedoch irgendwann inne und seufzte.

"Sorry Darling, ich muss rangehen", sagte er und holte das Telefon aus seiner Tasche.

Sie rollte mit den Augen. "Wie auch immer. Dein Verlust, nicht meiner."

Sie schwang ihre Beine vom Bett und stand auf, als Drake den Anruf entgegennahm.

"Drake", schnauzte er, "ich hoffe, es ist wichtig."

Als er die aufgeregte Stimme seines Stellvertreters am anderen Ende der Leitung hörte, verlor Drake die Farbe aus seinem Gesicht.

"Ich bin auf dem Weg. Sperrt ihn in ein Zimmer und schließt die verdammte Tür ab. Niemand spricht mit ihm, bis ich da bin."

Finn verlor keine Zeit, den Überresten von Lesters Leuten die schlimmsten und offensichtlich zeitverschwendendsten Aufgaben zuzuweisen, die er sich vorstellen konnte.

Es ging nicht nur darum, dass sie in seinen Augen Versager waren. Es ging auch darum, dass er sie nicht kannte und nicht mit Leuten zusammenarbeiten konnte, die er nicht kannte. Soweit er wusste, konnte es sein, dass einer oder alle von ihnen hinter seinem Rücken an Lester Bericht erstatteten und "alternative" Aktualisierungsberichte lieferten. Das konnte Finn nicht riskieren. Nicht, wenn der Auftrag zu seiner Zufriedenheit erledigt werden sollte. Das bedeutete, dass Finn seine eigenen Leute ins Spiel bringen musste. Leute, denen er vertrauen konnte. Leute ohne Ethik, Moral oder Skrupel.

Die Leute, die er anzuheuern gedachte, hätten Brinkmanns Wohnung mit Flammenwerfern gestürmt. Sie wären nicht lässig, mit einer Zielscheibe am Kopf durch die Tür geschlendert.

Nachdem er einige von Lesters Leuten damit beauftragt hatte, deutsche Geheimdienstmitarbeiter auf niedriger Ebene zu beschatten und andere mit der Überwachung von Gebäuden zu beauftragen, nahm Finn sein Wegwerfhandy in die Hand und begann mit den Bewerbungsgesprächen.

"Wo ist er?", fragte Drake, als er in den CIA-Büros in der US-Botschaft in Berlin ankam.

"Im Verhörraum eins", sagte Jane Gold, seine Stellvertreterin, "Was für ein absoluter Reinfall. Der Typ ist nicht aus unserer Botschaft und weigert sich, seinen Namen zu nennen. Außerdem ist er schwer verletzt. Sein Fuß ist zerschmettert, ebenso eine Kniescheibe. Da war jemand sehr großzügig mit seinen Kugeln."

"Schade, dass sie nicht noch eine weitere benutzt haben, um Ihre Arbeit zu beenden", sagte Drake säuerlich. "Woher wissen wir, dass er einer von uns ist?"

Gold zeigte ihm das Etikett, das der Tasche mit Mitchell beilag und ihn Lester und Finn zuordnete. "Wir haben auch seine Fingerabdrücke genommen und ich habe sie unter der Hand an einen Kontakt in DC geschickt. Sein Name ist Neil Mitchell. Er ist unabhängiger Black-Ops Agent für Langley."

Drake schloss die Augen und fluchte, "Und wer ist dieser Tom Finn?"

"Wir überprüfen das noch, aber wenn er offiziell nicht existiert, werden wir Probleme haben, das herauszufinden, ohne dass die siebte Etage merkt, dass wir herumschnüffeln."

"Oder vielleicht wird unser inoffizieller Freund im Verhörraum eins es uns sagen", sagte Drake, "ich kann sehr überzeugend sein. Wenn es etwas gibt, das ich verabscheue, dann sind es nicht genehmigte Operationen in meinem Revier."

"Sie muss von jemandem in Langley abgesegnet worden sein", betonte Gold.

"Das ist mir scheißegal", brüllte Drake, "Langley ist nicht Berlin. Ich muss mit den Deutschen verhandeln, und das kann ich nicht tun, wenn unkontrollierte Clint Eastwoods herumlaufen. Als Stationsleiter hier habe ich das verdammte Recht zu verlangen, dass ich in alle lokalen Vorgänge eingeweiht werde. Ich denke, wir können davon ausgehen, dass sie etwas mit der Erschießung dieser Geheimdienstmitarbeiterin heute Morgen zu tun hatten."

"Brinkmann?", sagte Gold und zog überrascht eine Augenbraue hoch, "Sie glauben, das waren Mitchell und seine Komplizen?"

"Darauf verwette ich einen Monatslohn", sagte Drake bösartig, "kommen Sie schon, Zeit, es herauszufinden."

Mitchell lag im Verhörraum in einem eigens für ihn herbeigeschafften Krankenhausbett. Er kämpfte darum, wach zu bleiben, denn er war mit Morphium betäubt worden, um die Schmerzen erträglich zu machen. Es waren Vorarbeiten geleistet worden, um den Blutverlust zu stoppen, und er hatte eine Bluttransfusion erhalten.

Drake hatte Mitchell jedoch klargemacht, dass er sich erst dann einer Operation unterziehen würde, wenn er einige Antworten gegeben hatte. Als der Arzt heftig protestiert hatte, hatte Drake ihn mit den Worten "Das nennt man Druckmittel" unterbrochen.

"Das nennt man ‚unethisch'", erwiderte der Arzt.

"Von mir aus", sagte Drake, "Sie rufen die Samariter an und sagen Bescheid."

Jetzt wälzte sich Mitchell im Bett, während die letzten Schmerzen dank des Morphiums zu schwinden begannen. Ihn schauderte bei dem Gedanken an seinen kaputten Fuß und sein Knie. Er würde für den Rest seines Lebens ein Krüppel sein, dank dieser Schlampe Decker. Und um ehrlich zu sein, hatte er in diesem Moment auch nicht gerade warme Gedanken für die CIA übrig.

Er war so in seine Gedanken vertieft, dass er nicht hörte, wie sich die Tür öffnete und jemand auf das Bett zuging.

"Wer sind Sie?", flüsterte Mitchell, und seine Augen hatten Mühe, zu fokussieren.

Doch die Person antwortete nicht. Stattdessen wurden mehrere Kugeln aus einer Pistole mit Schalldämpfer in die Brust von Mitchell abgefeuert. Er war auf der Stelle tot. Sein Mörder verließ dann seelenruhig den Raum und schloss leise die Tür.

Drake und Gold gingen auf die Tür des Verhörraums zu. Doch bevor Drake die Klinke drehte, blieb er plötzlich stehen und sah Gold an.

"Überlassen Sie mir das Reden", sagte er.

Gold zuckte mit den Schultern, als Drake sich wieder der Tür zuwandte und hereinschlich. Er wollte gerade mit seiner verbalen Eröffnungssalve beginnen, als der Anblick, der sich ihm bot, ihm die Sprache verschlug.

Während Gold in den Korridor eilte, um den Alarm auszulösen, starrte Drake ungläubig auf Mitchells Leiche auf dem blutgetränkten Bett.

"Was zum Teufel?", rief er schließlich über den Lärm des Sirenen-Alarms hinweg, "dies soll eine verdammte Sicherheitseinrichtung sein! Wie konnte das passieren?"

Am selben Abend in einem ruhigen Berliner Bar-Restaurant erschien der erste von Finns bevorzugten Rekruten zum Dienst.

Finn saß an der Bar, aß Schnitzel und Pommes und trank ein Bier. Gleichzeitig hatte er ein Auge auf die Eingangstür geworfen, und als Louis Fawkes hereinkam, beobachtete Finn ihn misstrauisch, als er sich näherte. Fawkes' Ruf eilte ihm voraus.

Finn und Fawkes kannten sich gut. Sie hatten zusammen gedient, seit sie beide Teenager waren. Die beiden waren im Alter von achtzehn Jahren gemeinsam zum Marinecorps gegangen und hatten sich von dort aus gemeinsam für Spezialeinheiten und dann für die CIA gemeldet.

Doch von da an hatten sich ihre Wege getrennt. Obwohl Finn ein zutiefst fehlerhafter Agent war, verfügte er doch über die Intelligenz und den gesunden Menschenverstand, um sicherzustellen, dass ihm niemand etwas beweisen konnte. Oder er stellte sicher, dass er hochrangige, einflussreiche Unterstützer hatte, die ihn aus jedem Loch, das er sich selbst gegraben hatte, wieder herausholen konnten.

Fawkes hingegen war nicht so klug und vorausschauend. Er war schlicht und einfach ein Psychopath, dem es egal war, was die Leute von ihm dachten. Deshalb wurde seine CIA-Karriere abrupt beendet, als er beim Verkauf überschüssiger russischer Atomraketen erwischt wurde und anschließend die Menschen ermordete, die davon erfuhren.

Doch bevor Fawkes angeklagt werden konnte, floh er. Finn wusste jedoch immer, wo er war, und er war es Fawkes schuldig, weil er ihm in Panama das Leben gerettet hatte. Er wusste auch, dass sein psychopathischer Freund ihm helfen würde, den Job zu erledigen, egal was zu tun war.

"Thomas", sagte Fawkes und grinste sein übliches wölfisches Grinsen, "wie er leibt und lebt. Erst gestern habe ich mich gefragt, wie ich diesen Monat die Miete bezahlen soll, und jetzt bietest Du mir Arbeit an."

"Louis", sagte Finn, "ein großer Teil von mir bezweifelt, dass du jemals Geldprobleme haben wirst. Was wir in Panama gemacht haben, hat dich wahrscheinlich für dein ganzes Leben versorgt."

Fawkes grinste nur und nahm eine Pommes von Finns Teller.

"Was verschafft mir die Ehre?", fragte Fawkes mümmelnd, "was ist das für ein Job, den Du für mich hast?"

"Das Übliche", sagte Finn achselzuckend.

"Tod, Zerstörung, Leid", säuselte Fawkes erfreut, "genau mein Ding. Wann fangen wir an?"

"Wenn die anderen hier sind."

"Wir kriegen Gesellschaft", sagte Fawkes, "wie reizend. Wie viele und habe ich sie schon einmal gesehen?"

"Fünf weitere, und nein, du hast sie noch nicht kennengelernt", sagte Finn und steckte sich ein großes Stück Schnitzel in den Mund, "aber sie haben meine persönliche Empfehlung, das sollte reichen."

Fawkes überlegte einen Moment lang. "Ich denke schon. Aber denk daran, was mit jedem passiert, der sich mir in den Weg stellt."

Finn verlor plötzlich den Appetit und schob seinen Teller weg. "Danke, ich weiß noch, was in Panama passiert ist."

"Und wo sind die Leute, die mit Dir aus Washington gekommen sind?", fragte Fawkes, "sag mir nicht, dass Lester auf eigene Faust jemanden unbekannten geschickt hat, um sich um so etwas Großes zu kümmern?"

Finn lächelte kalt. "Die werden gleich ein böses Erwachen erleben. Keine Sorge, sie werden nicht mehr lange ein Thema sein."

Der Rest des Teams befand sich zu diesem Zeitpunkt in einem neuen Unterschlupf und wartete auf die Rückkehr von Finn. Sie wussten nicht, dass Finn nicht die Absicht hatte, zurückzukehren.

Agentin Thorne, die nominell Finns Stellvertreterin bei der Mission war, schaute nervös auf ihre Uhr und ging im Schlafzimmer auf und ab. Sie hasste abgehalfterte Agenten wie Finn, die keine Disziplin und keinen Respekt vor anderen Kollegen hatten. Auf sie konnte man sich in einer angespannten Situation nie verlassen.

So wie jetzt zum Beispiel. Wo zum Teufel war er?

Finn hatte ernsthaft darüber nachgedacht, alle von Lesters Leuten zu töten, aber er hatte beschlossen, dass er Lester die Idee verkaufen konnte, dass sie alle auf mysteriöse Weise gefangen genommen wurden, während er auf einem Auftrag war. Aus diesem Grund wurde die Wohnungstür plötzlich aus den Angeln gehoben und Thorne rückwärts gegen die Wand geschleudert. Betäubungsgranaten, die von den Kräften der Abteilung 89 in den Flur geworfen wurden, sorgten dafür, dass jeder Widerstand schnell gebrochen war.

Als die CIA-Agenten besinnungslos oder würgend auf dem Boden lagen, kam Schmitz in Gasmaske herein und sah sich um.

"Entzückend", murmelte er und gab dem Gruppenführer ein Zeichen, sie nacheinander herauszuholen.

Finns neues Team traf kurze Zeit später ein. Bailey, Gardner, Dixon, Cassidy und Abney. Fawkes verprellte sie sofort, indem er ihnen Spitznamen gab und ihre Erfahrung schmälerte.

Finn hatte plötzlich Zweifel, ob Fawkes eine gute Wahl gewesen war, beschloss aber, dass jetzt keine Zeit für einen Bürgerkrieg war. Mit einem Blick, der Fawkes zum Schweigen brachte, begann Finn, den Auftrag und die zu verteilenden Aufgaben zu erklären. Sie würden aus einem geheimen Fonds der CIA bezahlt werden und danach müssten sie neue Identitäten annehmen und sich zurückziehen. Wollte jemand aussteigen?

Keiner tat das. Wie Finn bereits wusste, waren sie alle Psychopathen. Wahrscheinlich würden sie alle direkt in die Hölle kommen. Wahrscheinlich würden sie die neuen Identitäten am Ende gar nicht brauchen.

"Ich hasse es, das Offensichtliche auszusprechen", sagte Bailey, "aber wenn diese Gruppe außerhalb der normalen Geheimdienstgemeinschaft hier in Deutschland steht, können wir unsere üblichen Maulwürfe nicht benutzen, um uns Informationen über die Identität der Agenten oder den Standort ihres Hauptquartiers zu besorgen. Wie können wir sie also finden?"

Finn sah Bailey anerkennend an. "Wenn wir nicht zu ihnen gehen können, werden wir sie zwingen, zu uns zu kommen."

KAPITEL NEUN

Die übrigen Mitglieder von Lesters Agenten, die Finn aufgezwungen worden waren, wurden aus einem schwarzen Lieferwagen gezerrt, der in die Tiefgarage der Abteilung 89 gerast war. Die betäubten und verängstigten Agenten wurden in schwarze Kapuzen gehüllt, gefesselt, unsanft aus dem Fahrzeug gezerrt und in einen Aufzug zu den Zellen geschleppt.

Schmitz gab dem Einsatzleiter einen High-Five und machte sich dann auf den Weg in sein Büro. Auf dem Weg dorthin hatte er Decker eine SMS geschickt und sie gebeten, zu einem Gespräch in sein Büro zu kommen. Vor der Razzia hatte er die Gelegenheit gehabt, sich die Videoaufnahmen anzusehen, die zeigten, wie sie in der Nacht in Brinkmanns Wohnung ging, was eindeutig nichts mit dem Geschäft zu tun hatte.

Zu sagen, er war beunruhigt, wäre noch milde ausgedrückt. Aber es ging hier um Decker, und sie würde es nicht gut finden, wenn man sie so in Verlegenheit brachte. Er musste also vorsichtig sein und hoffen, dass sie ihm nicht das Licht ausknipste.

Als er in seinem Büro ankam, fand er sie bereits vor. Sie saß auf Schmitz' Bürosofa und trank sehr starken schwarzen Kaffee.

"Und, wie ist es gelaufen?", waren ihre ersten Worte, während sie einen weiteren Schluck aus ihrer Tasse nahm.

"Wie ein Schweizer Uhrwerk", sagte Schmitz, der darauf hinwies, dass sein Großvater mütterlicherseits Schweizer war, "wussten nicht, wie ihnen geschah."

"Wie zum Teufel haben wir sie überhaupt bekommen?", fragte Decker mit argwöhnischem Blick.

"Anonymer Anruf bei der Notrufzentrale", sagt Schmitz, "aber wenn ich wetten müsste, würde ich sagen, dass Finn seine Mitarbeiter ausbezahlt und ihre Verträge vorzeitig beendet hat. Die Stimme nannte nur eine Adresse und sagte: 'Sagen Sie der Abteilung 89, dass der Rest des Teams dort ist'. Die Erwähnung von Abteilung 89 ließ so viele Alarmglocken schrillen, dass ich glaube, dass der Notrufmitarbeiter immer noch traumatisiert ist."

"Lester wird stinksauer sein", sagte Decker.

"Als ob dich das interessiert", sagte Schmitz, der sich hinter seinen Schreibtisch setzte und seinen Laptop aufklappte.

"Ich habe das Gefühl, ich wurde nicht hierher gerufen, um über Deine neueste Errungenschaft zu sprechen", bemerkte Decker, "spuck's aus."

Ohne eine Antwort zu geben, steckte Schmitz den USB-Stick mit den Videoaufzeichnungen in den Laptop, drehte ihn so, dass Decker den Bildschirm sehen konnte, und startete ihn. Als Decker sich selbst auf dem Bildschirm sah, wie sie Brinkmann draußen grob gegen die Wand ihrer Wohnung drückte, erblasste Deckers Gesicht. Schmitz fragte sich plötzlich, ob er gerade sein Leben aufs Spiel gesetzt hatte.

"Mach das aus", sagte sie mit stählerner Stimme. Schmitz ließ sich das nicht zweimal sagen: "Woher hast du das?"

"Musst Du das wirklich fragen?", sagte Schmitz ruhig.

"Fuck Liebermann. Sie ist erledigt."

"Weshalb?", explodierte Schmitz, "stell Dir die Situation vor, in die Du die arme Frau gebracht hast. Sie durchforstet das Videomaterial, um herauszufinden, wer Brinkmann angegriffen hat, und alles, was sie sieht, ist, wie Du das Opfer gegen eine Mauer presst."

"Vorsicht", knurrte Decker, "denk daran, ich bin Dein Vorgesetzter."

"Auch von Brinkmann", erwiderte Schmitz, "was die Frage aufwirft, warum Du so verdammt dumm bist, so etwas zu tun. Erstens wisst Ihr ganz genau, dass das ein Fall fürs Kriegsgericht ist, und zweitens wusstet Ihr ganz genau, dass die Kameras da waren. Es ist fast so, als wolltet Ihr erwischt werden."

Als Decker sich langsam auf dem Sofa niederließ, sagte Schmitz: "Und fürs Protokoll: Wenn Du dich an Liebermann rächen willst, werde ich zurücktreten und Unterwald deutlich machen, warum. In *aller* Deutlichkeit."

Das brachte ihm einen langen, intensiven Blick von Decker

ein, aber Schmitz fühlte sich plötzlich ermutigt. Es war ihm jetzt egal. Er wusste, dass er die Oberhand hatte.

"Sprich mit mir, Major", sagte er leise, "was zum Teufel hast du dir dabei gedacht?"

"Nein", sagte sie schließlich, "weißt du, wie lange es her ist, dass ich das letzte Mal Sex hatte? Zu lange. Lange Zeit war der Job ein Sexersatz, aber ich bin auch nur ein Mensch, ob Du es glauben magst oder nicht. Ich sehnte mich nach Gesellschaft und Brinkmann war verfügbar. Ich habe sie nicht unter Druck gesetzt. Es war einvernehmlich. Aber ich bin nicht blöd. Ich weiß, dass du meine Karriere mit diesem USB-Stick beenden kannst. Die Frage ist also, was jetzt?"

Schmitz sah fast beleidigt aus. Er nahm den USB-Stick heraus, warf ihn auf den Boden und stampfte darauf herum, bis er kaputt war.

"Die einzige Kopie", sagte er, "und um das festzuhalten, es war nie meine Absicht, Deine Karriere zu beenden. Ich wollte Dich nur darauf aufmerksam machen, dass Du erwischt wurdest. Tu es also nicht noch einmal. Ich werde mit Brinkmann sprechen, wenn sie aufwacht, und dafür sorgen, dass sie versteht, dass sie das für sich behalten muss. Liebermann hat sich bereits freiwillig bereit erklärt, ihr gesamtes Gedächtnis zu löschen und ihr Gehirn ersetzen zu lassen."

Decker wurde plötzlich emotional. "Was würde ich ohne dich tun?"

Schmitz erschauderte. "Weiß Gott. Daran mag ich gar nicht denken."

Finn und sein neues Team beobachteten, wie ihr nächstes Ziel das Regierungsgelände auf dem Rücksitz eines gepanzerten Fahrzeugs verließ. Sie hatten beschlossen, dass die einzige Möglichkeit, die sofortige Aufmerksamkeit von Abteilung 89 zu erregen und sie in die Öffentlichkeit zu zwingen, darin bestand, ein hochrangiges Ziel zu treffen. Jemanden, dessen Entführung und Tod die deutsche Regierung nicht ignorieren konnte. Jemand, für dessen Tod sie sich verpflichtet fühlen würden, Vergeltung zu üben.

Mit einem weiteren Fahrzeug und einer Schutztruppe an Bord in Führung bog das Regierungsfahrzeug schnell nach rechts in die Hauptstraße ein und nahm allmählich Fahrt auf. Das Fahrzeug des Schutztrupps sorgte mit seiner lauten Sirene dafür, dass der Verkehr und die Fußgänger schnell aus dem Weg gingen.

Da der Rest von Lesters Team nun nicht mehr in seiner Gewalt war, fühlte sich Finn nun viel sicherer. Sein neues Team würde nicht zögern, eine kleine alte Dame vor den Bus zu werfen, wenn die Mission es erforderte. Als er ihnen die Mission beschrieb, konnte er sogar schwören, dass ihnen bei dem Gedanken an das, was sie tun sollten, das Wasser im Munde zusammenlief.

Jetzt bereiteten sie sich darauf vor, Meyers Regierung und der Abteilung 89 einen schweren Schlag zu versetzen. Es würde den selbstgefälligen Blick von Decker und ihren Leuten aus dem Gesicht wischen und er würde sie lehren, wer die Oberhand hatte.

Finns Team war auf zwei Autos aufgeteilt, und Finn berührte abwesend den Knopf in seinem rechten Ohr, als ein leises Klicken zu hören war und eine Stimme ihm leise mitteilte, dass sich das Auto der Zielperson näherte.

"Tut es", sagte er und gab gleichzeitig dem Fahrer seines Wagens ein Zeichen. Das Fahrzeug bog in die Straße ein und fuhr hinter dem Wagen der Zielperson her. Sie achteten darauf, eine angemessene Geschwindigkeit einzuhalten, um keinen Verdacht auf sich zu lenken.

Der Wagen weiter hinten wartete, bis der Wagen der Schutztruppe vor dem der Zielperson näher kam. Dann schossen sie hervor und der Wagen kam quietschend zum Stehen. Fawkes sprang heraus, zog eine Panzerfaust, richtete sie aus und feuerte genüsslich auf die Leibwächter im ersten Fahrzeug. Mit einem pfeifenden Kreischen schoss die Rakete aus dem Raketenwerfer und traf das Fahrzeug der Leibwächter frontal, sodass es in einem Feuerball explodierte und alle Insassen auf der Stelle tot waren.

Der Fahrer im Auto der Zielperson reagierte, erwartungsgemäß schnell. Er leitete eine Vollbremsung ein und wendete das Auto, sodass es rückwärts die Straße hinunterfuhr.

"Wir werden angegriffen", rief ein anderer Agent im Wagen in sein Mikrofon, "ich wiederhole, wir werden angegriffen. Fordern Sie sofort schwer bewaffnete Verstärkung an!"

Finns Auto machte jedem Fluchtversuch bald ein Ende. Finn, Bailey und Abney hielten den Wagen plötzlich an und sprangen heraus. Sie schossen mit automatischen Waffen auf die Reifen und schlugen große Dellen in die Panzerglasscheibe.

Finn wusste, dass sie schnell arbeiten mussten. Die Zeit drängte. Zweifellos war bereits Verstärkung unterwegs, und sie hatten nur begrenzte Munition und Waffen. Sie konnten nicht gewinnen, wenn sie sich auf ein langwieriges Feuergefecht einließen.

Er nickte den anderen zu und sah, wie sie zum Auto liefen und Plastiksprengstoff an den Schlössern der hinteren Türen befestigten. Innerhalb von Sekunden sprengte ein lauter Knall die Türen auf und dicker schwarzer Rauch ließ die Insassen keuchen, als sie aus dem Auto taumelten.

Die Leibwächter im Auto beschlossen daraufhin, so gut wie möglich zu kämpfen und zu hoffen, dass rechtzeitig Verstärkung eintreffen würde. Sie feuerten mit ihren Waffen auf ihre Angreifer und schafften es, Abney zu töten. Aber die Zahl der Angreifer war zu groß, und trotz aller Bemühungen wurden sie schließlich alle niedergeschossen.

Finn sprintete auf die verbleibende Gestalt zu, die aus der zerstörten Hintertür gefallen war und keuchend und mühsam auf die Beine kam. Finn packte ihn am Genick und verpasste ihm einen kräftigen Schlag auf den Kiefer.

"Guten Morgen, Herr Direktor Wagner", sagte Finn, "schön, dass ich Sie endlich kennenlerne. Bitte, Ihr Auto wartet."

Wagner wurde kurzerhand auf die Beine gehoben, zu Finns Auto geschleppt und durch die offene Autotür geschleudert. Überall um sie herum lag der Geruch von Feuer und Tod in der Luft. Zivilisten kauerten hinter Straßenecken, einige filmten mit ihren Handys, während in der Ferne Sirenen zu hören waren.

Als Verstärkungstrupps der Regierung am Ort des Geschehens eintrafen, waren Wagner und seine Entführer längst verschwunden.

Decker saß in ihrem Büro und studierte eine Akte, als Schmitz mit wütendem Gesichtsausdruck hereinkam.

"Was?", sagte Decker mit leerem Blick.

Ohne zu antworten, nahm Schmitz die Fernbedienung des Fernsehers in die Hand und schaltete einen deutschen 24-Stunden-Kabelnachrichtensender ein. Plötzlich füllte sich der Bildschirm mit den Handyaufnahmen des Anschlags und den Aufnahmen eines Touristen, der gefilmt hatte, wie Direktor Wagner von Finn auf die Beine gehoben und in ein anderes Auto verfrachtet wurde.

Schmitz sah Decker an und stellte das Offensichtliche fest. "Sie haben Wagner."

Decker sprang von ihrem Stuhl auf und griff nach ihrer Jacke. "Komm schon."

"Wohin gehen wir?", fragte Schmitz.

"Kanzleramt. Die CIA hat uns gerade den totalen Krieg erklärt, und ich möchte Meyers Erlaubnis haben, angemessen zu antworten."

KAPITEL ZEHN

Mit dicken, schweren Seilen fest an einen Pfosten gefesselt, war Wagners Kopf leicht zur Seite geneigt. Sein gewelltes Haar, das normalerweise weiß war, war jetzt von Blut und Schweiß verfilzt. Er blinzelte heftig und versuchte, seine Haarsträhnen aus den Augen zu befördern, doch ohne Erfolg.

Aber es spielte keine Rolle. Der Raum, in dem er sich befand, war dunkel, und ein Auge war durch den unerbittlichen, brutalen Angriff zugeschwollen. Er fuhr mit der Zunge vorsichtig an der Innenseite seines geschlossenen Mundes entlang und spürte mehrere lockere Zähne.

Er wusste, wenn er ehrlich mit sich war, dass er hier an diesem kalten, dunklen Ort sterben würde. Er dachte an seine Exfrau, zum ersten Mal seit vielen Jahren.

Was würde sie sagen, wenn die Polizei kam, um ihr mitzuteilen, dass ihr Ex-Mann tot war? Er konnte sich vorstellen, wie sie stoisch akzeptierte, dass der Tag endlich gekommen war, der Tag, von dem sie ihm gesagt hatte, dass er *unwei-*

gerlich kommen würde, und dass sie deshalb nicht mehr mit ihm zusammen sein konnte. Sie konnte nicht jeden Tag als pflichtbewusste Ehefrau zu Hause warten, bis es an der Tür klopfte. Sie hatte ihm prophezeit, dass er wegen seines Jobs irgendwann, irgendwo tot in einem Graben landen würde.

"Wir alle sterben irgendwann, meine Liebe", hatte er gesagt, als er zum letzten Mal ging.

Jetzt würde es passieren. Der Gedanke an die Dunkelheit, die ihn einhüllte, und an eine Ewigkeit des Nichts fühlte sich plötzlich verlockend an. Er beschloss in diesem Moment, dass er seinen Entführern am Ende nichts geben würde. Sie würden um jede Information betrogen werden, die sie haben wollten. Er würde ihnen nicht die Genugtuung geben, ihn zusammenbrechen und betteln zu sehen, im Gegenteil. Er würde auch alles tun, um sein Ende zu beschleunigen.

Er machte sich keine Illusionen über den Ausgang der Sache. Es würde keine Rettung in letzter Minute geben, keine Kavallerie. Niemand wusste, wo sie waren, und er konnte es nicht mehr lange durchhalten. Aber der Gedanke, am Ende doch noch zu lachen, ließ ihn lächeln, obwohl sein Körper vor Schmerzen zitterte.

Plötzlich hörte Wagner ein Scharren in der Ecke des Raumes und erkannte, dass seine Angreifer die ganze Zeit über dort gestanden und ihn beobachtet hatten. Die meisten von ihnen standen in der Dunkelheit im hinteren Bereich, aber einer von ihnen, vermutlich der Anführer, trat langsam ins Licht.

"Finden Sie etwas lustig?", fragte Finn leise: "Ich sehe in deiner Situation nicht viel, worüber man lachen könnte."

Wagner öffnete seinen Mund und spuckte einen abgebrochenen Zahn aus.

"Tom Finn, nehme ich an. Wir sind hier. ... wie lange? Stunden?", antwortete er heiser, "und was haben Sie in dieser Zeit erreicht? Sie haben einen hilflosen alten Mann besinnungslos verprügelt. Sie müssen wirklich stolz auf sich sein. Sie sollten unbedingt Ihre Twitter-Seite aktualisieren und alle wissen lassen, was für ein großer Junge Sie heute waren. Mami wird stolz sein."

Er wusste, dass er ihn anstachelte, was nur zu noch mehr Schmerz führen würde, aber das war ihm egal. *Es wird bald vorbei sein.*

"Hilflos?", sagte Finn mit einer hochgezogenen Augenbraue, "Kaum die richtige Beschreibung für Sie. Wie viele Menschen haben Sie in Ihrer Laufbahn mit bloßen Händen getötet? Zwanzig? Dreißig? Mehr?"

"Du wärst der Nächste, wenn du den Mut hättest, meine Fesseln zu lockern und es zu einem fairen Kampf zu machen, Bürschchen. Aber nein, du hast zu viel Angst und deshalb musstest du mich fesseln und verprügeln. Mach mich los und lass uns sehen, wie mutig du wirklich bist."

Finn lächelte und klatschte langsam in die Hände, um Beifall zu spenden. "Was für eine Ansprache, Direktor Wagner. Wahrlich oscarreif. Vielleicht kriegen Sie eine Fußnote in der Rubrik 'In Memoriam'."

"Ich werde dir nie etwas sagen und ich werde nicht um mein Leben betteln", sagte Wagner, "also gib's auf und geh nach Hause. Du bist ein Amateur, der verzweifelt versucht, ein Profi zu sein. Aber du bist ganz einfach nur nutzlos."

Finn zog eine Handfeuerwaffe hervor und drückte sie fest gegen Wagners Stirn. Der Druck verstärkte den Schmerz in seinem Kopf, aber das war ihm egal. Er schloss seine Augen und atmete tief durch. Doch plötzlich öffnete er die Augen und lächelte Finn an.

"Eigentlich möchte ich dir etwas sagen. Etwas wirklich Wichtiges. Bist du bereit, es zu hören?"

Finns Augen verengten sich misstrauisch. "Ich kann es kaum erwarten."

Wagner fing an, unkontrolliert zu lachen. "Major Decker wird euch verdammt noch mal foltern und ermorden. Jeden einzelnen von euch. Dann wird sie sich eure Familie vorknöpfen, eure Schulfreunde, das Kindermädchen, die Amme und das erste Mädchen, auf das ihr gewichst habt. Sie wird euch alle direkt in die Hölle schicken, wo ich bereits warten werde, euch ins Gesicht zu pissen."

Mit einem Wutschrei feuerte Finn einen Schuss in Wagners Kopf, und was von seinem Kopf übrig war, sackte zur Seite. Hinter ihm war eine große Blutlache auf dem Boden, von einer großen Austrittswunde am Hinterkopf. Als die letzten Echos des Schusses verklungen waren, herrschte eine unheimliche Stille im Raum. Finns Hände zitterten vor lauter Adrenalin.

"Tja, das war's dann", kommentierte Fawkes, "Davon wacht keiner mehr auf".

Ohne etwas zu erwidern, ging Finn hinüber und legte ein Schild um Wagners Halsreste. Darauf stand lediglich:

Die Rache für Trent, Major Decker

"Lasst uns gehen", sagte Finn und ging davon. Er drehte sich nicht um.

Sobald sie in Sicherheit waren, benutzte Finn ein Wegwerfhandy, um die Polizei anzurufen und Wagners Aufenthaltsort zu melden.

Die anderen konnten nicht verstehen, warum sie seinen Aufenthaltsort so schnell aufgaben. Warum ließ man die Regierung nicht selbst nach ihm suchen? Warum sollte man sie nicht stunden- und tagelang im Ungewissen lassen?

Aber Finn war fest entschlossen, die Dinge schnell voranzutreiben. Je schneller er aus diesem verdammten Land heraus war, desto besser, und die einzige Möglichkeit, die Dinge zu beschleunigen, war, die Abteilung 89 in blinde Wut zu versetzen und sie dazu zu bringen, ihr Urteilsvermögen zu verlieren. Zumindest hoffte Finn das.

Dank seines Anrufs wurde Wagner weniger als zwanzig Minuten später von leitenden Beamten der Bundespolizei gefunden. Diese riefen Hauptkommissar Busch an, der einen angewiderten Blick auf das Schild um Wagners Hals warf, sein Mobiltelefon zückte und aus dem Gedächtnis eine Nummer wählte. Kurz darauf war der Hörer am anderen Ende der Leitung abgenommen.

"Hans Unterwald", sagte Busch, "Hauptkommissar Busch hier. Wir haben den Direktor Wagner gefunden. Er ist tot. Informieren Sie Major Decker und holen Sie sie her."

Als er den Hörer auflegte, betrachtete er Wagners Leiche und fluchte leise vor sich hin. Er wusste in diesem Moment, dass die Zahl der Toten jetzt dramatisch in die Höhe gehen würde. Der Direktor des Inlandsgeheimdienstes war tot. Das durfte nicht ungesühnt bleiben. Dafür würde Decker sorgen.

Später würde Schmitz, wenn man ihn zu diesem Tag befragte, angeben, dass er Decker in all der Zeit, in der er sie kannte, noch nie so erschüttert gesehen hatte. Als sie die dunkle Lagerhalle betrat, in der Wagners kalter Körper immer noch an den Pfosten gefesselt war, warf sie einen Blick auf seinen zerschmetterten Kopf, las das Schild um seinen Hals, rannte in die Ecke und übergab sich. Als sie fertig war, schaute sie auf, ihr Gesicht völlig blutleer.

Schmitz selbst war fassungslos und spürte, wie Emotionen in ihm hochkochten und ein Kloß sich in seinem Hals bildete. Wagner hatte ihnen immer den Rücken gestärkt, in guten wie in schlechten Zeiten, und dass er nun auf diese Weise sein Ende fand, in einem kalten, feuchten Raum, gefoltert und dann erschossen....

Decker hatte recht. Die CIA hatte ihnen gerade den Krieg erklärt. Nichts würde mehr so sein wie vorher. Selbst wenn dieser Krieg gewonnen und beigelegt war, würde die Wut immer noch da sein.

Schmitz zückte sein Handy und schoss ein Foto von Wagner. Das brachte ihm missbilligende Blicke von den anwesenden Kriminaltechnikern ein, aber das war Schmitz egal. Er schickte das Foto an Unterwald. Als er sein Handy wieder weglegte, schaute er auf einen von ihnen.

"Binden Sie ihn los", sagte Schmitz und deutete auf Wagner.

"Geht nicht", sagte der Kriminaltechniker abrupt, "Tatort. Wir dürfen ihn nicht stören."

Wütend packte Schmitz den Techniker am Genick und schrie ihn an. "Gebt ihm seine verdammte Würde zurück. Binden Sie ihn los oder ich tue es."

Bevor der erschrockene Techniker reagieren konnte, ging Decker mit einem Messer in der Hand an ihnen vorbei und schnitt die Seile selbst durch. Wagners Leiche, von den Seilen befreit, sackte auf die Seite. Die Polizisten heulten auf, aber wie Schmitz kümmerte sich auch Decker nicht darum.

Schmitz Telefon piepte mit einer Antwort-SMS von Unterwald.

> Befehl von M. Tun Sie, was Sie tun müssen.
> Töten Sie alle.

Decker sah sich die Nachricht auf Schmitz' Telefon an und nickte zur Tür. "Lass uns gehen. Wir haben einen Krieg zu führen."

In seinem abgedunkelten Büro betrachtete Unterwald das Foto von Wagner, das Schmitz ihm geschickt hatte. Plötzlich und ohne Vorwarnung begann er zu zittern. Dann begann er zu weinen.

Bundeskanzlerin Meyer ging es nicht besser. Als Unterwald Meyer über Wagners Tod informiert hatte, war sie langsam in ihrem Stuhl zusammengesackt und hatte wie ein Reh im Scheinwerferlicht ausgesehen. Sie fummelte an den Papieren auf ihrem Schreibtisch herum, stand auf und lief im Büro umher. Schließlich drehte sie sich mit feuchten Augen um und sah Unterwald an.

"Sie sterben alle", sagte sie mit erstickter, ruhiger Stimme, "sag das Decker. Jeder, der mit der Sache zu tun hat, stirbt, egal, wie er darin verwickelt ist. Keine Gnade."

Unterwald nickte stumm und verließ den Raum, um die SMS an Schmitz zu schicken. Als er Meyers Tür schloss, konnte er sie leise schluchzen hören.

Während er nun in seinem eigenen Büro saß und über den Verlust seines Freundes weinte, nahm Unterwald sein Telefon und schickte eine SMS-Nachricht mit dem Foto von Wagner an Norman Lester in Washington DC.

> Sie haben uns den Krieg erklärt, Sie Scheißkerl. Wir haben Ihr Team. Jetzt ist Decker hinter Ihnen her.

Dann warf er das Telefon in einem Wutanfall auf seinen Schreibtisch. Es prallte von der Oberfläche ab und landete auf dem Boden. Ohne sich die Mühe zu machen, es aufzuheben, nahm er eine Flasche Schnaps aus der Schreibtischschublade, löste seine Krawatte und trank einen großen Schluck direkt aus der Flasche.

KAPITEL ELF

Norman Lester saß in einer eintönigen Haushaltssitzung, als sein Telefon klingelte. Als er das grausige Foto und die Nachricht sah, wurde sein Gesicht erst scharlachrot und dann leichenblass.

Diesmal hatte Finn den Verstand verloren. Er hatte die ultimative Grenze überschritten. Sein Auftrag lautete, die Abteilung 89 auf eine Weise auszuschalten, die von Washington DC geleugnet werden konnte. Ihm war *nicht* befohlen worden, den Direktor des deutschen Inlandsgeheimdienstes auszuschalten. Schon gar nicht vor Smartphone-Kameras irgendwelcher Touristen. Deutschland war ein NATO-Verbündeter, um Himmels willen.

Was Finn getan hatte, würde wahrscheinlich die Ausweisung des US-Botschafters aus Deutschland und die Schließung der Botschaft zur Folge haben. Vielleicht sogar zu einer Kriegserklärung aus Berlin führen. Ausschluss aus der NATO. Mein Gott, daran war nicht zu denken. Gott sei Dank waren die USA kein Unterzeichner des Internationalen Strafgerichtshofs.

Und das gesamte Team wurde gefangen genommen? Man musste kein Genie sein, um zu wissen, dass Finn seine Medikamente abgesetzt und sie alle verraten hatte.

Er musste jetzt seinen eigenen Hintern retten. Er musste sich Gedanken über die rechtliche Haftung und das Risiko machen.

"Alle raus!", schnauzte er. Seine Mitarbeiter schnappten sich ihre Akten und eilten hinaus. Sie hatten den Stimmungsumschwung gespürt und hatten plötzlich dringende Verpflichtungen an anderer Stelle.

Lester nahm sein Tischtelefon in die Hand und rief Finns Handy in Berlin an. Es ging direkt die Mailbox an. Er fluchte und legte auf, ohne eine Nachricht zu hinterlassen. Er tippte eine Kurzwahlnummer auf dem Pad ein, die ihn mit dem Weißen Haus verband.

"Ich brauche sofort einen Termin beim Präsidenten. Es ist ein Notfall. Ja ... natürlich sofort. Glauben Sie, ein Notfall kann bis nächste Woche warten?"

Präsident Robert Galway saß hinter seinem Schreibtisch im Oval Office und konzentrierte sich auf die Dokumente, die vor ihm lagen. Er seufzte, während er jede Seite mit seinem Stift überflog und abzeichnete. Plötzlich hielt er inne, nahm seine Brille ab und begann, seinen Nasenrücken zu massieren. Seit seinem plötzlichen Aufstieg ins Oval Office hatte er nicht eine Nacht durchgeschlafen.

Das Telefon auf seinem Schreibtisch summte plötzlich und Galway zuckte zusammen. Er drückte die Augen fest zu und kämpfte gegen die Müdigkeit an, nahm den Hörer ab und hielt ihn vorsichtig von seinem Ohr weg. Seine Sekretärin war bekannt dafür, laut zu sprechen.

"Die deutsche Bundeskanzlerin Claudia Meyer ist am Telefon, Herr Präsident. Sie bittet um ein Gespräch mit Ihnen."

Galway blinzelte. Dies entsprach nicht dem Protokoll. Alle Gespräche mit ausländischen Staatsoberhäuptern mussten im Voraus geplant werden und über den Außenminister oder den Stabschef des Weißen Hauses laufen. Ein Staatsoberhaupt konnte nicht einfach den Präsidenten der Vereinigten Staaten direkt anrufen.

Galways Sekretärin schien seine Gedanken zu lesen. "Ich habe ihrem Stabschef gesagt, dass es Verfahren gibt, die eingehalten werden müssen, aber Herr Unterwald ist ein sehr unhöflicher Mann. Er hat mir in ziemlich unangenehmer Sprache gesagt, was ich mit meinen Verfahren machen kann."

Galway rieb sich noch heftiger den Kopf, denn der Gedanke an sein Bett und eine Schlafmaske war plötzlich sehr verlockend. "Gut, ich nehme den Anruf entgegen. Stellen Sie ihn durch."

"Ja, Herr Präsident."

Wenige Sekunden später hörte er seine Sekretärin wieder in der Leitung.

"Bundeskanzlerin Meyer, Herr Präsident."

"Frau Bundeskanzlerin", sagte Galway, "das ist höchst ungewöhnlich. Anrufe sollten koordiniert werden ... "

"Warum haben Sie das getan?", unterbrach Meyer barsch, "was hat Klaus Wagner Ihnen getan?"

Galway hielt an. Das hörte sich nicht gut an. "Ich habe keine Ahnung, wovon Sie reden."

"Ich hoffe, Sie lügen, denn wenn Sie die Wahrheit sagen, haben Sie ein ernstes Problem am Hals. Der Direktor meines Inlandsgeheimdienstes, Klaus Wagner, ist ermordet worden. Und Ihre CIA ist dafür verantwortlich."

Galway atmete tief durch und nahm den Telefonhörer in die Hand. "Das ist eine äußerst schwerwiegende Anschuldigung, die Sie da erheben, Frau Bundeskanzlerin. Ich hoffe, Sie haben Beweise, die das belegen."

"Fragen Sie Ihren CIA-Direktor, ob er es getan hat", sagte Meyer scharf, "und melden Sie sich dann bei mir. Aber ich warne Sie jetzt schon: Wenn die deutsche Regierung bis heute Abend keine zufriedenstellende Antwort von Ihnen erhält, werden wir die Ermordung unseres Geheimdienstdirektors als Kriegshandlung der Vereinigten Staaten betrachten. Und wir werden entsprechend reagieren."

"Warten Sie mal eine verdammte Minute ... ", zischte Galway.

"Und wir wollen, dass Agent Tom Finn von der Central Intelligence Agency wegen Mordes an die deutsche Regierung ausgeliefert wird. Ihr Außenministerium wird in Kürze den Haftbefehl und das Auslieferungsersuchen erhalten."

Meyer hatte aufgelegt.

Galway saß fassungslos da und lauschte dem Brummen der

unterbrochenen Telefonleitung. Kaum hatte er den Hörer wieder aufgelegt, klingelte es.

"Herr Präsident", sagte seine Sekretärin, "der CIA-Direktor ist hier und bittet um ein Treffen. Er steht nicht im Terminplan."

"Oh, er ist schon hier?", sagte Galway, "das ist gut, dann muss ich ihn nicht herrufen. Schicken Sie ihn bitte herein. Ich möchte auch, dass der Direktor des Nationalen Geheimdienstes sofort hierherkommt."

"Ich glaube, er ist hier im Gebäude, Herr Präsident. Er trifft sich mit dem Nationalen Sicherheitsrat."

"Fantastisch. Ich möchte ihn auch sofort in meinem Büro sehen. Sein anderes Treffen kann warten."

Im Nachhinein hätte Lester wissen müssen, dass er in eine Falle tappte, als er das Oval Office betrat. Galway war schlecht gelaunt, aber das kümmerte Lester zu diesem Zeitpunkt nicht. Seit Galways plötzlichem Amtsantritt als Präsident nach dem Tod seines Vorgängers, Bill Trent, hatte Lester Galway verachtet.

Die meisten Mitglieder der Regierung und der Geheimdienste waren sich einig. Galway hatte jede erdenkliche Beleidigung gehört und dann noch einige, die zuvor als unvorstellbar galten. Man hatte ihn als Feigling, Weichei oder Platzverschwender bezeichnet. Er war offensichtlich nicht einmal gut genug, Trents Stiefel zu lecken, geschweige denn, sie auszufüllen. Er war eine geduldete Übergangslösung, einen Platzwärmer für die letzten paar

Jahre von Trents Amtszeit, bis die Partei jemanden gefunden hatte, der ihr besser gefiel. Jemand ohne Gewissen hatte Galways Frau gesagt. Jemand, der Babys isst, anstatt sie zu küssen, wie jeder gute Politiker.

Da niemand Zeit für Galway hatte, hatten sie ihre Verachtung gezeigt, indem sie die Nachricht von Wagners Tod hinausgezögert hatten. Als Meyer also anrief und Galway mit beiden Läufen ihrer verbalen Schrotflinte bedachte, war Galway völlig unvorbereitet und daher gedemütigt worden. Das wurde ihm nun bewusst, und er beschloss, dass es nun genug war. Er musste seine Autorität durchsetzen.

"Mr. Präsident", sagte Lester, wobei sich ein Hauch von Verachtung in seine Stimme schlich, "danke, dass Sie mich in Ihren vollen Terminkalender aufgenommen haben".

Zu seiner Überraschung antwortete der Präsident nicht sofort. Er las ein Dossier und machte sich zahlreiche Notizen am Rande.

"Mr. President ... ", sagte Lester erneut, wurde aber von Galway mit einem Finger zum Schweigen gebracht.

Das einzige Geräusch im Raum war das gleichmäßige Ticken der Uhr und das Kratzen von Galways Stift auf der Akte. Lester seufzte tief und ostentativ und machte damit eine nicht allzu subtile Andeutung, dass er Galways Theatralik als ermüdend empfand. Galway verstand die Andeutung, ignorierte aber weiterhin seinen Geheimdienstchef.

Schließlich klopfte es erneut an der Tür und der Direktor des Nationalen Geheimdienstes trat ein. James Barton, ein 57-jähriger ehemaliger Oberst einer Spezialeinheit der Armee und Veteran des Geheimdienstes, hatte für mehrere Präsidenten beider Parteien gearbeitet. Er duldete keine

Dummheiten und war einer der wenigen Menschen, die mit Galways Lage sympathisierten. Ein Adjutant hatte ihm von Wagners Tod berichtet, aber bisher hatte er den Vorfall nicht mit der CIA in Verbindung gebracht.

Auch Barton hasste Lester abgrundtief, was ihn zu einem der wertvollsten Verbündeten von Galway machte. Ein Zeichen für die tiefe Feindschaft zwischen den beiden Geheimdienstchefs wurde sofort deutlich, als Lester Barton einen bösen Blick zuwarf und feststellte, dass er plötzlich in der Unterzahl war. Sein Plan, Galway an die Wand zu spielen, hatte sich damit in Luft aufgelöst.

Galway warf seinen Stift weg und sah die beiden Männer einige Sekunden lang an, bevor er schließlich sprach.

"Möchte mich einer von Ihnen über eine Angelegenheit von höchster nationaler Sicherheit informieren? Gibt es irgendetwas, das ich zu diesem Zeitpunkt wissen sollte? Direktor Lester? Vielleicht möchten Sie zuerst sprechen?"

Mein Gott, er weiß es, dachte Lester. Aber Barton kam ihm zuvor, denn er genoss die Gelegenheit, Lester das Messer in den Leib zu rammen.

"Der Direktor des deutschen Inlandsgeheimdienstes ist ermordet worden", sagte Barton feierlich.

"In der Tat", sagte Galway, "und kann mir einer von Ihnen erklären, warum ich von dieser Nachricht erst erfuhr, als mich gerade eine wütende deutsche Kanzlerin anrief und uns beschuldigte, dafür verantwortlich zu sein? Warum haben mich meine eigenen Geheimdienste nicht sofort informiert?"

Barton zuckte zusammen. "Sie beschuldigt uns des Mordes?"

"Ja, schockierend, nicht wahr?", sagte Galway sarkastisch, "dass einer unserer längsten und zuverlässigsten Verbündeten uns eines solch abscheulichen Verbrechens beschuldigen würde. Meinen Sie nicht auch, Direktor Lester?"

Lester antwortete nicht sofort. Es brodelte in ihm. Barton drehte sich um und sah seinen Kollegen an, dem der Schock langsam ins Gesicht geschrieben stand.

"Was haben Sie getan, Lester?", flüsterte er. "Haben Sie gerade einen Krieg mit Deutschland angezettelt?"

Lester brach schließlich sein Schweigen, weigerte sich aber, mit Barton Augenkontakt aufzunehmen und starrte stattdessen geradeaus. "Sie haben uns bereits den Krieg erklärt."

"Oh, das wird interessant", sagte Galway sarkastisch, "bitte erklären Sie mir, wie Sie zu diesem Schluss gekommen sind?"

Lester zögerte kurz, dann stürzte er sich ins kalte Wasser. "Sie haben Trent ermordet."

"Trent hatte einen Herzinfarkt", schnauzte Barton, "wir wissen alle, dass Sie sein größter Fan waren, aber es gibt keinen Grund, Ihren untröstlichen Kummer auf andere Leute zu projizieren."

"Es war kein Herzinfarkt", erwiderte Lester, "es war ein Attentat."

Bevor Barton antworten konnte, hob Galway einen Finger, um ihn zum Schweigen zu bringen. "Und warum sollte

Deutschland einen Anschlag auf unseren Präsidenten verüben und einen Krieg mit uns riskieren?"

Lester war plötzlich zurückhaltend. Seine Loyalität gegenüber seinem alten Chef ließ ihn zögern, ihn darin zu verwickeln. Wie er zu sagen pflegte, war Trent ein Scheißkerl, aber er war *sein* Scheißkerl.

Barton war mit seiner Geduld am Ende. "Der Präsident hat Ihnen eine Frage gestellt."

"Präsident Trent erfuhr, dass ein deutsches Geheimdienstteam in Nordkorea eingeschleust wurde", sagte Lester unbehaglich, "er informierte den Vorsitzenden Kim über Geheimkanäle und Kim ließ das Flugzeug abschießen."

Der Schock im Raum war mit Händen zu greifen. "Und das wussten Sie?", fragte Barton. Galway saß hinter seinem Schreibtisch, das Gesicht in die Hände gestützt.

"Ich habe es nicht vorgeschlagen, falls Sie das andeuten wollen", sagte Lester steif, "in dieser Hinsicht war Trent freiberuflich tätig. Aber ich habe es erst im Nachhinein erfahren."

"Und nichts gesagt", sagte Galway leise.

"Wem gegenüber?", schnauzte Lester, "Ihnen? Bill Trent war der Präsident der Vereinigten Staaten und meine Loyalität galt ihm."

"Ihre Loyalität gilt diesem Land, Direktor Lester", sagte Galway und lehnte sich in seinem Stuhl zurück, "Sie hätten die Pflicht gehabt, den Präsidenten vor dem zuständigen Aufsichtsausschuss des Kongresses zu melden. Aber das haben Sie nicht getan."

"Ich war loyal", knurrte Lester.

"Aber weder für dieses Land noch für mich", sagte Galway, "und das kann ich nicht zulassen. Sie haben sich auch mitschuldig gemacht an Trents Verbrechen, indem Sie ihn geschützt haben. Deshalb schlage ich vor, dass Sie sich einen sehr guten Strafverteidiger suchen, denn Sie werden einen brauchen, bevor das Justizministerium mit Ihnen fertig ist."

"Sie wollen meinen Rücktritt?", sagte Lester.

"Was? Um mehr Zeit mit Ihrer Familie zu verbringen?", sagte Galway sarkastisch, "nein, Sie sind gefeuert. Und jetzt sagen Sie Direktor Barton, wie er dieses abtrünnige Team, das Sie nach Berlin geschickt haben, in die Schranken weisen kann, oder ich schwöre bei Gott, Sie werden sich wünschen, nie geboren worden zu sein. Ich habe es satt, dass man mich untergräbt und mich nicht respektiert. Heute ist damit Schluss. Sagen Sie uns, wie wir Ihr Team stoppen können, und der Generalstaatsanwalt wird es wohlwollend zur Kenntnis nehmen. Ich werde mich darum kümmern."

Lester brannte vor Demütigung über seine plötzliche Entlassung und das, was noch kommen würde. Aber er wusste, dass er ins Gefängnis musste, wenn er nicht anfing, Pluspunkte zu sammeln.

"Ich weiß es nicht", sagte Lester schließlich, "sie operieren aus offensichtlichen Gründen nicht von der Botschaft aus. Finn hat sein gesamtes Team bis auf drei Personen an die Abteilung 89 verraten und ist jetzt undercover unterwegs. Er geht nicht ans Telefon."

"Was meinen Sie mit 'alle bis auf drei'?", fragte Barton, wobei die Verachtung aus seiner Stimme tropfte.

"Zwei wurden getötet, einer gefangen genommen", sagte Lester, "sie versuchten, einen Mitarbeiter der Abteilung 89 zu töten, was misslang. Der Gefangene wurde gefoltert und lebendig vor der Botschaft abgelegt, an Finn und mich adressiert. Aber bevor der Stationsleiter den Agenten befragen konnte, wurde der Agent innerhalb der Botschaft ermordet."

"Von wem?", sagte Galway mit schockierter Miene.

Lesters Gesicht war teilnahmslos. "Die Ermittlungen laufen."

Barton stieß ein kurzes Lachen aus. "Was für eine Farce. Wer immer es war, wird seine Spuren längst verwischt haben."

"Klären Sie mich noch einmal über dieses Departement 89 auf", sagte Galway, "ich habe bei meiner Amtseinführung die wichtigsten Informationen erhalten. Jetzt will ich alles."

Das taten Lester und Barton dann auch. Am Ende war Galway nachdenklich.

"Und wie haben sie angeblich Präsident Trent ermordet?"

"Wir vermuten, dass sie vergiftet wurde", sagte Lester, "deshalb glauben wir, dass es ein Herzinfarkt war. Die Tatsache, dass Major Decker zu diesem Zeitpunkt im Zimmer war, hat uns davon überzeugt, dass sie nicht wegen eines Freundschaftsbesuches dort war."

"Mr. President", begann Barton.

"Warten Sie", sagte Galway, nahm den Hörer ab und rief seine Sekretärin an, "holen Sie mir Kanzlerin Meyer wieder ans Telefon. Danke."

"Was wollen Sie damit sagen?", fragte Lester, als Galway den Hörer wieder auflegte.

"Warten Sie ab und findet es heraus. Aber während des Gesprächs werden Sie beide schweigen, es sei denn, ich weise Sie ausdrücklich an, zu sprechen. Ist das klar?"

Bevor einer der beiden Männer antworten konnte, summte das Telefon erneut und Galway nahm ab.

"Bundeskanzlerin Meyer, Herr Präsident."

"Ich danke Ihnen. Und während ich mit ihr spreche, bitten Sie den Außenminister und den Verteidigungsminister, zu mir zu kommen."

"Ja, Mr. President".

"Kanzlerin Meyer?", sagte Galway, als er verbunden wurde. Er stellte das Gespräch heimlich auf Lautsprecher, damit die anderen es hören konnten.

"Präsident Galway", sagte Meyer kalt. "Ich hoffe, Sie haben gute Nachrichten für mich."

"Ich habe zuerst eine Frage."

"Fahren Sie fort."

"Warum haben Sie Präsident Trent ermordet?"

Ein Moment des Schweigens, der Bände sprach. "Ich weiß nicht, wovon Sie reden, und ich weise die Anschuldigung zurück. Sie können es auch nicht beweisen."

"Sie leugnen es also?", sagte Galway, "nun gut, ich kann jederzeit die Exhumierung von Präsident Trent und eine Autopsie anordnen. Eine umfassendere Autopsie, bei der nach übersehenen *Giftstoffen* gesucht wird."

"Fahren Sie fort", sagte Meyer, obwohl es ihr nicht passte, dass der Wind begonnen hatte, sich zu drehen, "Sie wissen, dass Trent mein Geheimdienstteam an die Nordkoreaner verraten hat?"

"Das können Sie genauso wenig beweisen", erwiderte Galway, "und wenn Sie tatsächlich ein Attentat auf Trent verübt haben, dann könnte man den Mord an Ihrem Geheimdienstchef als... Rache betrachten?"

Barton sah seinen Chef mit einer Mischung aus Schock und Stolz an. Selbst Lester überdachte seine Meinung in Bezug auf den Präsidenten. Galway hatte plötzlich Eier in der Hose.

"Wir sollten uns nicht mit Dingen befassen, die wir nicht beweisen können", sagte Meyer. "Es bleibt die Tatsache, dass einer Ihrer Agenten einen kaltblütigen Mord auf deutschem Boden begangen hat. Das ist beweisbar und unbestritten. Wir haben ihn auf Video, wie er die Tat begeht. Wir wollen ihn und alle, die mit ihm zusammenarbeiten, vor Gericht stellen."

Galway holte tief Luft. "Das wird unter keinen Umständen passieren. Agent Tom Finn ist unsere schmutzige Wäsche. Wir werden uns darum kümmern."

"Auf keinen Fall", schnauzte Meyer, "geben Sie ihn uns, oder wir werden die diplomatischen Beziehungen zu den Vereinigten Staaten abbrechen. Und ich werde der Presse sicher sagen, warum ich das getan habe."

"Und wir werden die Medien über die Ermordung von Präsident Trent und die Beteiligung von Major Sophie Decker und Abteilung 89 informieren. Oh ja, Kanzler Meyer, ich weiß Bescheid über Ihr kleines persönliches Killerkommando. Wir haben fotografische Beweise, dass Decker in dem Raum war, als Präsident Trent starb. Wie würde CNN wohl darauf reagieren?"

"Bleiben Sie bei dem, was Sie gut können", sagte Meyer, "und Leute bedrohen gehört nicht dazu. Holen wir jetzt Finn oder nicht?"

"Nein", sagte Galway, "ich glaube, Sie haben mehr zu verlieren als ich, wenn es um die Ermordung unseres Präsidenten geht ...".

"Ich habe Ihnen gesagt ..."

"Sie bluffen und ich will Ihre Karten sehen, Frau Bundeskanzlerin", sagte Galway, bevor er abrupt auflegte.

"Sie spielen mit dem Feuer, Herr Präsident", sagte Barton leise.

Galway wurde durch das erneute Klingeln des Telefons davon abgehalten, zu antworten.

"Die Außen- und Verteidigungsminister sind hier, Herr Präsident", sagte sein Sekretär.

"Danke. Schicken Sie sie rein", sagte Galway. Als er auflegte, sah er Lester an.

"Machen Sie, dass Sie hier wegkommen. Ich will Sie nie wieder sehen. Sie werden sehr bald vom Generalstaatsanwalt hören. Das garantiere ich."

KAPITEL ZWÖLF

Meyer saß schockiert hinter ihrem Schreibtisch. Sie dachte, sie hätte die Oberhand gehabt, aber irgendwie wussten sie von Trent. Zum ersten Mal in seinem Leben war Galway von einem kleinen Jungen zu einem Mann herangewachsen.

Sein Timing ist tadellos, dachte sie verbittert.

Sie blickte zu Decker, die ihr gegenüber saß. Decker hatte während des gesamten Telefonats nicht reagiert und schien nun auf ein Stichwort von Meyer zu warten.

"Was meinen Sie?", fragte Meyer.

"Galway wird Finn und die anderen niemals aufgeben", sagte Decker, "die CIA würde rebellieren, wenn er es täte. Sie halten ihn jetzt schon für erbärmlich. Obwohl man seine Courage bewundern muss, wenn er Ihnen so droht. Erinnern Sie mich daran, nie mit ihm zu pokern."

Meyer nickte. Sie wusste, dass Decker recht hatte. Sie trommelte mit den Fingern auf den Tisch.

"Tun Sie, was getan werden muss", sagte Meyer, "Sie haben volle Entscheidungsgewalt".

"Selbst wenn es bedeutet, einen Krieg gegen die Vereinigten Staaten zu führen?"

Meyer antwortete nicht sofort. Schließlich sagte sie: "Versuchen Sie, es nicht so weit kommen zu lassen".

Finn und sein Team beschlossen, den Schwung der Ermordung von Klaus Wagner fortzusetzen und alle bekannten deutschen Geheimdienste und politischen Ziele anzugreifen. Sie wussten, dass die Abteilung 89 irgendwann an die Öffentlichkeit treten und reagieren musste. Meyers Glaubwürdigkeit und Autorität würde davon abhängen, dass sie die Angriffe schnell und entschlossen abwehrten.

Die ersten, die es erwischte, waren zwei Geheimdienstler, die in einer Bäckerei standen und darauf warteten, bedient zu werden. Fawkes und Bailey betraten die Bäckerei, schossen den Agenten aus nächster Nähe in den Hinterkopf und verließen die Bäckerei, begleitet vom Geschrei der Kunden wieder.

Cassidy und Abney warteten im Fluchtwagen und Bailey stieg hektisch ein. Fawkes hingegen erschoss kühl einen Passanten, der den Helden spielen wollte, und stieg dann lässig ins Auto, während die anderen wütend über seinen Leichtsinn waren.

Gardner und Dixon hatten es in der Zwischenzeit auf einen hochrangigen Bundestagspolitiker und ehemaligen Kabinettsminister abgesehen, der gerade eine Rede in Berlin hielt.

Sie beschlossen, dass es nicht spektakulär genug war, ihn zu erschießen, und warfen mehrere Granaten in einen Saal, in dem der Politiker sprach und in dem fünfunddreißig Menschen saßen, die ihm zuhörten. Gardner hörte jemanden "GRANATE!" schreien, bevor ein lauter Knall, gefolgt von Schreien, die Luft erfüllte.

Die Anwesenheit eines ehemaligen Kabinettsministers bei der Veranstaltung bedeutete, dass auch die Polizei präsent war. Als Gardner und Dixon aus dem Gebäude rannten, wurden sie von verdeckten Polizisten abgefangen, die mit gezogenen Waffen auf sie zu rannten.

"*Halt!*", rief einer von ihnen, "Waffen runter."

Gardner und Dixon hatten nicht die Absicht, aufzugeben. Dixon hob seine Waffe, um zu schießen, aber der Polizist war schneller. Er feuerte einen Schuss in die Brust von Dixon, der zwei Rippen zertrümmerte und eine Arterie durchtrennte. Als Dixon verblutend auf dem Boden aufschlug, ging Gardner ruhig in die Knie und feuerte einen Schuss ab, der den Polizisten in den Hals traf.

Der andere Offizier sah seinen Kollegen sterben und beschloss, sich zurückzuziehen und auf Verstärkung zu warten. Er duckte sich hinter eine Säule, als Gardner eine Salve von Kugeln in seine Richtung abfeuerte. Alle verfehlten ihn.

Zu diesem Zeitpunkt war bereits die Hölle losgebrochen. Der Plan war, dass Gardner und Dixon die U-Bahn mit vorher vereinbartem Ziel nehmen sollten, wo man sie abholen würde. Aber die Chancen dafür waren jetzt praktisch nicht mehr gegeben. Die Ermordung eines ehemaligen Kabinettsministers und eines Polizeibeamten bedeutete, dass nun alles abgeriegelt war - einschließlich aller Verkehrsmittel. Und Dixon war schwer verwundet, vielleicht sogar tödlich.

Gardner wusste, was zu tun war. Unter anderen Umständen hätte Dixon dasselbe mit ihm gemacht. Nachdem er ein kurzes Gebet gemurmelt hatte, schoss er Dixon zweimal in die Brust. Dixons Körper zuckte, dann blieb er für immer still.

Er lud seine Waffe nach und gab mehrere Schüsse in Richtung des Polizeibeamten ab, um ihn davon zu überzeugen, hinter der Säule zu bleiben. Gardner fluchte. Der Beamte hatte Gardners Gesicht gesehen und konnte ihn identifizieren. Aber jetzt arbeitete die Zeit gegen ihn und er konnte keine Zeugen mehr beseitigen.

Mit einem bedauernden Blick auf Dixons Leiche rannte Gardner in die andere Richtung, fest entschlossen, so viel Abstand wie möglich zwischen sie zu bringen. Der schrille Klang der herannahenden Polizeisirenen beschleunigte seine Flucht.

Gardner ging eigentlich nicht sehr weit. Er ging um die Ecke, zog sich eine Verkleidung an, drehte seine Jacke auf links und wartete. Der ganze Sinn dessen, was sie gerade getan hatten, war zu sehen, ob die Abteilung 89 auf den Vorfall reagierte. Und wie sollten sie das herausfinden, wenn er nicht in der Nähe blieb, um das Team zu beobachten?

Die anderen sollten, als sie in der Bäckerei eintrafen, ebenfalls warten. Aber dann musste Fawkes losziehen und den Zivilisten töten, und Finn hatte beschlossen, dass es zu heiß für sie war, weiter herumzuhängen. Zumal Fawkes sein Gesicht einem Dutzend Zeugen gezeigt hatte, die nun damit beschäftigt waren, der deutschen Polizei zu erzählen, was sie gesehen hatten.

Als Gardner sicher war, dass seine Verkleidung so gut wie möglich war, bestellte er einen Kaffee, wartete auf dem Fensterplatz und zwang seinen adrenalingeladenen Körper, sich zu beruhigen. Niemand würdigte ihn eines Blickes, denn sie waren zu sehr auf die aufsteigende Rauchwolke in der nächsten Straße konzentriert.

Sie wussten nicht, dass einer der verantwortlichen Männer jetzt neben ihnen saß, Kaffee trank und versuchte, sich normal zu verhalten.

Decker und Amsel waren bald am Tatort der Ermordung des Politikers. Schmitz und Graf waren in der Bäckerei. Aber ein toter Politiker bedeutete, dass Decker als Kommandeur der Abteilung 89 sofort den Fall bekam.

Als Decker aus dem gepanzerten Regierungsfahrzeug ausstieg, das Meyer allen leitenden Mitarbeitern der Abteilung 89 zur Verfügung gestellt hatte, wurde sie von Hauptkommissar Otto Busch empfangen, der untypisch düster und sanftmütig wirkte. Er verschwendete keine Zeit damit, um den heißen Brei zu reden.

"Ich bekam einen Anruf von Hans Unterwald, dem Stabschef von Bundeskanzlerin Meyer. Ich wurde sehr schnell in meine Schranken verwiesen. Mein ganzer Lebensinhalt scheint darin zu bestehen, hinter Ihnen herzulaufen und Ihren Schlamassel aufzuräumen."

"Ein ehrenwerter Beruf", sagte Decker, was ihr von Busch einen wütenden Blick einbrachte. Doch bevor Busch etwas erwidern konnte, schob Amsel Decker vor sich her und schaute diplomatisch zu Busch.

"Wir sind Ihnen sehr dankbar für alles, was Sie tun, Chief Inspektor", sagte Amsel, bevor er Decker weiter in Richtung des Tatortssperrbandes schob.

"Warum müssen Sie ihn so verärgern, Major?", sagte Amsel und schüttelte den Kopf.

"Weil er ein Arsch ist", antwortete Decker und zeigte dem diensthabenden Polizeibeamten ihre Dienstmarke.

Die Stelle, an der der tote Polizist und Dixon lagen, war von einem riesigen Zelt überdacht worden und es wimmelte nun von Forensikern in weißen Anzügen. Decker ging hinüber und betrachtete den Polizeibeamten, der mit einer einzigen Wunde am Hals auf dem Boden lag. Seine Augen waren leicht geöffnet, als wäre er von dem, was passiert war, überrascht worden. Es war sehr wenig Blut zu sehen.

Im Vergleich dazu war Dixon ein Wrack. Er war blutüberströmt, und es war klar, dass er mehrere Kugeln in die Brust bekommen hatte. Amsel machte ein Foto von ihm mit seinem Smartphone und schickte es an Liebermann, mit der Anweisung, ihn durch Gesichtserkennung zu identifizieren.

Doch als sie den zerstörten Flur betraten, in dem der Politiker und zweiundzwanzig der fünfunddreißig Zuhörer tot lagen, bekamen sie einen Schock. Nicht nur wegen des Gemetzels, sondern weil Peter Humphries, der britische MI6-Stationschef für Berlin, dort war. Er trug einen Duffle-coat und einen Schlapphut, sodass es aussah, als würde er für eine Rolle als Paddington der Bär vorsprechen.

"Mr. Humphries", sagte Decker, "warum sind Sie hier? Welches Interesse hat die britische Regierung an der Ermordung des ehemaligen Ministers Lesch?"

"Oh, er verriet in seinen Reden meist etwas Interessantes, da er vor nicht allzu langer Zeit im Verteidigungsministerium gearbeitet hat. Und sein Kaffee und sein Kuchen danach waren hervorragend."

"Sind Sie sicher, dass Sie nicht aus einem anderen Grund hier sind?", fragte Amsel.

Humphries sah ihn belustigt an. "Ich glaube, ich hatte noch nicht das Vergnügen. Sie sind?"

"Leutnant Amsel."

"Nun, Leutnant, alles, was ich Ihnen sagen, dass ich Leschs Ansichten über die NATO und den ehemaligen Warschauer Pakt äußerst genossen habe. Und den Kaffee."

"Ja, das haben Sie gesagt. Großartig", sagte Amsel, der offensichtlich kein Wort davon glaubte.

"Wie haben Sie den Angriff überlebt, wenn Sie seine Rede gehört haben?", fragte Decker.

"Tja, ich war spät dran und habe die Rede verpasst. Der Verkehr in Berlin ist schrecklich. Gott sei Dank, sonst wäre ich jetzt schon Kebab."

"Was genau ist hier passiert?", fragte Amsel.

"Ich denke, es ist offensichtlich, was passiert ist", sagte Humphries, "ein großer Knall und alle sind gestorben."

Decker begann, sich zu ärgern. "Und die Ursache für diesen großen Knall?"

"Oh, richtig. Splittergranaten. Drei Stück. Eingeworfen von zwei Personen, von denen eine draußen tot auf dem Bürgersteig liegt. Der andere tötete seinen Partner, als klar war, dass der draußen verrecken würde, und dann ist Nummer zwei abgehauen."

"Meyer wird ausrasten", sagte Decker, "sie stand Lesch nahe. Er war ihr Lieblingsverteidigungsminister."

"Bis er beim Insiderhandel mit Rüstungsaktien erwischt wurde", so Humphries, "dann war er nicht mehr ganz der Favorit."

Amsels Telefon klingelte und er nahm ab. Es war Liebermann. Amsel ignorierte höflich Humphries' neugierige Blicke und trat beiseite. Decker nutzte die Gelegenheit, um auf Humphries zuzugehen und ihm in die Augen zu sehen.

"Wenn Sie diese feige Geschichte über das Zuhören von Reden und das Trinken von hervorragendem Kaffee aufgeben wollen, lassen Sie es mich wissen. Dann können Sie mir sagen, warum Sie wirklich hier waren. In der Zwischenzeit wünsche ich Ihnen einen schönen Tag."

Als Decker ging, wurde der Blick von Humphries kalt. Er nahm sein Handy aus der Tasche, wählte eine Nummer aus dem Gedächtnis und wartete.

"Ich bin's", sagte er, als die andere Person abnahm. "Lesch ist tot und Decker, der Bluthund, durchschaut bereits meinen Schwachsinn. Wir werden wieder eines dieser lästigen Sophie-Probleme kriegen."

Als Decker nach draußen kam, wartete Amsel bereits auf sie.

"Das war Liebermann. Sie hat den toten Mann identifiziert. Er ist....."

Plötzlich krachte ein leistungsstarkes Scharfschützengewehr und ein Geschoss sauste Amsel und Decker um die Ohren. Die Kugel traf Amsel und zertrümmerte den Schulterknochen. Decker packte den heftig zitternden Amsel und stieß ihn hinter eine Wand. Wild vor Schmerz, umklammerte Amsel verzweifelt seine Schulter, während er durch den Blutverlust einen Schock erlitt.

Es fielen keine Schüsse mehr, sodass die Polizisten auf der Straße keine Ahnung hatten, wo der Schütze war. Sie waren von hohen Gebäuden umgeben, hinter denen sich Tom Finn verbergen konnte, der jetzt schnell sein Gewehr zusammenpackte und die Patronenhülsen aufhob. Dann kroch er davon, um sich mit Gardner und den anderen zu treffen, die gerade mit Höchstgeschwindigkeit lospreschten, um sie abzuholen.

"Wo ist der verdammte Schütze?", schrie Decker. Inzwischen war auch Humphries nach draußen gelaufen und kauerte neben Decker und dem kaum noch bei Bewusstsein befindlichen Amsel, der sich vergeblich an seine Wunde klammerte, um die Blutung zu stillen. Decker zog ihre Jacke aus und drückte sie auf die Wunde, woraufhin Amsel vor Schmerz aufschrie.

"Hör auf zu heulen", schnauzte sie ihn an und holte mit der anderen Hand ihr Telefon heraus. Sie rief in der Zentrale an, um sie über Amsels Verletzungen zu informieren und Henrik Weiland, den diensthabenden Chirurgen, wiederzuholen.

Als Amsel in einen Krankenwagen verfrachtet wurde, schaute Humphries zu Decker.

"Haben Sie das Gefühl, dass Lesch ein Köder war und Sie direkt in die Falle gelaufen sind?"

Decker sah ihn an. "Ja, aber ich habe es satt, die Maus zu sein, die den Käse jagt. Von nun an werde ich der Jäger sein, nicht der Gejagte."

"Und genau das wollen diese Leute."

"Sie wissen davon, nicht wahr?", sagte Decker verärgert.

"Wir hören ab und zu etwas. Aber bevor Sie fragen, wo Tom Finn und sein Team gerade sind, tappen wir genauso im Dunkeln wie Sie. Wenn sich das ändert, werde ich Sie als Erstes anrufen."

"Besser so", sagte Decker, "denn wenn meine Mitarbeiter wie Zielscheiben auf einem Jahrmarkt abgeknallt werden, nehme ich das sehr persönlich. Vor allem, wenn ich erfahre, dass man mir wichtige Informationen vorenthält. Bleiben Sie in Kontakt, Humphries."

KAPITEL
DREIZEHN

Als Decker wieder in das Regierungsfahrzeug einstieg, klingelte ihr Telefon. Es war Meyer.

"Ich habe von Martin Lesch gehört", sagte sie, "ein guter Mann. Er hat nicht verdient, was ihm passiert ist. Eigentlich hätte er eines Tages mein Nachfolger werden sollen."

"Es tut mir leid, Frau Bundeskanzlerin", sagte Decker, "Amsel hat von Liebermann eine Identifizierung eines der Angreifer hier bekommen, bevor er erschossen wurde. Ich werde herausfinden, wer das getan hat und mich um ihn kümmern."

"Was das angeht, habe ich eine Entscheidung getroffen", sagte Meyer, "aufgrund des Todes von Direktor Wagner ernenne ich Sie zum stellvertretenden Direktor des internen Geheimdienstes. Nur für die Dauer dieser Krise. Sie werden weiterhin in der Abteilung 89 arbeiten, aber diese Ernennung wird Ihnen zusätzliche Arbeitskräfte für die Zwecke zur Verfügung stellen. So viele Sie für notwendig erachten."

"Und was ist mit dem stellvertretenden Direktor?", fragte Decker.

"Das ist jetzt Ihr Stellvertreter", sagte Meyer, "wenn er damit ein Problem hat, dann ist das eben so."

"Ich danke Ihnen für Ihr Vertrauen, Frau Bundeskanzlerin. In der Zwischenzeit habe ich Empfehlungen."

"Ich höre."

"Schließen Sie die US-Botschaft und weisen Sie den Botschafter und seine Mitarbeiter aus. Es ist an der Zeit, dass wir Wellen schlagen."

"Die Medien werden wissen wollen, was los ist", sagte Meyer.

"Scheiß auf die Medien. Der offizielle Grund ist die Ermordung Wagners und der Verdacht, dass die USA daran beteiligt waren. Wenn Galway Sie der Ermordung von Trent beschuldigt, leugnen Sie es und leugnen Sie es weiter. Sie können nichts beweisen. Das Gift ist nicht nachweisbar, selbst bei einer Autopsie. Dafür habe ich gesorgt. Halten Sie sie in der Defensive."

"Man wird die Schließung der US-Botschaft für eine Überreaktion halten", sagte Meyer.

"Ich habe zwei schwer verletzte Agenten, die vielleicht nie wieder arbeiten werden und die Ihnen ganz und gar nicht zustimmen würden", sagte Decker, und legte auf.

Meyer saß da und lauschte dem Ton der unterbrochenen Verbindung. Sie dachte darüber nach, was Decker gerade gesagt hatte. Unterwald saß auf der Couch, die Arme verschränkt, und wartete.

"Du hast sie gehört", sagte Meyer, "Wir haben lange genug zugesehen. Tu es. Der Außenminister soll alle zur Persona non grata erklären."

Unterwald nickte, stand auf und verließ das Büro.

Als Decker den Motor des Wagens starten wollte, klopfte es an die Scheibe. Es war Busch. Decker fluchte leise. Das Letzte, was sie brauchte, war eine Schimpftirade von ihm. Sie kurbelte das Fenster herunter und wartete auf Beschwerden - aber sie kamen nicht.

"Hier ist jemand, der behauptet, der Leiter der CIA-Station in Berlin zu sein", sagte Busch, "sein Name ist Charlie Drake. Kennen Sie ihn?"

"Ich habe von ihm gehört", sagte Decker erstaunt, "es sieht ihm nicht ähnlich, aus seiner Höhle zu kriechen. Wo ist er?"

"Andere Seite des Platzes".

"Ich setze mich hinten in den Wagen. Sie bringen ihn rüber und sagen ihm, er soll auf meinem Beifahrersitz Platz nehmen. Ihr passt auf das Auto auf und wenn es irgendwelche Anzeichen von Ärger gibt, kommt ihr sofort her. Ich vertraue Drake in etwa so sehr, wie einer Kobraschlange."

Fünf Minuten später öffnete sich die Beifahrertür und Drake stieg ein. Er versteifte sich, als Decker ihm eine entsicherte Pistole an den Hinterkopf drückte. Dann entspannte er sich und lachte.

"Major Decker, bitte. Selbst Sie wären nicht so dumm, hier mitten in Berlin mein Gehirn quer über die Windschutzscheibe zu verteilen."

"Da wäre ich mir nicht so sicher", sagte Decker, "ich hatte bisher eine wirklich schlechte Woche. Zwei meiner Agenten sind von CIA-Agenten schwer verwundet worden. In der Hitze des Gefechts könnte ich alles tun. Ich muss sagen, Drake, ich bewundere Sie dafür, dass Sie am helllichten Tag hergekommen sind, um mit mir zu reden. Lassen Sie Ihre Hände am Lenkrad, wo ich sie sehen kann. Tragen Sie eine Waffe bei sich?"

"Nein."

"Dann sind Sie dümmer als Sie aussehen."

"Hey, ich komme in Frieden."

"Sagt der CIA-Stationschef, während ein abtrünniges CIA-Black-Ops-Team in Berlin herumläuft und hochrangige Politiker und Geheimdienstmitarbeiter tötet."

"Das stimmt", erwiderte Drake, "das ist genau das Problem. Der Mann ist außer Kontrolle und wir können ihn nicht mehr stoppen". “Das ist mir schon klar”, sagte Decker, "Warum sind Sie hier?"

Drake atmete tief durch. "Ich wurde nicht im Voraus über dieses Team informiert, daher habe ich es nicht genehmigt. Es war alles Lesters Werk. Lester ist übrigens von Galway gefeuert worden, weil er verheimlicht hat, was Trent mit Ihrem Flugzeug gemacht hat."

"Erzählen Sie das jemandem, den es interessiert."

"Hören Sie, ich bin genauso wütend wie Sie. Ich habe Klaus Wagner zutiefst respektiert, und ein Chaos wie dieses tut auch meinem Ruf nicht gut. Es ist in meinem besten Interesse, eine ruhige, friedliche Umgebung zu haben, in der sich alle die Hände reichen und Kumbaya singen. Aber das hier ... wer profitiert davon? Nicht wir, nicht Sie, nicht Ihr Chef."

"Und Galway? Kann er das Team nicht zurückbeordern?"

"Galway?", sagte Drake und lachte, "Sie machen sich über mich lustig, nicht wahr? Galway könnte nicht mal einem Kind den Lolli wegnehmen. Der größte Teil der US-Geheimdienste ist gedanklich bereits in der nächsten Legislaturperiode. Außerdem hat Lester den Kontakt zu seinem Team verloren. Man kann keine Leute zurückbeordern, wenn man nicht weiß, wo sie sind."

Decker beugte sich vor und drückte den Lauf ihrer Waffe erneut gegen Drakes Kopf, sodass er sich winden musste. "Was schlagen Sie vor? Ich habe der Kanzlerin gerade empfohlen, Ihre Botschaft zu schließen und Sie alle rauszuschmeißen."

Drake drehte sich langsam um und sah Decker an. "Das wäre ein Fehler. Kriege wurden schon wegen weniger begonnen."

"Dann gebt uns eine Alternative", sagte Decker, "und die Augen nach vorne. Schauen Sie mich nicht mehr an."

"Als Zeichen des guten Willens arbeiten wir zusammen, um die Sache zu beenden", sagte Drake mit zusammengebissenen Zähnen, "die gesamten Ressourcen der Berliner CIA-Station zusammen mit dem Department 89. Ich habe mit dem Präsidenten gesprochen und er hat grünes Licht gegeben."

"Genaugenommen wäre es die gesamte Abteilung des internen Nachrichtendienstes", sagte Decker, "Meyer hat mir den Job von Wagner kommissarisch übertragen. Ich bin mir nicht sicher, ob das eine gute Idee war, aber hey, wer nichts wagt, der nichts gewinnt".

"Sie haben das BfV bekommen?", sagte Drake schockiert, "ich weiß nicht, ob ich Ihnen gratulieren oder anfangen soll, zu laufen, was das Zeug hält. Aber wenn Meyer im Begriff ist, die Botschaft zu schließen, wird auch die Berliner CIA-Station geschlossen. Also ist mein Vorschlag wohl überflüssig. Vielen Dank."

Decker legte die Waffe weg und entsicherte sie. "Sie können Sie nur abschieben, wenn sie Sie erwischen. Halten Sie sich von der Botschaft fern und es wird Ihnen nichts passieren. Ich werde auf meine alten Tage vielleicht etwas dumm, aber ich habe beschlossen, Ihnen zu vertrauen. Aber wenn ihr uns in irgendeiner Weise verratet, werde ich euch alle töten und in ein flaches Grab werfen. Habt ihr mich verstanden?"

"Auf jeden Fall. Ich zweifle nicht eine Sekunde an Ihnen."

"Gut", sagte Decker, "dann sind wir uns einig. Können Sie noch jemanden aus der Botschaft dazu bringen, sich Ihnen auf dieser heldenhaften, aber sinnlosen Suche anzuschließen?"

"Jane Gold, meine Stellvertreterin", sagte Drake sofort, "ich werde jetzt in meine Tasche greifen, um sie anzurufen. Um Himmels willen, erschießen Sie mich nicht."

"Wie geht es übrigens Ihrem Agenten?", fragte Decker, "Der, den wir vor Ihrer Haustür abgeladen haben?"

"Das waren Sie", fragte Drake mürrisch, "ich hätte es wissen müssen. Er ist tot."

Deckers Augen verengten sich. "Ach kommen Sie schon, so schlimm haben wir ihn nicht verletzt."

"Nein, aber die Person, die ihm mehrere Kugeln in die Brust geschossen hat, bevor ich ihn befragen konnte, hat das getan."

"Aus dem Inneren der Botschaft? Dann ist es unter den gegebenen Umständen vielleicht nicht klug, noch jemanden hinzuzuziehen. Vielleicht ist es überhaupt nicht klug, Ihnen zu vertrauen", kommentierte Decker.

"Hey, ich vertraue Gold vollkommen", sagte Drake und wählte eine Nummer, "Gold? Ich bin's, stellen Sie sich keine Fragen! Verschwinden Sie einfach aus der Botschaft, sofort. Gehen Sie raus und schauen Sie nicht zurück. Nehmen Sie die Hintertür und sagen Sie niemandem, wohin Sie gehen. Ich treffe Sie an unserem Notfall-Treffpunkt."

"Sie meinen den Bahnsteig eins am Bahnhof?", fragte Decker.

Drake sah erschrocken aus. "Sie kennen unseren verdammten Notfall-Treffpunkt? Natürlich kennen Sie ihn. Gold, kommen Sie sofort zum Bahnhof. Ich erkläre alles, wenn ich Sie sehe."

KAPITEL VIERZEHN

Etwa zur gleichen Zeit wurde der US-Botschafter in Deutschland, Daniel Stokes, in das Büro des deutschen Außenministers Lukas Hirsch gerufen und darüber informiert, dass er und seine Mitarbeiter achtundvierzig Stunden Zeit hätten, das Land zu verlassen. Als der zutiefst schockierte Stokes nach dem Grund fragte, wurde ihm mitgeteilt, dass es sich um eine Vergeltungsmaßnahme für das CIA-Attentat auf Klaus Wagner handele.

Stokes versuchte nicht, es zu leugnen, was ihm zugute kam. Er war von Drake über das Black-Ops-Team unterrichtet worden und wusste natürlich von der Ermordung Mitchells innerhalb der Botschaft. Die Entlassung und die bevorstehende Anklage gegen Norman Lester schlug in ganz Washington DC und in den Nachrichten weltweit hohe Wellen, als bekannt wurde, dass Langley für die Ermordung des Geheimdienstdirektors eines befreundeten Landes verantwortlich war.

In gewisser Weise hatte Stokes diesen Moment also erwartet. Er war schon zu lange im diplomatischen Dienst, um nicht zu wissen, dass man einer befreundeten Nation nicht einfach ein blaues Auge verpasst und erwartet, damit davonzukommen. Also stand er auf, ohne ein weiteres Wort zu sagen, schüttelte Hirsch förmlich die Hand und versprach, innerhalb der Frist von achtundvierzig Stunden zu verschwinden. Hirsch nickte nur und deutete an, dass der Botschafter nun gehen sollte.

Als er in seinem Diplomatenwagen abfuhr, rief Stokes seinen stellvertretenden Botschafter an.

"Es gibt einen Lockdown. Beginnen Sie mit dem Schreddern der Dokumente und packen Sie alles ein. Sperren Sie die Mitarbeiter in der Botschaft ein und sagen Sie ihnen, sie sollen ihre Koffer packen. Wir verschwinden von hier."

Decker wartete, bis Drake am Telefon und außer Hörweite war, bevor sie Liebermann anrief. Sie erfuhr, was Liebermann kurz zuvor zu Amsel gesagt hatte.

"Danke Liebermann", sagte Decker abrupt und legte auf. Sie war immer noch sauer auf sie, weil sie mit Schmitz über ihr Privatleben geredet hatte. Sie war nicht in der Stimmung, zu plaudern.

Als Drake zurückkam, sah Decker ihn an.

"Frank Dixon", sagte sie.

"Wer?"

"Frank Dixon", wiederholte sie. "Wir haben gerade den Mann identifiziert, der dort auf dem Boden liegt."

Drakes Augen blitzten auf. "Wenn er bei der CIA ist und nicht in den Büchern steht, wie sind Sie dann so schnell an seinen Namen gekommen?"

Die Tatsache, dass es in Berlin und anderen deutschen Großstädten inzwischen an jeder Straßenecke Überwachungskameras gab, unterlag der höchsten Sicherheitsstufe. Auf keinen Fall wollte sie Drake davon erzählen.

"Wir haben unsere Quellen und Methoden", war alles, was sie sagte.

Drake grunzte. "Quellen und Methoden, was? Nun ja, ich denke, ich würde vermutlich dasselbe sagen, wenn die Rollen vertauscht wären. Frank Dixon ... meine Stellvertreterin hat übrigens auch ihre 'Quellen und Methoden' in DC, wie Sie so schön sagen. Wenn wir uns mit ihr treffen, kann sie ihre Quelle anrufen und herausfinden, wer Frank Dixon wirklich ist.

Übrigens, das war der Botschafter am Telefon. Eins muss man der Kanzlerin lassen. Sie ist schnell. Sie hat gerade das gesamte Botschaftspersonal zwei Tage Zeit gegeben, das Land zu verlassen."

"Und wie lautete der Befehl des Botschafters genau?"

"Zusammenpacken und gehen. Ich werde wohl unter selektivem Hören leiden und diesen Befehl ignorieren müssen. Ich muss ein paar abtrünnige Agenten zur Strecke bringen."

"Das könnte das Ende Ihrer Karriere bedeuten, Drake."

"Decker, ich bin jetzt seit fast sechzehn Jahren bei der CIA. Und nicht ein einziges Mal in diesen sechzehn Jahren bin ich von Langley so respektlos behandelt und verarscht worden. Als

Stationsleiter hatte ich das Recht, in diese Operation einbezogen zu werden, aber stattdessen behandelte man meine Mitarbeiter und mich, als wären wir irrelevant und unzuverlässig. Also scheiß auf die. Es ist Zeit, den Müll rauszubringen."

"Gehen wir. Ihre Stellvertreterin wird am Bahnhof warten. Wir wollen sie nicht verärgern, indem wir zu spät kommen."

Als Decker und Drake ins Auto stiegen und wegfuhren, trat Humphries hinter einer Säule hervor, von der aus er die beiden beobachtet hatte. Er holte sein Telefon wieder hervor und rief dieselbe Nummer an.

"Ich wieder. Es scheint, als hätten sich Decker und Drake zusammengetan wie Batman und Robin. Das könnte ganz schnell außer Kontrolle geraten. Wir müssen diese neu entdeckte Partnerschaft bremsen, bevor sie von unserer kleinen Vereinbarung erfahren."

Jane Gold ging am Bahnhof ungeduldig auf und ab und wartete auf die Ankunft von Drake. Sie schaute auf ihre Uhr und fragte sich, wo zum Teufel er steckte.

In den letzten zwanzig Minuten hatte ihr Telefon ununterbrochen mit der schockierenden Nachricht geklingelt, dass die Botschaft geschlossen und das Personal deportiert wurde. Der letzte Anruf stammte vom Botschafter selbst, der Gold unverblümt fragte, wo Drake sei. Gold behauptete, nichts zu wissen, aber Stokes war nicht dumm. Sie wusste, dass er wusste, dass sie gelogen hatte. Niemand machte ihm etwas vor.

Schließlich schaltete sie ihr Telefon aus und hoffte, dass Drake nicht versuchen würde, sie zu kontaktieren. Wenn der Botschafter wieder anrief, war sie sich nicht sicher, ob sie überzeugend lügen konnte.

Verdammt, Charlie, dachte sie. Du bist dabei, meine Karriere zu ruinieren. Wo zum Teufel bist du?

Die Nachricht, dass das gesamte Personal der US-Botschaft in Berlin des Landes verwiesen worden war, löste in der ganzen Welt, vor allem aber in Washington DC, Schockwellen aus. Präsident Galway hatte nie ernsthaft geglaubt, dass Meyer die Sache durchziehen würde, und seine Drohung, Trents Leiche zu exhumieren, war lediglich ein Bluff. Er wusste, dass es eine Zeitverschwendung wäre. Das Gift würde nicht auffindbar sein.

Nun befand er sich in einem Dilemma. Sollte er Vergeltung üben, indem er Deutschland öffentlich beschuldigte, einen amtierenden US-Präsidenten ermordet zu haben? Der Außenminister hatte Galway vor den Gefahren gewarnt, dies zu tun, ohne entsprechende Beweise für die Anschuldigungen zu haben. Deutschland würde die Anschuldigungen mit ziemlicher Sicherheit zurückweisen und die EU würde sich geschlossen hinter einen der ihren stellen. In einer Zeit, in der die neue Regierung Galway ihre Verbündeten am dringendsten brauchte, wäre es eine Katastrophe, einen großen Teil von ihnen zu verprellen.

Dies alles ging Galway durch den Kopf, als er von der Privatwohnung des Weißen Hauses zum Hintereingang des Oval Office marschierte. Als er am Garten vorbeikam, sah er

Direktor James Barton, der nachdenklich auf einer Bank saß und auf ihn wartete.

"Direktor Barton", sagte Galway, "sind Sie gekommen, um mir die Last der Welt von den Schultern zu nehmen?"

Barton zog eine Grimasse. "Ich versuche jeden Tag mein Bestes, aber ich fürchte, Lester hat uns dieses Mal wirklich in die Klemme gebracht. Wenn wir die Deutschen nicht öffentlich des Mordes beschuldigen, werden wir am Ende wie gesetzlose Banditen dastehen, die einen hochrangigen deutschen Geheimdienstmitarbeiter getötet haben."

"Außenminister Braddock hat mich bereits davor gewarnt, sie zu beschuldigen", sagte Galway, "er sagt, dass es ohne Beweise nach hinten losgehen wird."

"Sie sind der Präsident", sagte Barton, "es liegt an Ihnen".

Galway hielt inne. "Warum unterstützen Sie mich, wenn andere es nicht tun? Das wollte ich schon oft fragen."

Barton kratzte sich abwesend am Hals, als er darüber nachdachte. "Sie waren in einer unmöglichen Situation, als Trent starb. Als Vizepräsident waren Sie laut Verfassung verpflichtet, das Amt des Präsidenten zu übernehmen. Aber Sie mussten in sehr große Fußstapfen treten. Trent war beim militärischen Establishment und bei den Geheimdiensten äußerst beliebt. Plötzlich ist er nicht mehr da, und jetzt müssen die sich mit Ihnen auseinandersetzen. Ich kann Ihre Situation gut nachvollziehen."

"Sie sind der Direktor des nationalen Nachrichtendienstes", betonte Galway, "wenn die Geheimdienstgemeinschaft mich nicht mag, sollten Sie sie eigentlich noch anfeuern."

Barton grunzte. "Soll ich Ihnen sagen, warum ich Trent nicht mochte? Weil er ein rassistischer Mistkerl war, der mich erst eingestellt hat, als man ihm vorwarf, nur alte weiße Männer in seinem Kabinett zu haben. Ich gebe mich da keiner Illusion hin. Sie sind anders. Außerdem respektiere ich die Verfassung. Wenn darin steht, dass Sie der Präsident sind, dann haben Sie meine Loyalität."

Galway fühlte sich plötzlich auf absurde Weise dankbar. "Ich danke Ihnen. Davon mal abgesehen, die Tatsache, dass Sie jetzt hier sitzen, sagt mir, dass Sie etwas auf dem Herzen haben."

"Setzen Sie sich", sagte Barton leise.

Als Galway sich neben ihn auf die Bank setzte, fuhr Barton fort. "Ich denke, Sie werden mir zustimmen, dass die Sache außer Kontrolle gerät. Mord, Chaos und jetzt die Schließung einer wichtigen US-Botschaft. Unser Ruf ist beschädigt. Meyer hat die Oberhand."

"Gut zusammengefasst", nickte Galway, "und Ihr Vorschlag, wie man das ändern könnte?"

"Sie haben dem CIA-Stationschef Charlie Drake bereits die Erlaubnis erteilt, mit der deutschen Regierung zusammenzuarbeiten, um Finn herzubringen. Ich möchte Ihre Erlaubnis, Finn zu töten, wenn wir ihn gefangen nehmen."

"Ihn töten?"

Barton nickte. "Schneiden Sie der Schlange den Kopf ab."

"Wir versuchen nicht, ihn zu verhaften?"

"Halten Sie das wirklich für klug, Herr Präsident? Die Deutschen wollen ihn vor Gericht stellen. Wer weiß, was er unter Druck aussagen wird? Wir können die Lester-Situation in den Griff bekommen. Wenn er einen Deal will, wird er mitspielen. Aber wenn Finn den Mund aufmacht? Dann ist das Spiel vorbei. Ein von der CIA beauftragtes Attentat auf einen befreundeten Geheimdienstmitarbeiter? Die Leute werden nie glauben, dass Sie nichts davon wussten und es nicht gebilligt haben."

"Es gibt nur ein Problem", sagte Galway, "wir haben keine Ahnung, wo Finn ist."

"Glauben Sie wirklich, dass Lester seinen Jungen im Stich lässt?", sagte Barton, "wir haben seine Telefone abgehört, und er ruft seit Tagen ein verschlüsseltes Handy an und bekommt keine Antwort. Aber wir haben diese Verschlüsselung schon vor Jahren geknackt und ‚versehentlich' vergessen, es der CIA zu sagen. Also haben wir die Sprachnachrichten abgehört, die er hinterlassen hat, um Finn zu warnen, dass seine Zeit abgelaufen ist."

"Dann macht sich Finn aus dem Staub", sagte Galway, plötzlich niedergeschlagen.

"Irgendwann wird er sein Telefon einschalten, um die Nachrichten abzurufen", sagte Barton, "und dann haben wir seinen Standort. Wenn es so weit ist, verpasst Drake Finn eine Kugel und alles ist vorbei. Seine Gefolgsleute werden entweder getötet, gefangen genommen oder in alle Winde zerstreut."

"Bei Ihnen klingt das so einfach", sagte Galway mit einem leichten Anflug von Sarkasmus in der Stimme.

"Manchmal bricht es einem das Genick, Dinge zu zerdenken, die eigentlich ganz einfach sind", sagte Barton ruhig.

Galway stand auf. "Dann verbringe ich den Rest meiner Amtszeit damit, am diplomatischen Ende aufzuräumen. Was beileibe nicht einfach sein wird. Ich werde mich öffentlich vor Meyer niederwerfen und für immer die Konsequenzen von Lesters Entscheidung tragen müssen."

"Da kann ich leider nicht helfen. Ich bin Spion, kein Politiker. Habe ich also Ihr Einverständnis?"

Galway dachte einen Moment lang nach. "Ja, tun Sie es. Töten Sie ihn. Beenden Sie die Sache ein für alle Mal. Überlassen Sie die diplomatischen Konsequenzen dem Außenminister und mir."

Barton stand auf und schüttelte Galway zügig die Hand. "Gute Entscheidung, Sir. Sie können sich darauf verlassen, dass ich die Sache zu Ende bringe."

"Ich bin froh, dass ich mich auf jemanden hier verlassen kann", sagte Galway mit einem leichten Lächeln und ging ins Oval Office, wo sein nächster Termin wartete.

Barton wartete, bis Galway die Tür zum Oval Office geschlossen hatte, bevor er sein Telefon zückte und eine deutsche Nummer anrief.

"Es ist genehmigt", sagte er leise, als abgenommen wurde. "Bringt Finn unter die Erde. Wenn sich jemand in den Weg stellt, legt ihn auch um."

KAPITEL
FÜNFZEHN

Gold war kurz davor, den Verstand zu verlieren, aber die Anspannung verflog, als Drake und Decker plötzlich wie vereinbart am Bahnhof auftauchten.

"Wo zum Teufel bist du gewesen?", schnauzte Gold, "und warum ist *sie* hier?"

Decker schmunzelte. "Freut mich, Ihre Bekanntschaft zu machen, Jane."

Drake hob eine Hand, um einen sich anbahnenden Krieg der Damen zu verhindern. "Der Präsident hat uns autorisiert, mit der Abteilung 89 zusammenzuarbeiten, um dem Ganzen ein Ende zu setzen. Eigentlich sollte es die gesamte Berliner CIA-Station sein, aber durch die Schließung der Botschaft muss das A-Team reichen." Er sah plötzlich zweifelnd aus. "Oder vielleicht das B-Team."

"Wir sollen mit Major Decker und ihrer Crew zusammenarbeiten?", sagte Gold, "Gott gebe mir Kraft."

Drake sah unbehaglich aus. "Eigentlich sind das die stellvertretende BfV-Direktorin Decker und ihr Team."

"Was?", sagte Gold und sah schockiert aus, "Sie haben den Job von Wagner bekommen?"

"Kommissarisch", sagte Decker, "also lassen wir den Quatsch, okay? Sie mögen mich nicht und ich mag Sie nicht. Geben wir es zu und machen wir weiter. Hören Sie auf, sich in die Hose zu machen. Vorübergehend teilen wir unsere Interessen. Sie wollen Finn aufhalten und wir wollen ihn vor Gericht bringen. Lassen Sie uns also gemeinsam daran arbeiten."

"Einen CIA-Kollegen in einem fremden Land vor Gericht stellen? Nein, danke. Er kehrt vors Kriegsgericht in die USA zurück."

"Jane", sagte Drake leise, "ich glaube, es wird so weit kommen, dass wir Finn und seine Leute zur Strecke bringen müssen. Sie sind außer Kontrolle und weigern sich, klein beizugeben."

"Er hat die Befehle von Norman Lester befolgt", protestierte sie, "er verdient es nicht, hingerichtet zu werden."

"Hören Sie, Jane, das ist doch ganz einfach", sagte Drake geduldig, "entweder Sie sind an Bord und helfen uns, oder Sie sitzen mit dem Rest des Büros im nächsten Flugzeug nach Washington DC. Sie haben die Wahl. Treffen Sie sie jetzt."

Gold brachte ihr Temperament unter Kontrolle. "Und was genau sollen wir tun? Wir wissen nicht, wo Finn und sein lustiger Haufen Abtrünniger sind. Und da die Berliner CIA-

Zentrale geschlossen wurde, können wir die CIA-Ressourcen vergessen."

"Wir haben die Befugnis des Präsidenten", sagte Drake, "und das letzte Mal, als ich nachgesehen habe, war das auch etwas wert. Außerdem haben wir einen Namen - Frank Dixon."

"Und wer ist das?"

"Einer von Finns Männern, der erschossen wurde, als er Martin Lesch tötete, und der jetzt im Leichenschauhaus liegt", sagte Decker, "Drake sagt, Sie haben einen Kontakt in Langley, der Dixon auffinden könnte?"

Gold funkelte ihn an. "Charlie redet zu viel."

"Können Sie den Anruf tätigen oder nicht?", fragte Decker.

Gold holte ihr Telefon heraus. "Gebt mir eine Minute."

Auf dem anderen Bahnsteig saßen Fawkes und Bailey auf einer Bank und beobachteten Drake, Decker und Gold. Sie waren Drake und Decker vom Tatort des Lesch-Attentats gefolgt. Fawkes hatte eine Baseballkappe über den Augen und kaute auf einem Kaugummi, während er unter den Rand der Kappe schaute.

"Sie sehen nicht allzu gefährlich aus", bemerkte er zu Bailey, der Kaffee trank und mit einer Pistole in der Tasche seiner Regenjacke herumfuchtelte.

"Denk nicht einmal daran", sagte Bailey, "du hast Finn gehört. Die drei kommen zuletzt. Wir haben zuerst Pläne für die anderen beiden."

"Schmitz und Graf", sagte Fawkes und ließ sich die Namen auf der Zunge zergehen, "ich habe gehört, Schmitz ist ein Krüppel. Und die andere ist ein blondes Flittchen. Kann nicht allzu schwierig sein."

Bailey trank seinen Kaffee aus. "Gut, dann überlassen wir sie dir. Kommt schon, sie fahren weg. Wir müssen ihnen folgen."

Drake und Decker gingen Gold hinterher aus dem Bahnhof, blieben aber auf Abstand, während sie ihren Anruf tätigte. Als sie fertig war, winkte sie sie zu sich.

"Nun, Finn hat sicherlich zwielichtige Freunde. Dieser Frank Dixon arbeitet seit fast zwölf Jahren mit Finn zusammen. Ein absoluter Dreckskerl. Mein Kontakt sagt, dass die CIA sehr froh sein wird, dass Dixon nicht mehr atmet."

"Bekannte Mitarbeiter?", fragte Drake.

"Nur Finn. Die anderen sind alle tot."

"Was machen wir mit dieser Info?", fragte Drake Decker.

Decker holte ein Telefon aus ihrer Tasche. "Das ist das von Dixon. Ich habe es aus seiner Tasche genommen."

"Sie haben Beweise gestohlen", schoss Gold zurück.

"Selbstverständlich", erwiderte Decker verächtlich, "ich werde meinen Techniker damit beauftragen, das Ding zu knacken, um zu sehen, ob wir einen der Freunde des verstorbenen Frank Dixon ausfindig machen können."

Penelope Brinkmann erwachte aus einem drogeninduzierten Schlaf und drehte sich schmerzhaft im Bett. Ihr Körper schmerzte nicht so sehr, wie ohne Morphium.

Mit zitternden Händen versuchte sie, sich an den Seiten des Krankenhausbettes festzuhalten und sich in eine sitzende Position zu hieven. Dabei stöhnte sie auf. Ihre bandagierte Hüfte und ihr Bein begannen zu zittern, und als sie den Kopf zur Seite drehte, sah sie Amsel in einem Krankenhausbett neben sich liegen. Er war bei Bewusstsein, obwohl er offensichtlich an der Schulter schwer verwundet war. Die Schulter war mit Verbänden umwickelt, und auf seinem Gesicht war ein Schweißfilm zu sehen.

"Amsel?", flüsterte Brinkmann, "was ist passiert?"

Amsel grunzte. "Ich hatte mich schon gefragt, wie lange Sie hier noch faul rumhängen wollten. Ich wurde auch angeschossen."

"Angeschossen von wem?"

"Sie haben zu lange geschlafen und haben noch nicht mitbekommen, was für eine Scheiße hier abgeht", sagte Amsel und erzählte ihr alles, was passiert war.

Als er fertig war, sah er erschrocken, wie Brinkmann sich aus dem Bett quälte.

"Wo zum Teufel wollen Sie in diesem Zustand hin?", fragte er erstaunt.

"Zurück an die Arbeit", sagte sie und ächzte. Ihre Beine fühlten sich an wie Wackelpudding und sie fühlte sich schwindelig. "Mistkerle töten."

"Und was glauben Sie, sind Sie für eine Hilfe für jemanden, wenn Sie kaum noch stehen können?"

Brinkmann funkelte ihn an. "Ich wurde angeschossen und meine Wohnung in Schutt und Asche gelegt. Glauben Sie, ich bleibe hier liegen, lese Schundzeitschriften und esse Weintrauben, während die Verantwortlichen durch Berlin ziehen und noch mehr Unheil anrichten?"

Amsel seufzte. "Wenn Sie es so ausdrücken ..."

Er stand selbst aus dem Bett auf und zog eine Grimasse wegen der Schmerzen in seiner Schulter.

"Was machen *Sie* da?", fragte Brinkmann.

Amsel griff langsam nach einem Hemd, das auf der Lehne eines Stuhls lag. "Es liegt mir fern, mich von einer Frau vorführen zu lassen."

Sie zogen sich Jeans, Jacken und Schuhe an und gingen zur Tür, wo sie der Arzt mit einem wütenden Blick empfing.

"Und wo zum Teufel wollen Sie beiden hin?", fragte er und deutete zurück zu den Betten.

"Arschlöcher töten", antworteten sie gemeinsam, schoben sich vorsichtig an dem Arzt vorbei und humpelten hinaus. Amsel und Brinkmann hielten sich aneinander fest, als eine Welle der Übelkeit und des Schwindels über sie hereinbrach, aber sie hielten diese Tatsache standhaft vor dem Arzt geheim, während dieser wutentbrannt mit Schmitz telefonierte.

Als Brinkmann und Amsel aus dem Aufzug in die Zentrale der Abteilung 89 taumelten, sahen sie Graf dort warten, sichtlich nicht glücklich.

"Was zum Teufel machen Sie hier?", fragte Graf kalt, "Sie beide gehören in ein Krankenhaus."

"Komisch", sagte Amsel, "der Arzt hat uns die gleiche Frage gestellt und wir haben gesagt ..."

"Ja, er hat mir erzählt, was Sie gesagt haben", unterbrach Graf, "und irgendwie glaube ich, dass die Arschlöcher *Sie* umbringen werden. Sie können beide kaum noch laufen. Hauptmann Schmitz befiehlt, Sie beide ins Krankenhaus zu bringen."

"Wir lehnen das respektvoll ab", sagte Brinkmann, "wir werden nicht im Bett rumsitzen, während unsere Freunde angegriffen werden."

Graf seufzte. "Ja, Schmitz und ich wussten, dass das Ihre Antwort sein würde. Manchmal sind Sie beide so schlimm wie Decker."

"Das nehmen wir als Kompliment, Feldwebel", sagte Amsel, "wenn Sie mich jetzt entschuldigen, ich muss einen moralisch flexiblen Abteilungsarzt finden, der Brinkmann und mir sehr starke Schmerzmittel verabreicht."

"Gehen Sie in Ihre Büros", sagte Graf, "Tun Sie etwas, das den Schmerz lindert. Aber übertreiben Sie es nur nicht."

Eine Stunde später sahen Schmitz und Graf, wie sich

Decker, Drake und Gold von der anderen Seite des Holocaust-Mahnmals näherten. Graf blickte verächtlich.

"Das ist unsere Unterstützung durch die CIA? Zwei Leute?"

"Sie vergessen, Feldwebel", sagte Schmitz und rückte seine Manschettenknöpfe zurecht, "Wir haben die US-Botschaft dicht gemacht. Die CIA in Berlin ist bis auf Weiteres nicht existent. Die beiden setzen wahrscheinlich ihre Karrieren für uns aufs Spiel. Zeigen wir ihnen doch den Respekt, den sie dafür verdienen."

Graf nickte wortlos, als Decker die Hand zur Begrüßung hob. Drake brachte ein unbehagliches Lächeln zustande. Graf blickte wieder finster drein und drehte sich um, um den Platz abzusuchen.

"Hallo Chef", sagte Schmitz zu Decker, "du siehst ein bisschen mitgenommen aus."

"Nun, wir können nicht alle so elegant sein wie du mit deinem Walmart-Anzug", sagte Drake.

"Von wegen Walmart", protestierte Schmitz, "das ist das echte italienische Zeug, das ich trage."

Decker war nicht nach Scherzen zumute. "Jungs, wenn es euch nichts ausmacht. Über Mode können wir später reden. Habt ihr Liebermann nicht mitgebracht, wie ich gebeten hatte? Ich habe hier ein Telefon, das geknackt werden muss."

"Sie ist auf dem Weg", sagte Schmitz, "sie parkt gerade das Batmobil."

Das Batmobil war ein voll ausgestatteter technischer

Transporter, mit dem sie ihre Arbeit auch unterwegs erledigen konnte.

"Batmobil?", fragte Drake.

Decker schüttelte den Kopf. "Sie werden schon sehen."

Auf der anderen Seite des Platzes konnten Fawkes und Bailey kaum fassen, was sie da sahen. Drei hochrangigen Agenten der Abteilung 89, die an einem Ort zusammenstanden. Es war fast so, als wäre Weihnachten vorgezogen worden.

"Nehmen wir sie jetzt alle mit?", murmelte Bailey.

Fawkes holte sein Handy heraus. "Nicht ohne Finns Zustimmung, die ich mir jetzt holen werde."

Bevor er wählen konnte, näherte sich ein dunkler Lieferwagen.

"Wer zum Teufel ist das?", fragte Fawkes, ohne zu wissen, dass er auf das berüchtigte Batmobil starrte.

KAPITEL SECHZEHN

Feldwebel Katja Liebermann fuhr den Van vorsichtig auf den Platz und stellte den Motor ab. Einer ihrer Techniker, der auf dem Rücksitz saß, schlürfte laut Cola aus einem Plastikbecher. Liebermann rollte mit den Augen. Sie hasste diesen Kerl wirklich. Schlamper.

Sie stieg aus dem Wagen aus und setzte sich erst einmal ihre Baseballkappe und die dunkle Sonnenbrille auf. Als sie sich umsah, sah sie, dass Decker und die anderen bereits gewartet hatten und auf sie zukamen. Sie durfte den Wagen nicht eine Sekunde allein lassen. Zu viel wertvolle und empfindliche Ausrüstung, und der Typ hinter ihr würde lieber seine Limonade retten als den Van.

"Major, Hauptmann", nickte sie, als sie sich näherten. Liebermann wurde plötzlich nervös, denn sie hatte von Schmitz gehört, dass Decker es wegen des Videos auf sie abgesehen hatte. Aber Decker verhielt sich im Moment normal, sodass Liebermann sich entspannen konnte.

Decker reichte ihr Dixons Telefon. "Ich möchte, dass Sie das Handy knacken und sich die Anrufliste ansehen, Kontakte ... Sie wissen schon. Wenn da irgendwelche schmutzigen Bilder drauf sind, will ich sie sehen. Auch Videos."

Die letzten beiden Worte sagte sie mit so viel Nachdruck, dass Liebermanns Blutdruck in die Höhe ging und Schmitz sich diskret räusperte. Graf, Drake und Gold sahen zu und fragten sich, was da gerade passierte.

"Jawohl, Major", stotterte Liebermann und tauchte ab ins Innere des Wagens. Sie hatte gerade ein neues Tool zum Knacken von Telefonen gebaut und wollte es unbedingt ausprobieren. Sie musste nur noch ihren schlampigen Techniker dazu bringen, sich an die Arbeit zu machen.

"Aseem!", rief sie, "stell die Limonade weg! Wir haben Arbeit!"

"Sie sind was?", sagte Finn ungläubig am Telefon.

"Sie sind alle auf einem Fleck", sagte Fawkes mit einem manischen Grinsen im Gesicht, "Decker, die Schlampe, Schmitz, der Krüppel, Graf, die Tussi, zwei, denen die CIA auf den Fersen ist, und eine weitere Blondine in einem Lieferwagen."

"Kein Spitzname für Blondine im Wagen?", sagte Finn sarkastisch.

"Gib mir noch etwas Zeit", sagte Fawkes.

Finn dachte angestrengt nach. "Ich bin nur noch eine halbe

Stunde entfernt. Wir können sie mit einem Schlag auslöschen und heute Nacht aus Deutschland verschwinden."

"Sie werden nicht ewig hier bleiben", sagte Fawkes im Singsang.

"Ich bin nur eine halbe Stunde entfernt", wiederholte Finn, "ich werde Gardner und Cassidy anrufen und ihnen sagen, dass sie sich ebenfalls auf den Weg machen sollen. Bis dahin greifen Sie nicht ein, es sei denn, Sie sehen sie wegfahren. Dann tun Sie, was Sie können, um sie aufzuhalten. Ansonsten warten Sie auf uns. Decker gehört mir."

Am Ende dauerte es nur zehn Minuten, bis Liebermann die Verschlüsselung des Telefons geknackt und den Haupt-PIN-Code umgangen hatte.

"Major, Hauptmann", rief sie, "ich bin drin."

Die Hintertür des Lieferwagens öffnete sich und Decker und die anderen stiegen ein. Aseem, der Techniker, fühlte sich durch das Eindringen in seinen persönlichen Bereich plötzlich unwohl und drängte sich in die Ecke, um in seinem Softdrink Trost zu suchen.

"Es gibt verschiedene Nummern in der Anrufliste", sagte Liebermann, "höchstwahrscheinlich Wegwerfhandys. Moment ..."

"Was?", sagte Graf.

"Laut meinem System sind die Telefone eingeschaltet. Und ... das Signal kommt von hier."

"Von hier?", sagte Drake.

"Sie sind draußen", flüsterte Liebermann.

Decker und Schmitz näherten sich der Hintertür, die Waffen in der Hand. Doch bevor sie die Tür öffnen konnten, gab es ein Klicken und eine Pistole wurde gegen Drakes Kopf gedrückt.

"Nehmt die Waffen runter. Alle", sagte Gold eisig, "oder ihr kriegt, was von Charlie Drakes Gehirn übrig ist, nie wieder aus eurem schicken neuen Computer raus."

"Das ist heute schon das zweite Mal, dass mir eine Frau eine Pistole an den Kopf hält", murmelte Drake mürrisch, "das wird langsam zu einer schlechten Angewohnheit."

"So viel zum Thema vertrauenswürdig", sagte Decker.

"Charlie war schon immer leichtgläubig", lachte Gold, "nicht wahr, Honey? Immer auf die in kurzen Röcken und knappen Blusen reingefallen?"

"Du arbeitest für Finn?", sagte Drake in einem resignierten Tonfall.

"Sagen wir einfach, ich bin mir über meine Loyalität klar geworden", sagte Gold, "das ist alles, was Du wissen musst. Leider habe ich den Befehl, dich zu töten. Aber sei unbesorgt, Du stirbst für Dein Land, und bekommst Deinen Stern an der Wand in der CIA-Lobby."

"Wunderbar", sagte Drake, "genau das, was ich nach sechzehn Jahren selbstlosen Dienstes wollte."

Als Gold sich anschickte, den Abzug zu betätigen, beschloss Aseem, der IT-Techniker, plötzlich, dass seine eigene Selbsterhaltung auf dem Spiel stand. In einem Anfall von Übermut warf er Gold den Becher mit der Limonade ins

Gesicht, während er die Pistole von Drakes Kopf wegdrückte.

In dem kleinen, engen Innenraum des Lieferwagens war es ein Wunder, dass niemand erschossen wurde. Allerdings gab es ein Opfer. Als Aseem und Gold um die Kontrolle über die Waffe kämpften, wurde der Abzug betätigt und eine Kugel traf das Telefon, das auf dem Schreibtisch gegenüber lag.

Liebermann war stinksauer.

"Das war ein einmaliger Prototyp!", schrie sie. Blind vor Wut packte sie das zerstörte Gerät und schmetterte es gegen Golds Kiefer. Doch stattdessen traf sie versehentlich Drake im Gesicht, der daraufhin erschrocken zu Boden sank.

Ohne ihre Geisel war Gold ungeschützt. Dies ermöglichte es Graf, ihren Arm um Golds Hals zu legen und ihr in einer einzigen Bewegung das Genick zu brechen. Golds Augen rollten zurück und sie stieß ein zischendes Geräusch aus, als der letzte Atem ihre Lungen verließ. Graf ließ ihren Arm sinken und Gold fiel auf den benommenen Drake.

"Rufen Sie die Nummer an!", sagte Decker.

"Was?", sagte Liebermann verwirrt.

"SIe haben gesagt, sie sind draußen", sagte Decker, "also rufen Sie die Nummer an. Mal sehen, wer den Hörer abnimmt."

Mit zitternden Händen wählte Liebermann die Nummer, während Schmitz unauffällig aus dem Fahrerfenster des Lieferwagens schaute. Er sah Fawkes und Bailey auf der anderen Seite des Platzes, als Fawkes sein Telefon herausholte.

"Hab dich", sagte Schmitz, "Und raus bist du."

Fawkes zögerte einen Augenblick, was ihm zum Verhängnis wurde.

Er starrte auf das klingelnde Telefon, sah, dass es Dixons Nummer war, und konnte einen Moment lang nicht begreifen, wie er einen Anruf von einem toten Mann erhalten konnte.

Doch als sich die Türen des Lieferwagens öffneten und alle mit gezogenen Waffen herauskamen, fiel endlich der Groschen.

"Oh ... Shit", sagte er mit offenem Mund.

Als er und Bailey ihre Waffen zogen, raste der Wagen mit Finn, Gardner und Abney auf den Platz. Doch für Bailey war es zu spät. Eine Maschinengewehrsalve von Drake hob Bailey in die Luft und auf den Rücken, mit einem kleinen sardonischen Grinsen im Gesicht, als ob er dem Teufel einen Witz erzählen wollte.

"Eins zu null", sagte Drake zufrieden.

Als er Bailey am Boden sah, sprang Fawkes hinter einen der Blöcke des Holocaust-Mahnmals, als die Kugeln um ihn herum einschlugen. Eine Kugel streifte seine Wange, sodass er vor Schmerz knurrte.

"Finn zahlt mir nicht genug für diese Scheiße", schrie er,

während Berliner und Touristen schreiend in Deckung gingen.

Als der Wagen zum Stehen kam, riss Finn die Beifahrertür auf und begann in Richtung Decker und die anderen zu feuern. Er leerte sein Magazin und lud dann in Rekordzeit nach, als Schmitz und Graf das Feuer auf das Auto erwiderten.

Das war schlecht für Abney, der auf dem Fahrersitz saß und es noch nicht geschafft hatte, aus dem Auto auszusteigen. Als er versuchte, seinen Sicherheitsgurt zu lösen, zerschmetterte eine gut gezielte Kugel aus Grafs Pistole die Windschutzscheibe und riss Abney einen Teil des Kopfes ab. Das Blut traf Gardner, der sich fluchend aus dem Rücksitz befreite.

"Wir müssen hier weg, Finn", rief Gardner, während er sich Abneys Blut aus dem Gesicht wischte, "wir sind waffenmäßig unterlegen und die örtliche Polizei wird jeden Moment hier sein."

"Erst, wenn sie tot sind", sagte Finn mit zusammengebissenen Zähnen, "Sie tun, was ich Ihnen sage, oder Sie können sich von Ihrem Geld verabschieden."

"Verdammt", sagte Gardner und überprüfte seine Waffe, "was nützt einem Geld, wenn man nicht mehr lebt, um es zu genießen?"

Bevor Finn antworten konnte, brüllte Gardner und feuerte eine Salve in Richtung des Lieferwagens, hinter dem sich Decker und die anderen in Sicherheit gebracht hatten.

Einige der Kugeln prallten harmlos an der gepanzerten Oberfläche ab, aber sie zwangen Decker und die anderen, sich im Moment hinter dem Fahrzeug zu verstecken.

"Jetzt werden sie es sich zweimal überlegen, ob sie sich blicken lassen", sagte Gardner zufrieden, "aber sie werden trotzdem Verstärkung angefordert haben. Die Zeit läuft"

Finn öffnete eine Tasche und holte mehrere Splittergranaten heraus. "Dann lasst uns mal ein wenig Tempo ins Spiel bringen."

Katja Liebermann war technisch gesehen keine Soldatin, sondern wegen ihrer Hacking-Fähigkeiten in die Abteilung 89 eingezogen worden. Aber sie hatte eine Grundausbildung absolviert, und war nicht zum ersten Mal gezwungen, eine Waffe in die Hand zu nehmen und zu kämpfen. Als Gardners Kugeln ihr Ziel trafen und Liebermanns wertvollen Van außer Gefecht setzten, sah sie rot.

Aseem, der IT-Techniker, stand in der Ecke, zusammengekauert neben Golds Leiche. Er hielt seinen Limonadenbecher umklammert und sah verängstigt aus. Liebermann erkannte, dass er keine Hilfe sein würde und sprintete zum Fahrersitz.

"Alles muss Frau selber machen", rief sie.

Sie zündete den Motor, gab Gas und der Wagen schoss vorwärts. Dadurch blieben die anderen hinter dem Wagen völlig ungeschützt. Schmitz fluchte laut. Aber Decker lächelte. Sie wusste, was Liebermann vorhatte.

Fawkes, der versucht hatte, sich anzuschleichen, sah seine Beute plötzlich ungeschützt auf offener Straße, lachte und hob seine Waffe.

"Merry Christmas!", sagte er, "Und tschüss."

Plötzlich waren zwei Schüsse zu hören, aber nicht aus Fawkes' Waffe. Stattdessen spritzte Blut aus Fawkes' Brust. Er blickte verständnislos auf seine Wunden hinunter, schloss die Augen und sackte zu Boden.

Hinter ihm stand Penelope Brinkmann, deren Körper vor Schmerzen zur Seite gesackt war. Neben ihr lag Amsel.

"Hab ich dich, du Hurensohn", keuchte sie.

Bevor Decker und die anderen etwas sagen konnten, war ein gewaltiger Aufprall zu hören.

Liebermann musste improvisieren. Als sie also ein Fahrzeug sah, das aus dem Verkehr gezogen werden musste, und sie selbst in einem schwereren Fahrzeug saß ... nun, die Lösung musste nur effektiv, nicht ausgefallen sein.

Sie beschleunigte also und raste geradewegs auf das Auto zu, hinter dem Finn und Gardner Schutz gesucht hatten. Bei dieser Geschwindigkeit konnte sie es nicht verfehlen.

Ein gewaltiges Knirschen von Metall und Finns kleiner Mietwagen wurde wie ein zerknülltes Stück Papier aus dem Weg geschleudert.

Sowohl Finn als auch Gardner, die sich hinter dem Auto befanden, waren eingeklemmt. Hinter ihnen befand sich das steinerne Mahnmal und sie saßen in der Falle zwischen

Stahl und Stein. Als Liebermanns Truck gegen das Auto der beiden prallte, wurden sie quasi eingequetscht.

Gardner hatte mehr Pech, denn das Heck des Wagens rollte über seinen Körper und Kopf. Er war gnädigerweise tot, bevor er etwas hätte spüren können. Finn hingegen war von der Hüfte abwärts eingeklemmt, konnte sich nicht bewegen und hatte unvorstellbare Schmerzen. Er konnte nur schreien, als das Hinterrad und die Trümmer der hinteren Stoßstange über seine Beine rollten und ihn festhielten.

Einen Moment lang waren die einzigen Geräusche, die vom Platz kamen, Schreie. Schreie von Einheimischen und Touristen und Schreie eines schwer verletzten Finn, der wie ein Fisch auf dem Trockenen unter dem Autowrack zappelte. Brinkmann taumelte derweil mit einem hysterischen Aseem, der sich an seinen Getränkebecher und seinen Laptop klammerte, aus der Fahrerseite des Wagens. Brinkmann hatte ein MP5-Maschinengewehr in der Hand und brannte darauf, es zu benutzen.

Drake stand sprachlos zusammen mit den anderen auf. "Ich will verdammt sein. Das habe ich nicht kommen sehen."

"Stille Wasser sind tödlich", sagte Decker und hob ihre Waffe. Sie drehte sich zu Brinkmann und Amsel um, die zu ihr herüber humpelten. "Sie haben also unser SOS erhalten?"

"Ja, Major", sagte Amsel, "und Unterwald hat die Polizei für die nächsten fünfzehn Minuten abgezogen. Was immer also zu tun ist, tun Sie es jetzt."

Decker nickte. "Zeit, den Müll rauszubringen."

KAPITEL SIEBZEHN

Finn hatte noch nie so starke Schmerzen in seinem ganzen Leben gehabt, und er war sich sicher, dass sein Rücken gebrochen war. Er konnte Blut in seinem Mund schmecken und hatte Schwierigkeiten beim Atmen.

Aber seine Augen waren in Ordnung, und als er Decker und die anderen auf sich zukommen sah, wusste er, dass er in ernsthaften Schwierigkeiten steckte. Als er sich umschaute, konnte er seine Waffe sehen, ein paar quälende Zentimeter zu weit weg. Allein der Versuch, die Hand auszustrecken, ließ seinen Körper vor Schmerz zusammenzucken. Er legte seinen Kopf zurück auf den Boden und schlug gegen die Glassplitter des Autos.

Decker näherte sich dem umgestürzten Fahrzeug. In ihrer Hand hielt sie zwei der Splittergranaten, die Finn auf sie werfen wollte, aber keine Gelegenheit dazu hatte.

"Ich glaube, du hast etwas verloren", sagte sie.

Finn schaute Decker ängstlich an und fing plötzlich an, unkontrolliert zu lachen.

"Habe ich einen Witz erzählt?", sagte Decker kalt.

"Du bist der Witz", keuchte Finn, "eine Frau in einem Männerberuf, mit all deinen gefügigen Sklaven, die dir auf Schritt und Tritt folgen."

"Ich bin der Witz? Ich bin nicht diejenige, der unter einem umgestürzten Fahrzeug liegt, deren Körper zerquetscht ist und die bald sterben wird."

Finn grunzte. "Ich habe keine Angst vorm Sterben. Ich habe nur Befehle befolgt. Als Deutscher solltest du mit diesem Konzept vertraut sein."

"Zehn Minuten", murmelte Amsel.

Decker beugte sich hinunter und zog die Stifte an beiden Granaten. Dann steckte sie sie in Finns Hose neben seiner Leiste.

"Das ist für Klaus Wagner", sagte sie, drehte sich um und ging langsam davon. Die anderen rannten weg und schrien Decker an, schneller zu laufen.

Finn schaute entsetzt auf seine Leistengegend, als ihm klar wurde, was passieren würde. Dann hielt er plötzlich inne, schloss die Augen und ergab sich in sein Schicksal.

Die Explosion war gewaltig. Das restliche Benzin im Tank des Wagens entzündete sich und löste einen Feuerball aus. Das schwelende Metall des Wagens wurde durch die Wucht der Explosion in die Luft gehoben, und Finn verbrannte vollständig.

Das Holocaust-Mahnmal wurde praktisch zerstört, und Steinbrocken regneten auf die Menschen auf dem Platz herab.

Als die Explosion verklungen war, taumelte Schmitz mit klingelnden Ohren auf die Beine. Er blickte nach unten und sah ein riesiges Loch in der neuen Hose seines Anzugs.

"Ich habe diesen Anzug seit zwei Tagen!", rief er, "das lasse ich mir erstatten!"

Zehn Minuten später traf die Polizei unter der Leitung von Hauptkommissar Otto Busch ein. Als Busch die Verwüstung sah, dachte er ernsthaft über eine Frühpensionierung nach.

"Was ist das mit Ihnen und dem Chaos?", fragte er Decker, "wo immer Sie auftauchen, folgt die totale Zerstörung."

"Die Geschichte meines Lebens", sagte Decker, die müde in ein Regierungsfahrzeug stieg und mit hoher Geschwindigkeit weggefahren wurde.

"Und ich muss wieder aufräumen", seufzte Busch. "Die Geschichte meines Lebens..."

Es dauerte nicht lange, bis der Vorfall seinen Weg in die Abendnachrichten gefunden hatte und Peter Humphries in seinem Büro in der britischen Botschaft saß und verzweifelt vor sich hin stierte. Er wusste, es war nur eine Frage der Zeit, bis Decker zwei und zwei zusammenzählen würde.

Wie aufs Stichwort klingelte sein Telefon.

"Herr Humphries", sagte Decker, "ich glaube, ich habe Ihnen gesagt, dass wir in Kontakt bleiben sollen."

"Ich habe nichts zu teilen, Major."

"Nun, ich schon. Büro von Stabschef Unterwald in dreißig Minuten. Zwingen Sie mich nicht, Sie zu holen."

Fünfzehn Minuten später wurde Humphries in Unterwalds Büro eingelassen. Er sah einen sehr unterkühlt wirkenden Unterwald hinter seinem Schreibtisch sitzen, während Decker teilnahmslos in der Ecke des Raums stand.

"Nun, ich bin hier", sagte Humphries, "was gibt es?"

Unterwald stand auf und knöpfte seine Jacke zu.

"Peter Humphries, wegen eines schwerwiegenden Verstoßes gegen das diplomatische Protokoll sind Sie ab sofort in der Bundesrepublik Deutschland zur 'Persona non grata' erklärt worden. Sie haben achtundvierzig Stunden Zeit, um zu verschwinden."

Humphries blieb einen Moment lang stehen, unfähig zu begreifen.

"Warum?", fragte er schließlich, "ich verdiene einen echten Grund."

Unterwald schaute zu Decker, die ein Telefon aus ihrer Tasche holte.

"Ratet mal, wessen Telefon das ist", sagte Decker.

"Keine Ahnung."

"Jane Gold, inzwischen verstorbene stellvertretende CIA-Stationschefin."

Humphries bemühte sich, einen ungerührten Gesichtsausdruck zu bewahren. "OK. Also was?"

"Raten Sie mal, wessen Nummer sie auf der Kurzwahltaste hat. Dieselbe Nummer, von der sie auch unmittelbar nach der Ermordung von Martin Lesch angerufen wurde?"

Keine Antwort.

"Nichts zu sagen, Herr Humphries? Warum wählen wir nicht die Nummer und schauen, ob wir das andere Telefon klingeln hören?"

"Schon gut", schnauzte er, "lassen Sie den Quatsch. Es ist meins. Und wenn schon? Wir waren beide Spione. Kollegen. Daran ist nichts Ungewöhnliches."

"Nein", räumte Decker ein, "aber ich bin sicher, Sie werden mir zustimmen, dass dies etwas Ungewöhnliches ist."

Decker zog eine Ledertasche von der Seite eines Stuhls hoch und förderte riesige Bündel gebrauchter Geldscheine zutage. Sie bedeckten den gesamten Schreibtisch von Unterwald.

"Wir haben uns Leschs Kontoauszüge angesehen. Er steckte bis zum Hals in Schulden. Aufgrund von Fehlinvestitionen ging er buchstäblich unter. Dann bekommt er plötzlich eine große Zahlung von einer Briefkastenfirma auf den Bahamas, mit der er die Hälfte seiner Schulden zurückzahlt. Wir waren heute in seinem Haus und haben es auseinandergenommen, und wir haben das ganze Geld hinter der Wand gefunden. Hunderttausend Euro. Fantastisch, nicht wahr?"

"Ich warte immer noch auf den Teil, in dem Sie mich mit all dem in Verbindung bringen", sagte Humphries drohend.

"Ich glaube, Sie und Gold haben herausgefunden, dass Lesch in Schulden ertrinkt und beschlossen, eine gemeinsame britisch-amerikanische Operation durchzuführen, um ihn anzuwerben. Geheimnisse im Tausch gegen Geld. Aber Lesch wollte schließlich aussteigen, und Sie trafen ihn bei seiner Rede, um ihm die Sache auszureden. Aber er wurde ermordet, bevor Sie mit ihm reden konnten."

"Wie ich schon sagte", sagte Humphries, "beweisen Sie es."

Unterwald holte ein kleines Tonbandgerät aus seinem Schreibtisch.

"Das werden wir", sagte er, "als Lesch beschloss, dass er aussteigen wollte, beschloss er, seine Gespräche mit Ihnen auf Band aufzunehmen. Möchten Sie einige davon hören?"

Ohne eine Antwort abzuwarten, drückte Unterwald auf die Abspieltaste und Humphries' Stimme war zu hören.

"Sie können doch nicht einfach gehen, Herr Lesch. Sie haben unser Geld genommen."

"Das war verdient. Ich habe Ihnen Informationsmaterial gegeben. Wir sind quitt."

"Ich sage dir, wenn wir quitt sind. Oder möchtest du, dass Kanzlerin Meyer weiß, dass du ein Verräter bist?"

Unterwald schaltete den Rekorder aus und sah, dass Humphries aufgab. Er sah besiegt aus.

"Der Bastard hat alles mitgeschnitten", murmelte er.

"Packen Sie Ihre Sachen und verlassen Sie das Land, Herr Humphries. Niemand rekrutiert unsere Minister als Spione und erwartet, dass man ihm vergibt. Schon gar nicht Nationen, von denen wir eigentlich annehmen, dass sie unsere Freunde sind."

Als Humphries hinausbegleitet worden war, schaute Decker zu Unterwald.

"Ich möchte bitte mit der Kanzlerin sprechen."

Unterwald nickte und ging mit ihr den Flur entlang zu ihrem Büro. Vorbei an der Sekretärin klopfte er an Meyers Tür und ging hinein, ohne auf eine Antwort zu warten.

Meyer saß am Telefon, die Füße auf dem Schreibtisch. Als sie Unterwald und Decker sah, nickte sie und hob einen Finger, um zu signalisieren, dass es nur noch eine Minute dauern würde.

Als sie schließlich aufhörte zu telefonieren, stand sie auf und schenkte den dreien Drinks ein.

"Auf den erfolgreichen Abschluss einer weiteren Operation", sagte sie.

"Sie haben von Martin Lesch gehört?", fragte Decker.

"Dass er ein britischer und amerikanischer Agent war?", sagte Meyer, "ja, ich fürchte, diese schlechte Nachricht ist mir zu Ohren gekommen. Natürlich wird die Öffentlichkeit nie davon erfahren."

"Ich bin gekommen, um meine Ablösung als kommissarischer BfV-Leiter zu beantragen", sagte Decker, "ich möchte zurück in die Abteilung 89. Das BfV ist für mich zu groß und zu bürokratisch. Sie wissen, dass ich das nicht durchhalten würde."

Meyer sah sie einen langen Moment lang an. "Ich nehme an, Sie haben recht. Sie sind besser darin, mit Gefährdern umzugehen und im Verborgenen zu bleiben. Gut, ich werde Unterwald bitten, mir Kandidaten für Wagners Nachfolge vorzuschlagen. Keine Sorge, es wird jemand sein, der den Job verdient."

"Mehr verlange ich nicht, Frau Bundeskanzlerin", sagte Decker und salutierte.

KAPITEL ACHTZEHN

In Washington DC weitete sich die "Berlin-Affäre", wie sie von den einfallslosen Medien genannt wurde, immer weiter aus. Die Nachricht von dem heftigen Feuergefecht und der Explosion, bei der Finn und seine abtrünnigen Agenten ums Leben kamen, besudelte Langleys Ruf. Der Kongress verlangte Anhörungen und es sollten Köpfe rollen.

Galway war nur zu gern bereit, Norman Lester vorzuschieben und die Verantwortung zu leugnen. Auf Anraten seines Staatssekretärs hatte er beschlossen, Deutschland nicht öffentlich der Ermordung von Trent zu beschuldigen. Sie würden es nie beweisen können und es würde eine ohnehin schon angespannte Situation nur noch brenzliger machen.

Galway saß spät in der Nacht im Oval Office, als es an der Tür klopfte und Barton hereinschaute.

"Mr. Präsident? Haben Sie einen Moment Zeit für mich?"

Galway sah erschöpft aus. Er löste seine Krawatte und winkte Barton herein.

"Jeder will ein Stück meiner Zeit, also können Sie auch mal drankommen."

Barton nickte grimmig und setzte sich auf die Couch.

"Ich denke, wir können mit Sicherheit sagen, dass wir die Situation im Griff haben", sagte er.

Galway stieß ein kurzes Lachen aus. "So sieht Ihre Kontrolle aus? Ich habe einen Parlamentspräsidenten, der meinen Rücktritt fordert, wenn er nicht gerade verzweifelt nach Mikrofonen sucht, um Anhörungen zu fordern. Lesters Anwälte rufen im Fernsehen lautstark, dass ich ihm im Gegenzug für seine Kooperation Vergünstigungen versprochen hätte. Und unsere Beziehungen zu Deutschland und dem Rest der EU werden Jahre brauchen, um sich zu erholen. Also bitte, Direktor Barton, sagen Sie mir, welchen Teil davon haben Sie bitte im Griff?"

"Finn und die anderen sind tot. Sie können sich jetzt auf die Aufräumarbeiten und die Schadensbegrenzung konzentrieren."

"Oder mein Nachfolger kann sich darauf konzentrieren. Ich bin mir nicht sicher, ob ich das überleben werde. Wenn ich davon im Voraus wusste, bin ich ein rasender Psychopath. Wenn ich es nicht wusste, bin ich peinlich inkompetent. Ich kann nicht gewinnen."

"Es kommt nur darauf an, was die Leute beweisen können", sagte Barton ruhig, "und sie können einen Scheiß beweisen. Sagen Sie einfach, dass Lester auf eigene Faust gehandelt hat, leugnen Sie das mit der Bevorzugung und befehlen Sie dem Generalstaatsanwalt, Lester an die Wand zu nageln."

"Ich mache ihn zum Opferlamm".

"Besser Sie als er", sagte Barton achselzuckend, "es sei denn, Sie wollen wirklich aufgeben?"

"Nein, das tue ich nicht", sagte Galway und ließ die Schultern hängen, "bis zu diesem Vorfall hatte ich mich schon fast an den Job gewöhnt."

"Dann sagen Sie dem Sprecher, wo er sich seine Rücktrittsforderungen hinstecken kann. Und seine Anhörungen."

Galway traf eine Entscheidung. "Ich möchte, dass Sie der nächste Direktor der CIA werden. Ich brauche dort jemanden, dem ich vertrauen kann, jemanden, der sich nicht so leicht aus der Ruhe bringen lässt. Es muss eine Menge neu aufgebaut werden. Ich kann mir niemanden vorstellen, der das besser kann."

Barton dachte über die Idee nach. "OK", sagte er schließlich, "aber nur, wenn Sie nicht aufgeben. Wenn Sie gehen, gehe ich auch."

Galway streckte müde eine Hand aus. "Abgemacht."

Als Barton sich zum Gehen bereit machte, klingelte sein Mobiltelefon.

"Barton hier....wann? Oh mein Gott, ich dachte, er wird beobachtet? Gut, aber das ist noch nicht vorbei. Ich rufe zurück."

Er legte auf und sah Galway an. "Lester ist tot. Er hat Selbstmord begangen, und sich in seinem Badezimmer erhängt. Selbstmordbrief und so weiter."

"Sagen Sie mir, dass wir das nicht waren."

"Nein, wir haben nichts getan", sagte Barton, "er hat sich das selbst angetan. Sehen Sie, es geht bergauf."

Brinkmann und Amsel wurde mitgeteilt, dass ihnen eine längere Physiotherapie und im Falle von Brinkmann auch eine Psychotherapie bevorstünde. Daraufhin beschwor sie lautstark, dass sie "keinen verdammten Psychiater" aufsuchen wolle, aber Decker sprach ein Machtwort und das beendete die Diskussion.

Eines Tages, als sowohl Brinkmann als auch Amsel im internen Fitnessstudio waren und verzweifelt versuchten, sich wieder einsatzfähig zu machen, trat Schmitz herein.

"Leutnant Amsel, Sie sind für heute fertig. Ich muss mit Feldwebel Brinkmann sprechen."

Amsel sah die beiden an. "OK. Ich bin hier offensichtlich außen vor, aber das ist in Ordnung." Er hob sein Handtuch auf und humpelte mühsam aus der Turnhalle.

"Hören Sie, wenn es um den Psychiater geht...", begann Brinkmann.

"Nein", unterbrach Schmitz, "es geht um Sie und Decker."

"Ich bin mir nicht sicher, ob ich weiß, was Sie meinen."

"Feldwebel, Ihre Loyalität ist bewundernswert, aber bitte beleidigen Sie nicht noch einmal meine Intelligenz", entgegnete Schmitz, "ich habe das Videomaterial von vor Ihrer Wohnung in der Nacht vor Ihrem Angriff gesehen. Ich habe mit dem Major gesprochen und sie weiß, dass sie einen schweren Fehler begangen hat."

Brinkmann schmunzelte. "Also ... was? Sie sind der Bote, der mir sagt, ich soll mich zurückhalten und die Finger von der Chefin lassen?"

Schmitz sah wütend aus. "Hüten Sie Ihre Zunge, Feldwebel. Ich versuche, Ihre beiden Karrieren zu retten. Wenn die Kanzlerin davon erfährt, sind Sie beide erledigt. Ihr beide würdet dann nur noch Burger in einem Schnellimbiss braten."

"Was soll ich jetzt dazu sagen?", fragte Brinkmann schließlich.

"Dass Sie verstehen, dass das nicht weitergeht und Sie vergessen, was in dieser Nacht geschehen ist."

Brinkmann schluckte mehrere Male. "Geht klar."

"Gut", sagte Schmitz, "nehmen Sie sich den Rest des Tages frei."

Decker war in ihrem Büro, als sie eine vertrauliche Nachricht erhielt, die nicht für die Öffentlichkeit bestimmt war. Als sie den Umschlag öffnete, stellte sie fest, dass die Nachricht von einer unerwarteten Quelle stammte, die über geheime Kanäle übermittelt wurde.

Ich habe gehört, dass unsere amerikanischen Freunde erfahren haben, was mit Präsident Trent in Malaysia geschehen ist. Das ist bedauerlich. Ich hoffe, unser Geheimnis um mich ist sicher. Ich genieße es sehr, Führer von Nordkorea zu sein.

"Keine Sorge, Myong", murmelte Decker, "du bist in Sicherheit. Dafür werde ich sorgen."

DER TEUFEL IN KETTEN

KAPITEL EINS

Gabriel Keller hatte das Gefühl, eine außerkörperliche Erfahrung zu machen, als er dem Richter zuhörte, der ihn zu einer lebenslangen Haftstrafe verurteilte.

Aus irgendeinem Grund konnte er nur daran denken, dass es draußen heftig regnete, während der Richter streng zu ihm sprach. Aber er konnte die scharfen Tadel kaum hören, da er sich auf das Wasser konzentrierte, das gegen die Fensterscheiben prasselte. Es tröstete ihn, den Regen zu hören, auch wenn er wusste, dass er ihn nie wieder auf seinem Gesicht spüren würde.

Es war ihm egal, was der Richter sagte. Es waren nur Worte. Er wusste ganz genau, dass er am Ende war. So viel war klar, als er den Straßendieb kaltblütig ermordet hatte. Den Straßendieb, der ihm am helllichten Tag mitten auf der Straße die Brieftasche gestohlen hatte. Hätte der Ganove sie liegen lassen, hätte Keller ihn vielleicht gehen lassen und die ganze Sache als bittere Erfahrung abgetan. Es befanden sich ohnehin nur fünfzig Euro und ein alter Lottoschein in der Brieftasche. Der Straßenräuber hätte sie gerne mitnehmen und das Weite suchen können.

Aber nein, offensichtlich war der Schläger mit seinen mageren Einnahmen unzufrieden und versuchte, der schwangeren Frau von Keller den Ehering abzunehmen. Als sie sich weigerte, sorgte ein schneller Schlag in den Magen letzten Endes dafür, dass ihr Baby schließlich tot geboren wurde.

Das war der Moment, in dem Keller reagierte. Er packte den Mann am Hals und brach ihm das Genick, als wäre es ein Zweig. Der Schock und die Überraschung standen dem Schläger ins Gesicht geschrieben, als er zu Boden sackte. Schaulustige schrien auf, als ihnen klar wurde, dass sie gerade Zeuge eines Mordes geworden waren. Das Blut floss in Strömen aus Frau Kellers Unterleib.

Es bestand nie ein Zweifel daran, dass Keller verurteilt werden würde. Deshalb hatte sein unfähiger Anwalt ihm auch sofort geraten, sich schuldig zu bekennen und sich der Gnade des Gerichts auszuliefern. Der Barmherzigkeit des Richters, der ihm nun fleißig erzählte, dass er gefährlicher Abschaum sei, der in der Hölle schmoren müsse, weil er einen anderen Menschen ermordet habe.

Ein menschliches Wesen schnaubte Keller vor sich hin. Was für ein Mensch ermordet ein ungeborenes Baby, weil er einen lumpigen Ehering haben will? Etwas, das ihm in keiner Weise zusteht?

Keller wurde schließlich von den Gefängnisbeamten aus seinen Gedanken gerissen, die ihn zu den Kellertüren zogen, durch die die Gefangenen auf die Anklagebank und wieder zurückgebracht wurden. Die Verhandlung war zu Ende, und der Richter verließ den Gerichtssaal durch die Hintertür, nachdem er seine Pflicht für diesen Tag erfüllt hatte, indem er Feuer und Schwefel an die Kriminellen der Gemeinde verteilt hatte. Als er nach unten geführt wurde, versank Keller in der Dunkelheit, und sein Leben, wie er es kannte, war im Endeffekt vorbei.

Das dachte er zumindest.

Kapitän Wolfgang Schmitz wurde in den Hintern getreten, und das gefiel ihm gar nicht.

Seine Chefin, Major Sophie Decker, hatte ihn irgendwie überredet, an einem Selbstverteidigungskurs für Mitarbeiter teilzunehmen. Was sie jedoch bis zur letzten Sekunde verschwieg, war, dass Schmitz' Aufgabe darin bestand, von Decker angegriffen und in sehr unbequemer Position auf den Boden gedrückt zu werden.

Sein Gesicht wurde auf die schweißnasse Matte gepresst, und Deckers Hand drückte auf seinen Hinterkopf. Er schlug wiederholt auf die Matte, um zu signalisieren: "Ich gebe auf", aber er hörte nur, wie Decker sagte: "Und an diesem Punkt ist es am besten, den Gegner mit einem Schlag auf die Hoden vollständig außer Gefecht zu setzen...".

Schmitz' Augen weiteten sich angsterfüllt. Deckers "Nussknacker" waren legendär - der letzte Verbrecher, dem sie das angetan hatte, lief noch immer wie auf rohen Eiern im Gefängnishof umher, und Schmitz hatte das ungute Gefühl, dass der Kerl niemals mehr Vater werden würde.

"... aber ich denke, wir können Hauptmann Schmitz die Erfahrung ersparen", sagte Decker, "Sie können sich entspannen, Hauptmann."

Als sie seine Hand losließ, rollte sich Schmitz auf den Rücken und sah Decker vorwurfsvoll an, während die um die Matte sitzenden Mitarbeiter lachten.

"Das ist die Rache dafür, dass ich dir gestern Salz statt Zucker in den Kaffee getan habe, oder?"

Decker lächelte. "Behaupte bloß nicht, dass das ein Unfall war. Sagen wir einfach, wir sind jetzt quitt."

"Okay, Leute", sagte sie zu den anderen, als Schmitz aufstand, "teilt euch in Paare auf und übt die Bewegungen, die ich euch gezeigt habe."

Als die anderen begannen, ihre Gegner über die Matte zu schleudern, kam Leutnant Max Amsel in den Raum und steuerte auf Decker zu.

"Major? Herr Hauptmann? Sie werden im Kanzleramt verlangt. Unterwald hat einen Besucher, den er Ihnen vorstellen möchte."

"Wurde auch Zeit", sagte Decker, "ich fing an, mich zu langweilen. Los geht's, Schmitz."

Aufgrund des kürzlichen Todes von Geheimdienstdirektor Klaus Wagner war der Posten offiziell noch unbesetzt. Die Bundeskanzlerin, Claudia Meyer, hatte Decker versprochen, dass sie bei der Besetzung der Stelle hohe Maßstäbe anlegen würde, und bisher hatte sie Wort gehalten.

Jeder von ihrem Stabschef Hans Unterwald vorgeschlagene Kandidat wurde kurzerhand abgelehnt, entweder aus guten Gründen, oder weil welche frei erfunden wurden. Ein verärgerter Unterwald war überzeugt, dass die Stelle nie besetzt werden würde.

Das bedeutete, dass Decker und Schmitz bei ihrer Ankunft im Kanzleramt nicht wie üblich vom Geheimdienstdirektor empfangen wurden. Stattdessen wurden sie im Büro von Hans Unterwald einem Mann in einem streng aussehenden schwarzen Anzug vorgestellt, der in einer Ecke des Büros saß.

"Ein Bestatter?", sagte Schmitz, "schon gut, wir haben unseren eigenen, um die unangenehmen Leichen loszuwerden. Aber danke für das Angebot."

Der Mann lächelte dünn.

"Das", unterbricht Unterwald und räuspert sich, "ist der stellvertretende Direktor des französischen Geheimdienstes, der DGSE. Sein Name ist Claude Durand. Stellvertretender Direktor Durand, Major Decker und Hauptmann Schmitz von der Abteilung 89."

"Enchanté", sagte er in Deutsch mit schwerem, französischen Akzent, "ich habe schon viel von Ihnen beiden und Ihrer unkonventionellen Abteilung gehört."

"Was können wir für Sie tun, stellvertretender Direktor Durand?", fragte Decker förmlich.

"Sie wissen sicher, dass unser Präsident nächste Woche zu Besuch nach Berlin kommt?"

"Ja", sagte Decker, "wir waren daran beteiligt, die üblichen Unruhestifter in aller Stille zu verhaften."

"Nun, Sie werden es mit einem Unruhestifter mehr zu tun haben", sagte Durand grimmig, "denn wir haben glaubwürdige Informationen, dass ein Attentat auf Präsident Delacroix verübt werden soll, wenn er hier in Berlin ist."

"Woher haben Sie diese Informationen?", fragte Schmitz.

"Ein Informant", sagte Durand, "aber gestern Morgen wurde seine Leiche an das Ufer der Seine gespült. Er wurde erdrosselt und mit Ziegelsteinen beschwert. Wer auch immer ihn getötet hat, hat damit bestätigt, dass an den Aussagen des Informanten etwas dran ist."

"Sein Tod könnte mit etwas anderem zusammenhängen", sagte Decker, "ich spiele nur des Teufels Advokat."

"Wenn es um das Leben meines Präsidenten geht", sagte Durand, "ziehe ich es vor, mit äußerster Vorsicht vorzugehen. Das würden Sie auch tun, wenn das Leben von Kanzler Meyer in Gefahr wäre."

"Na gut", räumte Decker ein, "da haben Sie mich erwischt. Können Sie uns mehr über dieses angebliche Komplott erzählen? Und über den Informanten?"

Durand zeigte auf einen braunen Aktenordner mit einem roten Streifen auf dem Tisch.

"Es steht alles da drin, aber lassen Sie mich Ihnen die Höhepunkte nennen. Der Name unseres Informanten war Eddie Chauvet. Ein echter Playboy. Ich glaube, die Engländer würden ihn einen 'Gauner und Dealer' nennen. Chauvet konnte Ihnen alles besorgen, was Sie wollten. Zu einem bestimmten Preis natürlich."

"Kapitalismus vom Feinsten", murmelte Unterwald,

während er begann, die Akte auf dem Schreibtisch durchzusehen.

"In der Tat", stimmte Durand zu, "aber dann hatte Eddie ein Problem. Bei einer routinemäßigen Verkehrskontrolle wurde er mit einer großen Menge Drogen erwischt. Angesichts der drohenden Gefängnisstrafe fing Chauvet an, über alles zu plaudern, was er wusste. Schließlich erzählte er uns von dem angeblichen Attentatsplan."

"Er klingt wie eine ertrinkende Ratte, die versucht, sich zu retten", sagte Decker zynisch, "wie kommen Sie darauf, dass seine Geschichte stimmt?"

"Wie ich schon sagte, bin ich immer äußerst vorsichtig", sagte Durand und zupfte an den imaginären Fusseln seines Anzugs, "also habe ich meinen Mitarbeitern befohlen, der Sache nachzugehen. Minutiös.

Chauvet hatte zwei hochrangige Personen genannt, die angeblich mit dem Komplott in Verbindung standen. Also haben wir sie elektronisch überwachen lassen."

"Wurden sie verhaftet?", fragte Schmitz.

"Nein", sagte Durand, "ich habe es in Erwägung gezogen, aber mein Direktor hat mir befohlen, mich zurückzuziehen. Ohne Angabe von Gründen. Mir wurde gesagt, dass die Angelegenheit von einer anderen Agentur bearbeitet werden würde. Aber als ich gestern nachsah, stellte ich fest, dass der Fall abgeschlossen und die Überwachung beendet worden war. Unsere mutmaßlichen Verschwörer sind jetzt verschwunden.

"Haben Sie Ihren Direktor damit konfrontiert?", fragte Decker.

"Nein, denn was würde das bringen? Ich habe beschlossen, hierherzukommen und unsere deutschen Geheimdienstfreunde um Hilfe zu bitten. Denn wenn dem Präsidenten auf deutschem Boden etwas zustößt, ist das ein blaues Auge für die deutsche Regierung."

"Mal sehen, ob ich das richtig verstehe", sagte Decker, "Sie haben einen äußerst wackeligen Indizienbeweis, in dem nicht ein einziges Mal ein Attentat auf den Präsidenten erwähnt wird. Die einzige Person, die das A-Wort erwähnt, war Ihrer Meinung nach jemand, der verzweifelt versucht hat, dem Gefängnis zu entgehen. Bis jetzt überzeugen Sie mich nicht gerade."

"Nennen Sie es ein Bauchgefühl", sagte Durand, "ich glaube, Chauvet sagt die Wahrheit. Abgesehen davon, dass er ermordet wurde, warum sollte der Direktor die Ermittlungen einstellen, ohne mich zu informieren?"

"Weil auch er sehen konnte, dass Sie nichts haben?"

Durand seufzte und sah Unterwald an. "Sie haben mir versichert, dass man mit mir zusammenarbeiten würde. So würde ich das hier nicht nennen."

Unterwald schloss die Akte. "Major Decker hat einige gute Argumente vorgebracht. Sie haben einen sehr schwachen Fall und es mag viele gute Gründe geben, warum Ihr Direktor den Fall eingestellt hat. Aber Sie haben auch Recht. Wenn dem französischen Präsidenten hier in Deutschland etwas zustößt, würde es sehr schlecht aussehen, wenn durchsickern würde, dass wir davon wussten und nichts unternommen haben."

Unterwald wandte sich an Decker. "Sie haben Ihre Befehle,

Major. Untersuchen Sie die Sache und wenn etwas dran ist, verhindern Sie das Attentat mit allen Mitteln."

Decker wurde wütend. "Ja, Sir. Natürlich."

KAPITEL
ZWEI

Als Decker und Schmitz ins Hauptquartier zurückkehrten, machten sie sich als Erstes eine Kanne starken schwarzen Kaffee. Dann teilten sie die Akte Durand unter sich auf, setzten sich hin und durchforsteten alles und machten zahlreiche Notizen.

Als sie fertig waren, leerte Schmitz seine Kaffeetasse und lehnte sich zurück.

"Nun, Durands Leute haben gute Arbeit geleistet, aber letzten Endes ist die Sache immer noch sehr lückenhaft. Sie haben den Mann identifiziert, der wahrscheinlich der Rädelsführer ist. Sein Name ist Gerhard Krüger. Er ist ein Gangsterboss, der höchstwahrscheinlich den Auftrag erhalten hat, Delacroix auszuschalten. Aber hier ist das Problem. Krüger sitzt hier in Berlin im Gefängnis."

"Wofür?", fragte Decker.

"Oh, das Übliche. Mord, Waffen, Raubüberfälle, allgemeines Chaos. Er wird das Tageslicht erst in einigen Jahrzehnten wiedersehen."

"Und trotzdem soll er ein Attentat auf ein ausländisches Staatsoberhaupt von einem Gefängnis aus durchführen?"

"Du weißt, wie es ist, Major. Handys werden reingeschmuggelt, geflüsterte Nachrichten gelangen durch Ehepartner nach draußen..."

"Okay, okay - wir können Krüger nicht abschotten", sagte Decker und wanderte gedankenverloren durch ihr Büro, "und wir können ihn auch nicht verprügeln. Beides würde ihm und seinen Komplizen verraten, dass das Komplott aufgedeckt worden ist."

"Aber dann wäre die Sache vorbei. Alle würden untertauchen."

"Aber für wie lange?", sagte Decker, "sie werden einfach warten und Delacroix zu einem anderen Zeitpunkt ihrer Wahl ausschalten. Nein, wenn dieses Attentat wirklich während des Berlin-Besuchs stattfinden soll, dann wissen wir wann und wo. Das sollten wir ausnutzen."

"Und den französischen Präsidenten als Köder benutzen?", sagte Schmitz erstaunt, "Die werden uns lieben für die Idee."

"Wenn sie unsere Hilfe wollen, dürfen sie bei unseren Methoden nicht zu wählerisch sein", erwiderte Decker.

Schmitz tippte auf einem iPad herum. "Unterwald hat uns den Terminplan von Delacroix geschickt, während er in Berlin ist. Die meiste Zeit wird er in Besprechungen im Kanzleramt sein. Ich glaube nicht, dass ein Attentäter dort an ihn herankommt. Nicht bei all den Sicherheitsvorkehrungen, die wir in letzter Zeit getroffen haben. Es muss also einer seiner beiden öffentlichen Auftritte sein, bei dem sie ihr Glück versuchen werden."

"Wenn wir wüssten, wer der Attentäter ist, wäre das hilfreich", sagte Decker, "wir können die Kameras zur Gesichtserkennung nach ihm oder ihr suchen lassen."

"Was wäre, wenn jemand im Gefängnis an Krüger herankommt und sein Vertrauen gewinnt", sagt Schmitz, "vielleicht erfährt er dann etwas Nützliches?"

"Und wer würde das tun?", grinste Decker, "ein Gefangener? Um sich mit einem Gangsterboss anzulegen, braucht man schon eine Menge Mut und ein ernsthaftes Motiv."

Schmitz lehnte sich zurück. "Dann ist es ja gut, dass ich jemanden in Krügers Gefängnis kenne."

Schmitz erzählte Decker alles über Gabriel Keller. Die Gründe für seine Inhaftierung, aber auch über seinen Hintergrund.

"Keller ist ein ehemaliger Soldat der Spezialeinheit. Ein Major wie Sie. Ich kannte ihn, als wir beide in der gleichen Einheit dienten. Er würde Ihnen ernsthaft den Rang ablaufen, Major. Hoch dekoriert, viermal verwundet, schwarzer Gürtel in mehreren Kampfsportarten, hat zwei Beförderungen abgelehnt, weil er der Meinung war, dass er sie nicht verdient hat. Außerdem ist er gebaut wie eine Hauswand. Ihn zu schlagen ist wie Ziegelstein zu verprügeln. Hab ich gehört."

"Ich mag ihn jetzt schon", sagte Decker, "warum hat er dann das Militär verlassen?"

"Seine Frau wurde schwanger und er beschloss, sich richtig niederzulassen. Aber dann geschah der Angriff und das Baby..."

"Ja", sagte Decker düster, "und jetzt ist er im Gefängnis, weil er das getan hat, was jeder Vater getan hätte."

"Nicht irgendein Gefängnis", sagte Schmitz, "sondern das, in dem Krüger sitzt. Wenn wir ihm einen Deal anbieten, bei dem er uns hilft und im Gegenzug Bewährung bekommt..."

"Woah", sagte Decker, "mach mal halblang Cowboy, so ein Deal braucht die Zustimmung der Kanzlerin. Und um die zu bekommen, müsste Keller uns etwas Handfestes und Wertvolles liefern."

Schmitz war verärgert. "Ich kenne Keller. Wenn jemand den Job erledigen kann, dann er. Und er weiß, wie die Dinge in unserer Welt laufen. Er weiß, dass es keine Garantien gibt."

"Gut", sagte Decker, "geh zu ihm. Aber wenn das nichts wird, dann werden auch seine Chancen auf Entlassung geringer. Ach und Schmitz..."

"Ja?"

"Wenn Keller zustimmt zu helfen, sag Amsel, er soll sich bereithalten, Man wird ihn verhaften."

"Äh ... wie bitte?"

"Keller mag für Dich der große Macher sein, aber ich kenne ihn nicht. Deshalb habe ich keinen Grund, ihm zu vertrauen. Amsel wird also ein verdeckter Gefangener im Gefängnis werden, mit der strikten Anweisung, Keller im Auge zu behalten. Amsel kann als Vermittler zwischen uns und Keller fungieren. Nachrichten hin und her übermitteln.

"Amsel wird das lieben", sagt Schmitz, "er bekommt immer die coolen Aufträge."

Spät in der Nacht saß Keller in seiner Zelle in völliger Dunkelheit, als der Gefängniswärter an die Zellentür kam und ihm mitteilte, dass er Besuch habe.

Es war zwei Uhr morgens, aber Keller schlief in diesen Tagen kaum. Er sah abgemagert aus, hatte einen buschigen Bart und seine Augen hatten tiefe Ringe. Jeder, der ihn ansah, hätte denken können, dass Keller ein lebender Toter war.

Aber in Wirklichkeit war sein Körper immer noch in einem bemerkenswerten Zustand. Sein Oberkörper bestand quasi aus reinen Muskeln, und die anderen Gefangenen hatten auf die harte Tour gelernt, dass mit Keller nicht zu spaßen war. Eine gezackte Narbe quer über seine linke Wange kam von einem Mitgefangenen, der in den ersten Tagen seiner Gefangenschaft versucht hatte, Keller zu unterdrücken. Der andere Gefangene allerdings nahm nun seine Mahlzeiten durch einen Strohhalm zu sich.

Als der Gefängniswärter kam, um ihn abzuholen, meditierte Keller gerade. Mit dieser Praxis hatte er bei seinem Gefängniseintritt begonnen. Das Schöne an der Meditation war, dass er seinen Geist an einen anderen Ort bringen konnte. Er begab sich geistig außerhalb des Gefängnisses, an das Grab seiner Frau, die kurz nach Kellers Inhaftierung Selbstmord begangen hatte. Ihr Baby zu verlieren und zu sehen, wie ihr Mann ins Gefängnis ging, war zu viel für sie gewesen.

In seinen Gedanken saß er neben dem Grabstein, sprach mit ihr und war ihr nahe ...

"Keller!", rief der Gefängniswärter, "ich sagte doch, Du hast Besuch!"

Mit Mühe konnte Keller die Wut über seine Störung zurückhalten, öffnete langsam die Augen und atmete aus. Der Gefängniswärter trat unwillkürlich einen Schritt zurück, als ob er Abneigung in Kellers Augen sehen konnte.

"Es ist mitten in der Nacht", flüsterte Keller, mit einem wütenden Funkeln in den Augen, "wer sollte mich jetzt besuchen?"

Anstatt direkt zu antworten, winkte der Gefängniswärter ihn zu sich her.

"Komm schon, ich werde es Dir nicht noch einmal sagen", sagte er.

Keller erhob sich demonstrativ langsam aus seiner Koje. Aber er wusste, dass es letztlich sinnlos war. Hier drinnen hatte er keine Rechte. Als Erster verließ er die Zelle und bog nach rechts ab.

Keller wusste, dass etwas Merkwürdiges vor sich ging, als sie die normalen Besucherräume vermieden. Als er den Gefängniswärter darauf hinwies, grunzte dieser und sagte , er solle "die Klappe halten und weitergehen".

Keller waren sofort in höchster Alarmbereitschaft. Es war nicht ungewöhnlich, dass Gefängnisbeamte den Gefangenen Dienste erwiesen. Vor allem, wenn dieser Beamte in irgendeiner Weise kompromittiert war, zum Beispiel finanziell oder sexuell. Keller hatte also das ungute Gefühl, dass dieser Beamte hier ihn in einen Hinterhalt führen sollte . Er spannte die Muskeln in seinen Händen an und beruhigte seine Atmung, um sich auf den ersten Angriff vorzubereiten.

Stattdessen fand er sich an der Tür zum Büro des Gefängnisdirektors wieder.

Der Gefängniswärter klopfte an die Tür und öffnete sie, ohne auf eine Antwort zu warten. Keller wurde mit einer Hand auf dem Rücken hineingestoßen, und zu seinem Entsetzen sah er ein vertrautes Gesicht auf dem Stuhl des Gouverneurs sitzen.

"Meine Güte", sagte Keller, "wusste ich nicht, dass Du jetzt Gefängnisdirektor geworden bist."

Schmitz legte die Akte, in der er las, beiseite und sah auf.

"Hey Gabriel", nickte er. Er sah den Gefängniswärter an. "Sie können jetzt draußen warten, danke."

Der Beamte sah nicht glücklich darüber aus, dass er rausgeworfen wurde, aber schließlich verließ er das Büro und schlug die Tür hinter sich zu.

"Er telefoniert wahrscheinlich gerade mit seinem Chef und sagt ihm, dass Du auf seinem Stuhl sitzt", kommentierte Keller.

"Nicht, wenn er seinen Job und seine Rente behalten will", sagte Schmitz, "wie geht es Dir denn, Gabriel?"

"Oh, super, volles Eventprogramm, jeden Tag Spaß und Spiel. Ich habe einen erfüllenden Beruf und verdiene 5 Euro pro Woche in einer Gefängniskantine."

"Ich habe von Marie gehört", sagte Schmitz, "Ich kann Dir gar nicht sagen, wie leid mir tut, was Dir widerfahren ist."

"Warum bist Du hier, Wolfgang? Du bist doch nicht um diese Zeit hierhergekommen, um über alte Zeiten zu reden."

"Wie immer direkt zur Sache", sagte Schmitz und lächelte.

"Ich habe nie den Sinn von Smalltalk verstanden", sagte Keller, "also komm zur Sache."

"Ich arbeite für einen Nachrichtendienst", sagte Schmitz, "Du hast vielleicht schon von uns gehört. Abteilung 89."

Keller lachte. "Du hast Dich mit diesen Leuten eingelassen? Du meine Güte. Wolfie ist in der Welt aufgestiegen."

Schmitz erzählte Keller von ihrem Problem und von Gerhard Krüger. Als er den Namen hörte, schmunzelte Keller und schüttelte den Kopf.

"Was?", sagte Schmitz.

"Krüger wollte mich eine Woche nach meiner Ankunft umbringen lassen", sagte Keller, "ich hatte die Frechheit besessen, seine Avancen abzulehnen, also schickte er seine Jungs, die mir das hier verpasst haben." Er berührte die Narbe auf seiner Wange.

"Ich nehme an, ‚seine Jungs‘ haben jetzt Probleme beim Laufen?"

"Oh ja", sagte Keller, "einer brauchte eine Gesichtsrekonstruktion, nachdem ich eine Metalltür benutzt hatte, um das alte zu zerstören."

"Wir brauchen diese Fähigkeiten, Gabriel".

"Und das bedeutet?"

"Das heißt, wir müssen wissen, wen Krüger mit der Ermordung von Präsident Delacroix beauftragt hat. Was brauchst Du, um spontan Krügers bester Freund zu werden, sein Vertrauen zu gewinnen und es herauszufinden."

"Warum zum Teufel sollte ich das tun?"

Schmitz schob einen Brief über den Tisch. "Der ist von der Kanzlerin, dem Bundespräsidenten und dem Justizminister unterzeichnet. Eine Kopie ist an Deinen Anwalt geschickt worden. Wenn Du diesen Auftrag erfolgreich erfüllst, wirst du begnadigt und sofort freigelassen."

"Der Richter hat dazu vielleicht ein Wörtchen mitzureden."

"Scheiß auf den Richter, Gabriel. Wir werden uns um ihn kümmern."

Keller blickte lange auf den Brief. "Ich habe nichts, was da draußen auf mich wartet. Warum sollte ich gehen wollen?"

"Dann tu es, um die Langeweile zu vertreiben", sagte Schmitz.

Keller berührte den Brief, als könne er nicht glauben, dass er echt war. Er las ihn, und als er fertig war, standen ihm die Tränen in den Augen.

"Woher weiß ich, dass Du Dein Wort halten wirst?"

"Dein Anwalt hat diesen Brief", sagte Schmitz, "und Du hast meine persönliche Garantie. Ich stehe tief in Deiner Schuld, weil Du mir in Afghanistan den Arsch gerettet hast. Ich werde Dich hier drin nicht verrotten lassen."

Keller öffnete die Augen und sah Schmitz an. "Das solltest Du auch nicht tun, sonst fliehe ich von diesem Ort, nur um Dich zu töten."

"Das ist mein Mann", sagte Schmitz, "ich habe nichts anderes erwartet."

KAPITEL DREI

Decker hatte beschlossen, dass Amsel sofort verhaftet werden musste. Da aus Zeitgründen keine Gerichtsverhandlung möglich war, wurde Amsel stattdessen bis zur Verhandlung in Untersuchungshaft genommen. Ein Strafregister mit einigen ziemlich aufsehenerregenden Verurteilungen wurde von Feldwebel Liebermann schnell erfunden und in das System eingegeben.

Niemand zweifelte daran, dass Krüger höchstwahrscheinlich alle Neuankömmlinge im Gefängnis mit jemandem von außen überprüfte. Höchstwahrscheinlich hatte er Polizisten auf der Gehaltsliste, die die Namen für ihn überprüften. Da Amsel ein Geheimdienstler im aktiven Dienst war, erhielt er eine falsche Identität und sollte von Hauptkommissar Otto Busch, ihrem Verbindungsmann, "verhaftet" werden.

"Damien Eisenberger?", sagte Amsel, "Ich bin froh, dass Sie mir diesmal keinen wirklich dummen Namen gegeben haben. Als ich das letzte Mal undercover war, waren alle Schwulen hinter mir her, weil ich Walter Winkelmann hieß."

Decker grinste. "Es wird Zeit, dass Sie verhaftet werden. Viel Glück. Denken Sie daran, wir haben nur ein paar Tage Zeit, also ist es Ihre Aufgabe, Keller auf Trab zu halten. Motivieren Sie ihn."

"Weiß er über mich Bescheid?"

"Er weiß, dass jemand kommt, aber nicht wer. Ich dachte, ich lasse Sie sich ihm vorstellen. Ich lasse Ihnen viel Spielraum, um diese Sache zu erledigen. Enttäuschen Sie uns nicht."

Amsel grüßte militärisch. "Ja, Ma'am. Es gibt nichts Schöneres, als mit einem offenen Auge in einem Hochsicherheitsgefängnis zu sitzen."

Nachdem Amsel gegangen war, griff Decker zum Telefon und rief Busch an.

"Er kommt nach draußen. Es soll überzeugend aussehen."

Der Plan war, dass Amsel mit einer Waffe herumfuchtelte, ein wenig schreien würde und sich dann von Busch verhaften lässt. Aber Amsel entschied in letzter Minute, dass er diesen hirnlosen Affen dafür arbeiten lassen würde, wenn er ihn verhaften wollte.

Also lief er davon.

Als er draußen war, bog er scharf nach links ab, weg von Busch, der sprachlos dastand, als der Plan vor seinen Augen zusammenbrach. Amsel zog eine Waffe und schaffte sieben Querstraßen, bevor ihm ein Polizeiauto den Weg abschnitt.

Busch taumelte außer Atem um die Ecke, während Amsel aus vollem Halse Allah anrief.

Amsel war nicht beunruhigt. Er trug eine kugelsichere Weste und Busch hatte Decker versichert, dass keiner seiner Beamten schießen würde, da sie eingeweiht waren. Dennoch waren alle sichtlich verärgert über die Planänderung, und Amsel war sich sicher, dass ein Offizier einen Schuss abgeben musste, um die Situation glaubhaft zu beenden. Decker würde stinksauer sein.

"Waffe runter!", rief Busch, der sich vom Laufen an die Brust fasste.

"Darf ich schießen, Sir?", fragte einer der anderen Beamten über Buschs Headset.

Busch fluchte. Das war definitiv nicht Teil des Plans. Schließlich antwortete er: "Eine Fleischwunde, ein Schuss, sonst nichts".

"In die Weste?"

"Nein, in die Beine."

"Sir?", sagte der Offizier über das Headset, "das wird ihn verwunden."

"Wirklich?", sagte Busch bösartig, "das wusste ich nicht. Tun Sie es trotzdem."

Der Schuss, traf Amsel in den Hintern, da er sich in letzter Sekunde drehte. Busch fühlte sich schon besser.

Als Decker erfuhr, dass Amsel verwundet worden war, sah sie rot. Da die Zeit drängte, musste etwas unternommen werden, damit Amsel nicht in einem normalen Krankenhaus, sondern im Gefängniskrankenhaus behandelt werden konnte. Dort wurde er von einem bereitwilligen Richter in "Untersuchungshaft" genommen. Nachdem die Kugel entfernt und Schmerzmittel verabreicht worden waren, humpelte Amsel ins Gefängnis.

Deckers einziger Kommentar: "Er kann verdammt gut den Schmerz ertragen, weil er ein absolutes Arschloch ist."

Vierzig Minuten später erhielt ein Polizeibeamter der Berliner Polizei den Auftrag, im Strafregister nach einem Damien Eisenberger zu suchen. Die Überprüfung ergab eine unsichtbare rote Flagge und Liebermann rief Decker an.

"Amsels Deckname wurde im System überprüft."

"Noch nicht einmal eine Stunde?", sagte Decker, "das muss ein Rekord sein. Notieren Sie sich den Polizisten, der die Abfrage durchgeführt hat. Wenn das alles vorbei ist, lassen wir ihn verhaften, feuern und inhaftieren."

Der Gefängnisdirektor wusste, dass Amsel ein verdeckter Geheimdienstmitarbeiter war, aber das war auch schon alles, was er an Informationen hatte. Zu seiner großen Verärgerung hatte man ihm nicht gesagt, warum Amsel dort war. Als er sich danach erkundigen wollte, wurde ihm vom Justizministerium lapidar mitgeteilt, er solle sich um seine eigenen Angelegenheiten kümmern.

Armin Pfeifer war seit siebenundzwanzig Jahren im Strafvollzugsdienst und nicht ein einziges Mal war er so im Dunkeln gelassen worden. Es kränkte ihn, dass ein Mann von seiner Größe und Bedeutung nicht in die großen Staatsgeheimnisse eingeweiht werden durfte. Das war einfach *unangenehm*, und jemand würde dafür gerade stehen.

Aber in der Zwischenzeit stand Amsel vor ihm in seinem Büro.

"Ich weiß, wer Sie wirklich sind, Herr Eisenberger", sagte Pfeifer.

"Bei allem Respekt, das tun Sie nicht", sagte Amsel. Er hatte Schmerzen von der Schusswunde an seinem Hintern und Pfeifer, der rachsüchtige Mann, hatte Amsel keinen Sitzplatz angeboten. Nicht, dass Amsel überhaupt bequem hätte sitzen können.

"Was machen Sie in meinem Gefängnis?", schnauzte Pfeifer.

"Ich warte auf ein Verfahren wegen illegalen Waffenbesitzes, Rufen von islamischen Phrasen auf einer öffentlichen Straße und Besitz einer David Hasselhoff-CD."

Pfeifer schloss kurz die Augen und rieb sich die Stirn. "Ein Witzbold. Und ich kann Sie nicht einmal in Einzelhaft stecken. Das Justizministerium hat strikt angeordnet, Sie in Ruhe zu lassen.

"Ich muss wie jeder andere Insasse in diesem Gefängnis

behandelt werden", sagte Amsel, "sonst wissen die Leute, die ich beobachte, dass etwas nicht stimmt."

"Oh, keine Sorge", sagte Pfeifer mit einem kalten Lächeln, "ich werde Sie wie jeden anderen Häftling behandeln. Sie mögen unter dem Schutz des Justizministeriums stehen, die Anschuldigungen gegen Sie mögen erfunden sein, und wenn Sie Eisenberger heißen, bin ich ein klebriger Toffee-Pudding. Aber solange Sie sich unter dem Dach dieses Gefängnisses befinden, in meiner Obhut, gehören Sie mir."

"Hört sich gut an", sagte Amsel, "kann ich jetzt eine Schmerztablette für meinen Hintern bekommen? Er tut höllisch weh."

Pfeifer sah Amsel mit kaltem Blick an, denn er wusste, dass er keine wirkliche Macht über ihn hatte. Schließlich griff er zum Telefon und wählte eine Durchwahl.

"Krankenabteilung? Hier spricht Direktor Pfeifer. Ich habe einen Häftling in meinem Büro, der medizinisch versorgt werden muss. Schicken Sie jemanden runter."

Er legte auf und sah Amsel an. "Ich werde Sie im Auge behalten, Herr Eisenberger. Da können Sie sich sicher sein."

Amsel nickte. "Verstanden."

In Paris war es nicht unbemerkt geblieben, dass Claude Durand Berlin besucht hatte. Obwohl er in offizieller Mission unterwegs war, wurde er in Anwesenheit von Decker gesehen. Das ließ in bestimmten Kreisen Alarmglocken läuten.

In einem abgedunkelten Büro unweit des Arc de Triomphe arbeitete ein Mann an einem Stapel Akten auf seinem Schreibtisch. Die einzigen Geräusche waren das Kratzen seines Stifts auf dem Papier und das Kreischen eines bunten Papageis, in seinem Käfig. Doch dann gesellte sich ein weiteres Geräusch hinzu - das Geräusch des Telefons, das unaufhörlich klingelte, bis der Mann schließlich seufzend den Stift weglegte und den Hörer abnahm.

"Oui?"

"Ich bin's. Wir haben ein Problem."

Der Mann seufzte und rollte die Augen zur Decke. "Wann haben wir das nicht?"

"Die Sache ist ernst. Claude Durand ist nach Berlin gefahren und hat mit Decker vom Departement 89 gesprochen."

Der Mann fluchte leise und hielt den Telefonhörer fest in der Hand.

"Und wer weiß, worüber sie sich unterhalten haben", sagte er barsch.

"Ich bin sicher, dass der Name unseres geschätzten Präsidenten ein- oder zweimal gefallen ist", sagte die Stimme am anderen Ende der Leitung.

"Haben wir eine Quelle im Bundeskanzleramt, die uns sagen kann, was bei diesem Treffen gesagt wurde?"

"Nein", sagte die Stimme. "Es war ein privates Treffen mit Hans Unterwald und seinem Departement 89. Wir hätten nie davon erfahren, wenn Durand und Decker nicht redend und händeschüttelnd aus dem Gebäude gegangen wären."

Der Mann schwieg einen Moment und überlegte, was sie als Nächstes tun sollten.

"Wir müssen den Zeitplan beschleunigen", sagte die Stimme, in der sich ein Hauch von Panik einschlich.

"Nein!", schrie der Mann zurück, "das haben wir schon besprochen. Der Anschlag muss in Deutschland erfolgen, um das deutsch-französische Verhältnis zu destabilisieren. Wir haben unseren Lee Harvey Oswald bereits im Visier. Es kann keine Abweichung von diesem Plan geben."

"Aber wenn Departement 89 an uns dran ist ..."

"Sie sind uns *nicht* auf der Spur", sagte der Mann abweisend, "Durand weiß nichts, und ich weiß das, weil alle in seinem Büro auf meiner Gehaltsliste stehen. Das sind alles Spekulationen und Gerüchte. Der Mann ist verzweifelt."

"Er muss also zum Schweigen gebracht werden", sagte die Stimme, "das kann ich erledigen."

"So wie Sie Eddie Chauvet erledigt haben?", sagte der Mann verächtlich, "das war so subtil wie ein Tritt in den Hodensack. Wenn Sie Chauvet in Ruhe gelassen hätten, hätten wir es wie einen Unfall aussehen lassen können. Vielleicht eine Überdosis Drogen. Aber Sie mussten ihn mit Steinen beschweren und ihn in die Seine werfen. Sie hätten einfach eine Anzeige in der Lokalzeitung mit Ihrem Geständnis aufgeben sollen. Nein, wenn Sie den stellvertretenden Direktor des französischen Geheimdienstes umbringen, können wir genauso gut einpacken und nach Hause gehen."

"Nun, da Sie anscheinend alle Antworten kennen, was sollen wir tun?", sagte die Stimme beleidigt.

Der Mann lächelte. "Es ist ganz einfach. Wir ziehen Durand den Boden unter den Füßen weg. Er und Departement 89 suchen einen Attentäter. Also geben wir ihnen einen. Irgendeinen. Dann wird es Durand schwerfallen, die Fortsetzung seiner Ermittlungen zu rechtfertigen."

"Es könnte funktionieren", sagte die Stimme, konnte jedoch ein Zweifeln nicht verbergen.

"Sehen Sie zu, dass es klappt, sonst müssen wir hier sofort ernsthafte personelle Veränderungen vornehmen", sagte der Mann und legte den Hörer auf. Während er sich eine Zigarette anzündete, sah er seinen Papagei an, der ihn abschätzig anstarrte.

"Und du kannst auch die Klappe halten", sagte er leise.

KAPITEL VIER

Amsel wurde in den allgemeinen Teil des Gefängnisses verlegt und auf Anordnung des Justizministeriums in derselben Zelle wie Gabriel Keller untergebracht.

Keller meditierte gerade, als die Zellentür aufging. Einer der beiden Gefängnisbeamten, die Amsel begleiteten, kam herein und schlug mit der Hand wiederholt gegen das Metallbett, auf dem Keller saß. Das plötzliche Vibrieren des Metalls ließ ihn verärgert die Augen öffnen.

"Wach auf, Buddha", sagte der Gefängniswärter und lachte. "Du kannst all dieses Voodoo-Zeug später machen. In der Zwischenzeit eine gute Nachricht. Du hast einen neuen Zellengenossen."

"Ich will und brauche keinen neuen Zellengenossen", sagte Keller.

"Hast du das gehört, Maik?", sagte der Beamte zu seinem Kollegen, "Keller glaubt, er sei für die Gefängnisverwaltung zuständig. Das ist lustig. Eisenberger, das andere Bett ist deins. Es sei denn, du fühlst dich nachts einsam und willst mit Keller kuscheln!"

Amsel stellte seine Tasche neben seinem Bett ab und beobachtete, wie die beiden Beamten über den Scherz lachten. Schließlich bemerkten sie, dass weder Keller noch Amsel mitmachten. Verärgert kratzte sich einer der beiden an der Nase und sah seinen Kollegen an.

"Kommt, lassen wir die beiden Turteltäubchen sich kennenlernen. Seid leise, Jungs."

Amsel wartete, bis die Beamten gegangen waren, bevor er die Tür schloss und Keller ansah.

"Wolfie lässt grüßen", sagte Amsel und zitierte den vereinbarten Code-Satz.

Keller lächelte vor sich hin. "Er hat diesen Spitznamen in Afghanistan immer gehasst. Sie sind also derjenige, ja?"

Amsel setzte sich. "Ja, und die Zeit ist knapp. Also müssen wir uns beeilen. Aber Sie bewegen sich schnell und ich werde humpeln. Ich habe auf dem Weg hierher einen Schuss in den Hintern bekommen."

Keller sah ihn ausdruckslos an. "Was Sie alles für Ihr Land tun."

"Gerhard Krüger", sagte Amsel, entschlossen, das Thema zu wechseln, "kennen Sie ihn?"

"*Von* ihm gehört, hab ich", korrigierte Keller, "Krüger ist niemand, der einen zum Nachmittagstee einlädt. Und man taucht auch nicht einfach unangemeldet bei ihm auf. Er ist ein zutiefst paranoider Mann, mit mehr Sicherheitspersonal um sich herum als der amerikanische Präsident. Nein, wenn man ihn trifft, wird man entweder zu einer Audienz vorgeladen oder man wird in der Waschküche überfallen."

"Aber ich bin mir sicher, dass Sie seit Wolfies Besuch sehr ernsthaft über die Angelegenheit nachgedacht haben und eine Lösung gefunden haben?"

"Um Krügers Zustimmung zu bekommen, müsste man von Nutzen sein. Ein Problem lösen oder ihm das Leben leichter machen."

"Das bedeutet was?"

Keller lächelte. "Können Sie einen Gefängniskampf anzetteln?"

Amsel lehnte sich zurück und lächelte ebenfalls. "Scheißt ein Bär in den Wald?"

Erhard Beck verbüßte fünf Jahre, und in sechs Monaten würde er nach drei Jahren seiner Strafe auf Bewährung entlassen werden. Er war also nicht im Geringsten geneigt, seine Bewährungschancen in irgendeiner Weise zu gefährden.

Als der muskelbepackte Zweimetermann in das Büro eines zutiefst wütenden Gefängnisdirektors gerufen wurde und von Decker mit seiner Gefängnisakte empfangen wurde, machte er sich fast in die Hose, als man ihm sagte, was von ihm erwartet wurde.

"Sie wollen, dass ich einen Gefängniskampf mit einem von Krügers Männern anfange und dafür von Gabriel Keller verprügelt werde? Vergiss es, Liebes. Ich werde in sechs Monaten auf Bewährung entlassen. Denken Sie, dass ich das für eine dahergelaufene Pussy wegwerfe? Auf keinen Fall."

"Eine Bewährung, und das garantiere persönlich, die verschwinden wird", sagte Decker kalt, "wenn Sie nicht mitspielen und tun, was man Ihnen sagt."

"Sie können meine Bewährung stoppen?", schnaubte Beck, "ja klar. Suchen Sie sich einen anderen Deppen."

"Sehen Sie, wie der Gefängnisdirektor mir widerspricht? In der Tat sieht er im Moment ziemlich unwohl aus."

Beck sah plötzlich besorgt aus. "Jetzt, wo Sie es erwähnen ..."

"Hören Sie, ich mache es Ihnen leicht, Beck", sagte Decker, "wenn Sie mich verarschen, werden Sie die letzten zwei Jahre Ihrer Strafe in Einzelhaft verbringen. Wenn Sie mir aber helfen ..."

"Ich höre zu."

"Wenn Sie das tun, werden Sie auf Anordnung der Bundeskanzlerin sofort freigelassen und vollständig begnadigt."

Beck lachte. "Meyer will, dass ich eine Schlägerei im Gefängnis anfange und sie lässt mich dafür frei? Nette Geschichte. Woher soll ich wissen, dass Sie die Wahrheit sagen?"

"Leider kann ich nichts schriftlich festhalten, aber vielleicht hilft das", sagte Decker und wählte eine Nummer. Als sie abgenommen wurde, übergab sie das Telefon an einen sehr besorgten Beck, der schließlich den Hörer abnahm.

"Hallo?"

"Herr Beck", sagte Bundeskanzlerin Meyer, "Ihr Land braucht Ihre Hilfe."

"Ich habe sie nicht gewählt."

"Gut, dass wir das aus dem Weg geräumt haben", sagte Meyer, "aber haben wir eine Vereinbarung?"

Beck zögerte. "Wenn ich das tue, muss ich sofort von hier weggebracht werden. Noch am selben Tag. Man legt sich nicht mit Gerhard Krüger an und erwartet, dass man am nächsten Tag die Sonne aufgehen sieht."

"Sie haben mein Wort", sagte Meyer, "tun Sie Ihren Teil und wir kümmern uns um Sie."

Beck legte auf und warf das Telefon zurück zu Decker.

"Abgemacht. Wann soll es losgehen?"

"Jetzt gleich", sagte Decker. Sie wandte sich an Pfeifer. "Sagen Sie Ihren Männern, sie sollen zwei Minuten zurückbleiben und dann langsam vorrücken. Beck und Keller kommen danach in Einzelhaft."

"Nur eine Minute", sagte Beck, "mehr, und Krügers Männer werden mich lynchen."

"Gut", sagte Decker, "sechzig Sekunden. Gehen Sie und stiften Sie ein bisschen Chaos."

Es gab einen guten Grund, warum Decker Beck genau zu dieser Zeit in das Büro des Gouverneurs gerufen hatte. Es war Essenszeit im Gefängnis und damit der perfekte Zeitpunkt, um Ärger zu machen.

Beck betrat den Speisesaal, sah sich um, um sich zu orientieren, wählte sein Ziel und ging ohne zu zögern direkt auf ihn zu.

Der Mann, einer von Krügers Gefolgsleuten, hatte es nicht einmal kommen sehen. Beck packte den Hinterkopf des Mannes, auf dem ein großes Hakenkreuz tätowiert war, und schlug ihn auf den Metalltisch vor ihm. Blut spritzte aus der Nase des Mannes, als alle um ihn herum plötzlich schockiert von der Bank aufsprangen.

Entschlossen, Krügers Mann keinen Vorteil zu verschaffen, ging Beck weiter in die Offensive. Er schnappte sich eine Gabel und rammte sie in das Ohrläppchen des Mannes. Ein schneller Tritt in die Hoden brachte ihn zu Boden und nun wartete Beck auf den unvermeidlichen Angriff von Keller.

Er kam ein paar Sekunden später an. Beck hatte einen Vorteil durch Größe und Masse, aber Keller kannte die Schwachstellen des Körpers, dank seiner Karriere bei den Spezialeinheiten. Ein schneller Karatetritt gegen Becks Nieren, gefolgt von einem weiteren Tritt gegen Becks Hoden, ließ ihn vor Schmerz aufstöhnen.

Als Beck sich drehte, um sich seinem Angreifer zu stellen, griff Keller an. Da er wusste, dass ein Schlag gegen die Kehle Beck wahrscheinlich töten würde, entschied sich Keller stattdessen für einen leichten Schlag mit der geschlossenen Faust gegen Becks Stirn. Nur ein "leichter Schlag" nach seinen Maßstäben. Aber hart genug, um Beck eine Gehirnerschütterung zu verpassen und ihn zu Boden zu schicken.

Das war der Zeitpunkt, an dem die Gefängnisbeamten endlich die Initiative ergriffen und mit gezogenen Schrotflinten anrückten. In der Zwischenzeit beobachtete Amsel die ganze Szene und sah auch, wie ein nachdenklicher und ruhiger Gerhard Krüger weiter sein Essen aß, als ob nichts geschehen wäre.

Während Keller und Beck in Einzelhaft verfrachtet wurden, wurde der Mann, der als unglückliches Opfer ausgewählt worden war, ins Krankenhaus gebracht. Beck verbrachte insgesamt eine Stunde in Einzelhaft, bevor Decker seine Verurteilung förmlich aufhob und ihn auf dem Rücksitz eines gepanzerten Lieferwagens aus dem Gefängnis schmuggeln ließ.

Um den Schein zu wahren, verbrachte Keller etwas mehr als drei Stunden in Einzelhaft, bevor er in seine Zelle zurückgebracht wurde. Decker verpflichtete den Direktor zu absoluter Verschwiegenheit, und als Decker ging, fluchte er leise über einem Glas Brandy.

Keller war gerade mal fünfundzwanzig Minuten in seiner Zelle, als er die Vorladung von Krüger erhielt. Als er die Zelle für sein Treffen verließ, holte Amsel ein verstecktes Mobiltelefon aus seiner Matratze und tippte eine verschlüsselte Textnachricht ein.

> Big Bird hat Little Bird gerufen. Little Bird ist auf dem Weg.

Als Decker die Nachricht erhielt, lächelte sie Schmitz an, der neben ihr saß.

"Wir sind dabei", sagte sie. Doch dann bekam sie eine SMS, die alles veränderte. Sie schaute darauf, drehte sich um und sah Schmitz an.

"Zurück zum Hauptquartier. Und zwar schnell."

KAPITEL FÜNF

Wenn Decker jemandem sagte, er solle sich beeilen", meinte sie das sehr wörtlich. Unter Missachtung aller Verkehrsregeln und mithilfe einer Polizeisirene auf dem Autodach schafften sie es, in Rekordzeit zum Hauptquartier zurückzukehren. Sogar Decker war von Schmitz' Fahrweise beeindruckt, obwohl sie zu sehr damit beschäftigt war, in der Tiefgarage aus dem Auto zu springen, um anzuhalten und ihm ein Kompliment zu machen.

Decker und Schmitz fuhren mit dem Aufzug ins Hauptgeschoss, wo Hauptfeldwebel Sabine Graf vor einem Vernehmungszimmer auf sie wartete.

"Was zum Teufel ist hier los?", fragte Decker.

Graf lehnte mit verschränkten Armen an der Wand. "Wenn man den Franzosen Glauben schenken darf, haben wir unseren Attentäter."

"Warum sollten wir ihnen nicht glauben?", fragte Decker.

"Sehen Sie ihn sich an und sagen Sie mir, ob er für Sie wie ein erstklassiger Präsidentschaftskiller aussieht."

Decker runzelte die Stirn und ging auf den Einwegspiegel an der Wand zu. Im Inneren des Raums murmelte ein offensichtlich geistig gestörter Mann vor sich hin, sein Kopf wippte hin und her, und er kratzte sich an der Haut, als litte er unter unheilbaren Flohbefall.

Schmitz, der Decker über die Schulter geschaut hatte, drehte sich um und sah Graf ungläubig an.

"Wollen die Franzosen ernsthaft behaupten, dass das der Attentäter ist? Und wie sind sie zu diesem Schluss gekommen?"

"Er hat in der Vergangenheit Delacroix, seine Frau und seine Geliebte belästigt. Er schreibt Drohbriefe und so weiter", sagte Graf sichtlich unbeeindruckt.

Schmitz zeigte sich ebenfalls unbeeindruckt. "Ich schreibe Drohbriefe, wenn meine Lieblingsseifenoper abgesetzt werden soll. Aber ich habe nicht vor, die Verantwortlichen des Fernsehsenders deswegen zu ermorden."

"Warum haben die Franzosen ihn an uns ausgeliefert?", fragte Decker, "wenn sie ihren eigenen Fall abgeschlossen haben, können sie ihn behalten."

"Sie dachten, wir wollten ihn vielleicht verhören."

"Oh, wie aufmerksam von Paris", sagte Decker sarkastisch, "ein Mann, der wahrscheinlich denkt, dass sein Mikrowellenherd seine Gespräche aufzeichnet, und Paris denkt, dass wir das alles hören wollen. Klingt für mich, als wolle jemand, dass wir die wenige Zeit, die uns noch bleibt, damit verschwenden, unserem eigenen Schwanz nachzujagen."

"Und was machen wir mit ihm?", fragte Graf, "wir müssen sagen können, dass wir ihn befragt haben."

Sowohl Decker als auch Schmitz schauten beeindruckt. "Sie melden sich freiwillig, Feldwebel? Danke."

Grafs schockierter Gesichtsausdruck verriet, dass ein Gespräch mit dem Verdächtigen das Letzte war, woran sie dachte. Aber sie merkte, dass sie in die Falle getappt war.

Mit einem mürrischen Gesichtsausdruck schrieb sie den Rest des Tages ab und stapfte in den Vernehmungsraum. Als sich die Tür schloss, schaute Decker Schmitz an.

"Dieser Typ wurde uns als Sündenbock untergeschoben. Weißt Du, was das bedeutet?"

"Ja", sagte Schmitz, "Durands Besuch bei uns ist in Paris inzwischen allgemein bekannt. Sie wissen, dass wir gegen das Attentat ermitteln."

"Ja", nickte Decker, "das bedeutet, dass Krüger jetzt in erhöhter Alarmbereitschaft ist. Keller muss nicht nur vorsichtig sein, sondern sich auch beeilen. Sie könnten beschließen, ihren Zeitplan zu beschleunigen, um nicht erwischt zu werden."

Keller wusste, dass er sich der Zelle des großen Mannes näherte, als sein Gefolge von Leibwächtern ihn draußen auf dem Gang misstrauisch beäugte. Einer von ihnen ging langsam auf Keller zu und signalisierte, dass er seine Arme für eine Durchsuchung heben sollte.

Keller wartete, während der kahlköpfige Möchtegern-Bodyguard ihn erfolglos abtastete. Keller wusste, dass er ein halbes Dutzend verschiedener Waffen an seinem Körper hätte verstecken können und dieser Idiot, der ihn abtastete, hätte keine einzige davon gefunden.

Als Krügers Leibwächter fertig war, gab er Keller ein Zeichen, zur Tür zu gehen. Ein anderer Lakai klopfte an die Tür und öffnete sie, damit Keller eintreten konnte.

Wenn Keller von der Zurschaustellung von Muskelmasse und der Selbstbeweihräucherung beeindruckt sein sollte, zeigte er es nicht. Als er die Zelle betrat, um Gerhard Krüger zum ersten Mal zu treffen, sah er mehr als gelangweilt aus.

Krüger war ein Mann mit einem grau melierten Bart und eisengrauem Haar. Seine Haut war straff und gegerbt wie verwittertes Leder, und es war klar, dass das Gefängnis seinen Geschmack für die schönen Dinge des Lebens nicht beeinträchtigt hatte. Eine halb gerauchte, glimmende Zigarre lag in einem Aschenbecher und Krüger trug ein dunkelblaues Seidenhemd. An seinem Handgelenk hing eine echte Rolex-Uhr, nur falls jemand Zweifel daran haben sollte, ob Krüger Zugang zu seinem Vermögen hatte oder nicht.

Als Keller hereinkam, musterte Krüger ihn ruhig und kühl. Mit einem Nicken wies er auf einen Platz.

"Setzen", sagte er.

Keller blieb stehen. "Oh, tut mir leid, reden Sie mit mir? Ich dachte, hier wäre irgendwo ein Hund."

Ein kaltes Lächeln erschien auf Krügers Gesicht. "Schön. Das werde ich mir merken müssen. Jetzt setz dich."

Keller überlegte, ob er das Thema weiterverfolgen sollte, entschied aber, dass es sich nicht lohnte. Er bewegte sich bewusst langsam, um seinen Standpunkt zu verdeutlichen, und setzte sich schließlich hin, die Hände über den Knien gefaltet. Doch kaum hatte er sich hingesetzt, kam einer von Krügers Schlägern, legte seinen großen muskulösen Arm um Kellers Hals und würgte ihn.

Kellers Beine strampelten, als der Stuhl unter ihm zusammenbrach, aber der Arm des Schlägers um Kellers Hals sorgte dafür, dass er nicht ganz zu Boden fiel. Stattdessen fühlte es sich an, als würde ihm die Luft aus der Lunge gepresst werden. Eine solche Kraft hatte er noch nie gespürt.

"Verdammte Steroide", keuchte Keller, während sein Gesicht rot wurde.

Krüger hob eine Hand, um seinen Handlanger zu bitten, sich zu beruhigen. "Wie bitte? Das habe ich nicht gehört."

"Dein Fleischklops hier nimmt zu viele Steroide, wenn er so stark ist", keuchte Keller, als sein Gesicht wieder Farbe annahm.

Krüger grinste. "Sie haben eine große Klappe, Major Keller. Ja, ich weiß alles über Sie. Ich mache es mir zur Aufgabe, alles über die Leute hier drin zu wissen."

"Gut für Sie. Man braucht ein Hobby, um die langen, kalten, einsamen Nächte einer Lebensstrafe auszufüllen."

Krüger sah ihn leidenschaftslos an. "Warum haben Sie diesen Mann in der Kantine angegriffen? Verstehen Sie mich nicht falsch, ich bin ihm nicht besonders zugetan, aber es geht ums Prinzip. Sie haben sich daneben benommen."

"Warum hat dieser Kerl den anderen Mann zuerst angegriffen?", krächzte Keller, dessen Kehle von dem Angriff schmerzte, "er war derjenige, sich daneben benommen hat. Das konnte ich nicht durchgehen lassen."

"Ein Mann mit Prinzipien?", sagte Krüger spöttisch, "wie nobel von Ihnen. Falls es Ihnen entgangen sein sollte, dies ist ein Gefängnis und kein Pfadfinderlager. Shit happens."

"Genau, also warum sich aufregen, wenn ich beschließe, ein Arschloch in seine Schranken zu weisen?"

"Weil ich entscheide, wann die Leute verprügelt werden!", rief Krüger, "Wenn Erhard Beck aus der Einzelhaft kommt, wird man sich um ihn kümmern. Apropos, wie sind denn so verdammt schnell aus der Einzelhaft gekommen?"

"Charmante Persönlichkeit?", sagte Keller, "der Direktor sagte mir, dass er sehen konnte, dass ich den Streit nicht angefangen habe, sondern beendet. Also war er geneigt, mich einfach wieder in meine Zelle zu stecken."

Krüger schaute zweifelnd. "Das hört sich für mich nicht nach Pfeifer an. Der Mann hat ständig einen rostigen Metalldorn im Arsch."

"Kann ich Ihnen mit irgendwas helfen, Herr Krüger?", sagte Keller ungeduldig, "ich habe einen vollen Terminkalender."

Krüger seufzte und griff nach einem Blatt Papier, das neben ihm auf dem Tisch lag.

"Sie haben eine interessante Dienstakte, Major", sagte er schließlich, "viele interessante Einsätze, eine Kiste voller Medaillen ...".

"Diese Aufzeichnung sollte streng geheim sein."

Krüger lachte. "Sie sind wirklich naiv. Für den richtigen Preis ist in dieser Welt nichts streng geheim. Vergessen Sie das nicht."

Keller schwieg und starrte ihn an. Er wollte Krüger ermutigen, die Stille zu füllen und weiterzureden.

"Wie auch immer", sagte Krüger, "ich weiß nicht, warum Sie so verärgert sind. Das Land hat Ihnen keinen Gefallen getan. All diese gefährlichen Missionen, und wenn du deine Frau gegen einen Angriff verteidigst, wirft man dich lebenslang ins Gefängnis. Warum sind Sie einem solchen System noch treu?"

"Mangel an Alternativen", murmelte Keller.

"Es gibt immer eine Alternative", sagte Krüger, "Sie können für mich arbeiten."

"Und warum sollte ich das tun wollen?"

"Sie sind offensichtlich ein Mann, der auf sich selbst aufpassen kann", sagte Krüger, "Ihre Akte sagt das und Ihr Auftritt in der Kantine zeigt das. Und wie Sie gerade so poetisch gesagt haben, braucht man ein Hobby für all die langen, kalten, einsamen Nächte deiner Lebensstrafe."

"Wenn ich ein Hobby haben will, spiele ich mit meinem Zellengenossen."

Das brachte Krüger zum Lächeln. "Eisenberger? Ja, so wie

ich das bisher sehe, könnte Eisenberger das gefallen. Stehst du auf Schwarze?"

Krügers Männer lachten über diese Bemerkung, aber Keller reagierte nicht darauf. Schließlich verstummte das Lachen.

"Also, was sagst du?", fragte Krüger, "hast du Lust, für mich zu arbeiten?"

Keller tat so, als würde er darüber nachdenken, und zuckte dann mit den Schultern. "Ja, warum nicht?"

Krüger lächelte kalt. "Gute Antwort. Jede andere wäre Deine letzte gewesen."

KAPITEL SECHS

Einige Stunden später kam Sabine Graf sichtlich müde und verärgert aus dem Verhörraum. Sie hatte den Verdächtigen nach bestem Wissen und Gewissen "befragt" - dazu gehörte auch, dass sie sich all seine wüsten Verschwörungstheorien anhören musste.

Schmitz wartete auf sie, als sie herauskam.

"Und?", sagte Schmitz.

"Was meinen Sie mit ‚und'?", sagte Graf säuerlich, "Sie wussten genau, dass es Zeitverschwendung war, mit ihm zu reden. Wir haben nicht eine Sekunde daran geglaubt, dass er etwas damit zu tun hat. Aber er meint, Präsident Delacroix sei ein Außerirdischer, gegen den man sofort ermitteln müsse."

"Ein Alien?", amüsierte sich Schmitz, "ich werde meine besten Leute darauf ansetzen."

"Solange ich nicht zu denen gehöre", sagte Graf, "mache ich

Feierabend und gönne mir einen Drink. Den hab ich mir verdient."

In einer dunklen Pariser Straße, direkt am Fluss Seine, nahm Claude Durand sein Handy heraus, startete die verschlüsselte Messageapp Signal und rief Hans Unterwald an.

Die Verhaftung des geistig verwirrten Mannes hatte ihn völlig überrumpelt. Jetzt war klar, dass sein Berlin-Besuch den falschen Leuten bekannt geworden war, und sie versuchten, ihm einen Strich durch die Rechnung zu machen. Durand war an diesem Nachmittag in das Büro seines Chefs zitiert und direkt gefragt worden, warum er in Berlin gewesen sei. Durand hatte gelogen und gesagt, es handele sich um einen routinemäßigen Austausch von Informationen. Es war offensichtlich, dass sein Chef ihm kein Wort davon glaubte, aber das hatte er wohlweislich verschwiegen.

Aber Durand war nicht dumm. Er wusste, dass das Eis langsam dünn wurde.

"Ja?", sagte Unterwald.

"Ich bin's", sagte Durand, der hin- und herlief und das Telefon fest an sein Ohr presste.

"Ah. Ich habe mich schon gefragt, wann ich von Ihnen höre", sagte Unterwald, "Major Decker ist nicht glücklich darüber, dass ein geistig verwirrter Mann bei ihr abgeladen wurde."

"Sie können ihr sagen, dass ich nichts damit zu tun hatte", sagte Durand, "irgendwie haben die falschen Leute von meinem kleinen Besuch in Berlin erfahren und beschlossen, ein wenig mitzuspielen."

"Keine Sorge", sagte Unterwald, "da ist Decker Ihnen weit voraus. Die Ermittlungen sind noch im Gange und wurden keine Sekunde lang unterbrochen."

"Gut", sagte Durand, "bitte sagen Sie mir, dass Sie bei den Ermittlungen Fortschritte gemacht haben."

"Wie ich bereits sagte, handelt es sich um eine laufende Angelegenheit", sagte Unterwald, "aus operativen Gründen werden Sie mir sicher zustimmen, dass wir in dieser Angelegenheit keine Informationen herausgeben können."

Durand war schockiert. "Ich bin der stellvertretende Direktor des französischen Geheimdienstes und Sie halten mich im Dunkeln?"

"Solange wir nicht wissen, wer die undichte Stelle in Frankreich ist, ist das so. Wenn Sie entführt und gefoltert werden, um Informationen zu erhalten, wäre es uns lieber, wenn Sie erst gar nichts ausplaudern könnten."

"Das wird nie passieren", sagte Durand mit Nachdruck.

"Ich weiß, dass es das nicht wird. Deshalb sage ich Ihnen auch nichts." Unterwald legte auf.

Das Auflegen brachte Durand zur Weißglut. Er war der stellvertretende Direktor des französischen Geheimdienstes, um Himmels willen. Leute wie ihn drückte man nicht einfach weg. Es sei denn, es war sein Chef oder der französische Präsident. Die taten das ständig. Vor allem, wenn er schlechte Nachrichten hatte oder sich weigerte, wie ein braves Hündchen Befehle zu empfangen.

Als er begann, die ruhige, dunkle Straße hinunterzugehen, hörte er plötzlich ein kurzes Scharren hinter sich. Als er sich umdrehte, um zu sehen, was es war, konnte Durand nur einen Schlagstock auf seinen Kopf zukommen sehen. Mit einem stummen Schrei wurde seine ganze Welt dunkel, als ihn der Knüppel hart an der Seite des Kopfes traf. Er brach auf dem Boden zusammen, sein Hut rollte davon. Das Rinnsal Blut, das aus seinem Kopf kam, wurde schnell zur Lache.

Als alle anderen im Gefängnis schliefen, hielten Keller und Amsel eine geflüsterte Besprechung in ihrer Zelle ab. Die Tatsache, dass Keller nun zu Krügers Kreisen gehörte, war eine gute Nachricht, aber die Zeit wurde sehr schnell knapp. In zwei Tagen würde der französische Präsident in Deutschland eintreffen und das Attentat würde stattfinden. Delacroix' Leben würde in ernster Gefahr sein.

Das bedeutete, dass der Zeitplan beschleunigt werden musste. Sie konnten sich nicht den Luxus leisten, in aller Ruhe eine Strategie zu planen. Sie mussten ernsthafte Abstriche machen, wenn sie die Frist einhalten wollten. Decker machte Amsel im Gefängnis das auf eine nicht ganz so subtile Weise klar.

"Wie bringen wir einen berüchtigten Gangsterboss dazu, seinen Attentäter zwei Tage vor dem Anschlag zu verraten?", fragte Amsel rhetorisch.

Keller blinzelte ihn an. "Es ist beruhigend zu wissen, wie viel davon geplant ist und wie viel wir uns im Laufe der Zeit ausdenken. Das stellt mein Vertrauen in den deutschen Geheimdienst wirklich wieder her."

Amsel sah ihn an. "Niemand hat gesagt, dass Sie Ihre Amnestie und Ihre Freiheit so einfach bekommen. Dafür muss man arbeiten. Auf die Gefahr hin, dass ich mich wiederhole: Wie können wir Krüger knacken?"

"Wir knacken ihm den Schädel?", schlug Keller vor.

"Sie sind Decker so ähnlich, das ist unglaublich", sagte Amsel säuerlich, "wir lassen das Kopfschlagen als letztes Mittel stehen. Eine buchstäblich allerletzte Maßnahme. Weiter?"

"Warum sagt Delacroix seine Reise nicht ab?", fragte Keller, "angesichts der Gefahr, in der er schwebt, würde ihm das niemand verdenken."

"Präsident Delacroix gehört zu den Politikern der alten Schule, die sich nicht von Terroristen herumschubsen lassen", so Amsel, "er würde seine Reise niemals absagen. Die Demütigung wäre zu groß für ihn. Außerdem würden die Leute fragen, warum er abgesagt hat, und das würde bedeuten, dass das Attentat publik wird. Nein, das würde niemals funktionieren."

Die beiden wurden unterbrochen, als die Tür leise aufgeschlossen wurde und der Chef der Gefängniswache den Kopf hereinsteckte. Zu diesem Zeitpunkt hatten sowohl Keller als auch Amsel die Tür gehört und lagen nun fest im Bett und schienen im Halbschlaf.

"Keller?", flüsterte der Wachmann, "steh auf. Du wirst im Büro des Direktors erwartet."

Keller blinzelte, als er verstand, was er gehört hatte. Dann schwang er langsam seine Beine aus dem Bett und stand auf.

"Sie zuerst", sagte er und täuschte ein Gähnen vor, während er zur Tür ging.

Als Keller das Büro des Gefängnisdirektors betrat, sah er Schmitz hinter dem Schreibtisch auf und ab gehen.

"Ich dachte mir, dass du es bist und nicht dieser Idiot Pfeifer", sagte Keller, "was ist los?"

Schmitz blieb stehen und sah Keller an. "Claude Durand, der stellvertretende Direktor des französischen Geheimdienstes, ist tot."

"Wie ist das passiert?"

"Er wurde in einer Pariser Straße angegriffen, kurz nachdem er mit dem Stabschef von Bundeskanzler Meyer gesprochen hatte. Er wurde mit einem Knüppel auf den Kopf geschlagen, der neben seiner Leiche gefunden wurde. Da seine Brieftasche fehlt, geht die Polizei davon aus, dass es sich um einen missglückten Raubüberfall handelt. Aber wir wissen es besser."

"Tun wir das?"

"Er war derjenige, der uns vor dem Attentat gewarnt hat", sagte Schmitz, "und jetzt ist er plötzlich tot? Vielleicht wollten sie ihn gar nicht umbringen. Vielleicht waren sie ein bisschen zu enthusiastisch und haben ihn zu hart getroffen? Aber tot ist tot, und davon kann man sich nicht erholen."

"Sie könnten in Panik geraten und die Aktion abblasen", sagte Keller.

"Ja, und das können wir uns nicht leisten. Sie werden es nur auf einen anderen Tag verschieben, und der wird dann ein Tag und eine Uhrzeit ihrer Wahl sein. Nein, wir müssen das jetzt beenden."

"Wie wollen Sie das anstellen, Herr Hauptmann?", fragte Keller, "ich nehme an, Du hast einen Plan?"

"Ich habe eine grundlegende Idee", sagte Schmitz zögernd, "aber es wird dir nicht gefallen, und Krüger am Ende auch nicht."

"Die besten Pläne sind immer die, die die Leute hassen", sagte Keller mit einer Grimasse im Gesicht, "erzähl mal."

Als Schmitz seinen Plan skizziert hatte, starrte Keller ihn an. "Oh ja, da wird Krüger *aber ganz schön* sauer sein."

KAPITEL SIEBEN

Der Mann in Paris war wütend, als er mitten in der Nacht geweckt wurde. Vor allem, als er erfuhr, dass seine ausdrücklichen Anweisungen in Bezug auf Claude Durand ignoriert worden waren und Durand nun tot war.

Die kalte Wut, die ihn überkam, war immens. Er war es nicht gewohnt, dass seine Befehle missachtet wurden. Er betrachtete es als eine ausgesprochene Beleidigung und Gott helfe jedem, der den Fehler beging, ihn zu verärgern.

Er saß an seinem Schreibtisch in seinem opulenten Arbeitszimmer und betrachtete liebevoll seinen Papagei, während er wartete. Er hatte den Mann vorgeladen, der Durand getötet hatte und wollte eine Antwort auf die Frage, warum man ihn hintergangen hatte. Wenn er keine gute Antwort bekam, würde Durands Angreifer seinem Opfer bald Gesellschaft leisten.

Der Mann in Paris war nicht für Vergebung oder Gnade bekannt. Schon gar nicht gegenüber Idioten, die jemanden umbrachten und dann die goldene Kreditkarte des Opfers benutzten, um Alkohol zu kaufen. Den Mann ausfindig zu machen, war absurd einfach gewesen.

Er goss sich eine großzügige Menge Whisky in ein geschliffenes Kristallglas und wollte ihn gerade trinken, als die Tür geöffnet wurde. Sein Assistent, quasi seine rechte Hand, schob einen Mann durch die Tür, der aussah, als hätte er ein Dutzend Runden mit einem Schwergewichtsboxer hinter sich.

"Boss", nickte der Assistent, "ein aufmüpfiges, mordendes Arschloch, wie gewünscht."

Der Mann aus Paris stand auf und ging zu seinem schwer verletzten, schwer erschütterten Gast hinüber, der inzwischen unkontrolliert zitterte und verängstigt dreinblickte. Wahrscheinlich wusste er, dass sein Leben am seidenen Faden hing.

"Ich werde Sie das nur einmal fragen. Warum wurde mein Befehl, Claude Durand in Ruhe zu lassen, ignoriert?"

"Ich weiß nicht, wovon Sie reden!", rief der Verletzte, "ich habe nichts getan."

Der Mann aus Paris packte den Boden des Kristallbechers und schlug ihn dem anderen Mann mit voller Wucht ins Gesicht. Durch die Wucht des Schlags bohrten sich Glassplitter in das Gesicht des Mannes und ließen ihn laut aufschreien. Auch seine Nase war schwer gebrochen. Er sackte zu Boden, hielt sich sein zerstörtes Gesicht und stöhnte.

"Wer hat Ihnen den Auftrag gegeben, Durand zu töten?", wiederholte er, und seine Stimme triefte vor Verachtung.

"Es war ein Unfall", schluchzte der andere durch Blut und Schmerz hindurch, "mir wurde gesagt, ich sollte ihn einfach verprügeln. Als Warnung. Aber ich habe ihn wohl zu hart erwischt. Als ich merkte, dass ich ihn getötet hatte, geriet ich in Panik. Ich schnappte mir seine Brieftasche und rannte weg."

"Wer hat Ihnen den Befehl gegeben?", rief der Mann.

Als der Verletzte den Namen flüsterte, lächelte der Boss zufrieden.

"Das habe ich mir auch gedacht. Ich hätte ihm niemals die Intelligenz und die Begabung zugetraut, so etwas zu tun. Aber ich nehme an, die Leute überraschen einen immer wieder."

Er gab seinem Assistenten im Hintergrund ein Zeichen. "Bitte führen Sie unseren Gast hinaus."

Jeder Gedanke des Verletzten, dass er diese Begegnung überleben würde, wurde zunichtegemacht, als man ihm eine Plastiktüte über den Kopf stülpte. Es dauerte weniger als dreißig Sekunden, bis er tot war und machtlos um sich schlug und seine Augen hervorquollen.

Als der Tote zu Boden glitt, wischte sich der Assistent das Blut an der Jacke ab.

"Was schlagen Sie vor, wo wir die Leiche entsorgen sollen?"

Der Boss dachte einen Moment darüber nach. "Benutzen Sie das Krematorium neben dem Büro. Klassifizieren Sie ihn als Unbekannten und verbrennen Sie ihn heute Nacht."

Der Assistent gab einen Grunzlaut von sich. "Ziemlich hilfreich, dass wir diesen Ort haben."

Der Boss lächelte und schenkte einen weiteren Whisky ein. "In der Tat. Eine der vielen Annehmlichkeiten, die man als Direktor des französischen Geheimdienstes hat."

Keller hatte ernsthafte Zweifel an dem Plan. Die größte Sorge war, dass er völlig löchrig war und es so viele Möglichkeiten gab, ihn zu vereiteln. Aber Schmitz hatte eindringlich darauf hingewiesen, dass die Verschwörer nach dem Tod von Durand ihre Pläne entweder beschleunigen oder aufgeben würden. Sie mussten den Stier jetzt bei den Hörnern packen und die Sache forcieren.

Außerdem gab es da noch ein kleines Problem. Keller würde seine Bewährung nicht bekommen, wenn er kein Ergebnis erzielen würde. Er hatte sich so sehr an den Gedanken gewöhnt, wieder ein freier Mann zu sein, dass er bereit war, dafür einige extrem waghalsige Risiken einzugehen.

Keller machte der Gedanke an den Tod nichts aus, falls der ganze Plan schiefgehen sollte. Seit dem Tod seiner Frau Marie wollte Keller auch sterben. Dass er nicht unter Selbstmordbeobachtung stand, lag nur daran, dass er noch nichts versucht hatte und er so klug war, seine Gedanken nicht den Behörden mitzuteilen. Er war damit zufrieden, einen geeigneten Moment abzuwarten.

Doch jetzt hatte er eine Rolle zu spielen. Und er musste sie perfekt spielen, wenn man ihm Glauben schenken wollte.

Krüger sah auf, als Keller seine Zelle betrat. "Ich habe dich nicht gerufen, Keller. Warum bist du hier?"

Keller lächelte kalt. "Sie rufen mich nicht, Krüger. Ich rufe Sie."

"Wie bitte?", sagte Krüger, mit einem Ausdruck von Wut und Fassungslosigkeit auf seinem Gesicht.

"Unsere gemeinsamen Freunde in Paris haben mich gebeten, Sie zu grüßen und Ihnen ihren Unmut über den Tod von Claude Durand zu übermitteln. Das war weder beauftragt noch erwünscht."

Krügers angeheuerte Schläger traten mit geballten Fäusten vor. Doch ohne Keller aus den Augen zu lassen, hob Krüger eine Hand, um seine Männer zu stoppen. Sie hielten plötzlich inne, sichtlich unglücklich darüber, dass ihnen die Chance verwehrt wurde, Keller in seine Schranken zu weisen.

Keller konnte sehen, dass Krüger zutiefst verwirrt war. Wahrscheinlich fragte er sich, ob Keller wirklich in den Plan eingeweiht war. Keller beschloss, Krüger in diesem Punkt weiterzuhelfen.

Keller stürzte nach vorne, packte Krüger am Seidenhemd und warf ihn auf den Tisch. Er schnappte sich die halb gerauchte, glimmende Zigarre und rammte sie dem schreienden Mann ins Auge.

Die Schreie erregten die Aufmerksamkeit der Wachen und des Gefängnisdirektors Pfeifer. Als Pfeifer an der Spitze seiner Männer erschien, ging Amsel auf ihn zu.

"Unternehmen Sie nichts. Gehen Sie jetzt bitte", sagte er zu Pfeifer.

"Das werde ich nicht tun!" zischte Pfeifer, "das ist mein Gefängnis ..."

"Wenn es darum geht ... Ein Anruf beim Justizministerium und Sie können heute Abend in Pension gehen", sagte Amsel, "machen Sie eine Kaffeepause, Herr Gouverneur."

Pfeifer glühte vor Wut. Nicht nur, dass er von einem Gefangenen aufgefordert wurde, sich zurückzuhalten, auch seine eigenen Mitarbeiter sahen ihn fragend an. Es war demütigend.

"Chef?", sagte der ranghöchste Gefängniswärter, als die Schreie lauter wurden, "was sollen wir tun?"

Pfeifer war außer sich. "Halten Sie sich zurück - für den Moment", sagte er schließlich. Er ging auf Amsel zu und blickte ihm direkt in die Augen. "Wenn hier heute ein Gefangener stirbt, werde ich nicht dafür geradestehen."

Amsel antwortete nicht. Zum Entsetzen von Pfeiffer und seinen Mitarbeitern holte Amsel eine Pistole aus einem Knöchelholster.

"Wie haben Sie *das* ins Gefängnis gebracht?", stotterte Pfeiffer.

Amsel schnaubte und ging einfach den Korridor entlang in Richtung von Krügers Zelle.

Keller hatte Krüger im Schwitzkasten und drückte die Zigarre tiefer in die Augenhöhle.

Krügers Männer wollten offensichtlich eingreifen, doch ein Blick von Keller genügte.

"Einen Schritt näher und Ihr Boss hier wird beide Augen verlieren", rief Keller.

"Du bist verrückt", schrie Krüger, "damit kommst du nicht durch."

"Ich glaube, Sie verstehen immer noch nicht, für wen ich arbeite", sagte Keller, "ich vertrete die Interessen von Paris, die Sie beauftragt haben, sich um unser kleines Delacroix-Problem zu kümmern. Bis jetzt sind sie von Ihrer Leistung nicht beeindruckt. Chauvet zu töten und ihn in die Seine zu werfen, war Ihr erster Fehler. Durch den Mord an ihm haben Sie die Attentatsvorwürfe bestätigt. Und der Mord an Durand? Den stellvertretenden Direktor des französischen Geheimdienstes? Meine Kollegen in Paris sind zu Recht der Meinung, dass Sie und Ihre Mitarbeiter völlig außer Kontrolle geraten sind und an die Kandare genommen werden müssen."

"Blödsinn", keuchte Krüger unter quälenden Schmerzen, "du arbeitest nicht für sie."

"Wirklich?", sagte Keller, "wollen Sie Ihr Leben darauf verwetten? Ich bitte um Entschuldigung, aber bei meinem gestrigen Vorstellungsgespräch habe ich vergessen zu erwähnen, dass ich bereits angestellt bin. Beim Direktor des französischen Geheimdienstes, Pascal Bisset. Man hat mir aufgetragen, Sie im Auge zu behalten. Zurecht, wie sich herausstellt"

Beim Namen Bisset brach Krüger zusammen. "Die Sache mit Durand war ein Unfall. Der Typ sollte es so aussehen lassen, als wäre ein Überfall schiefgegangen. Er hat Durand zu hart geschlagen. Was sollte ich tun?"

"Man kann sagen, dass das Attentat jetzt abgeblasen wird", sagte Keller und drückte die Zigarre weiter hinunter, "Direktor Bisset hat entschieden, dass es zu riskant ist, es weiterzuführen. Beide Seiten sind jetzt dank Ihnen in Alarmbereitschaft. Wenn Sie also den Rest Ihres Augenlichts und Ihr Leben behalten wollen, werden Sie mir sagen, wer der Attentäter ist, damit wir ihn rechtzeitig aufhalten können."

Krüger keuchte gequält auf. "Nimm die verdammte Zigarre aus meinem Auge!"

"Ein Name", schnauzte Keller ihn an, "dann werde ich darüber nachdenken."

"Ich werde der Person selbst sagen, dass sie abbrechen soll", krächzte Krüger stur, Schweiß und Blut liefen ihm über das Gesicht.

Keller reagierte, indem er die Zigarre so weit wie möglich nach unten drehte.

"In Ordnung!", schrie er. Als er den Namen des Mannes nannte, der mit der Ermordung des französischen Präsidenten beauftragt war, und den Ort, an dem das Attentat verübt werden sollte, zog Keller die Zigarre aus der Augenhöhle.

Krüger sackte schluchzend zu Boden und hielt sich sein blutendes, zerstörtes Auge. Jetzt stürmten Krügers Männer vor, um Keller zu packen. Doch bevor sie ihn erreichen konnten, kam Amsel mit einer bedrohlich aussehenden, schallgedämpften Pistole in die Zelle.

"In Ordnung, Jungs, legt die Schlagringe weg. Der Erste, der Keller berührt, bekommt eine Kugel dorthin, wo die Sonne nicht scheint."

Keller drehte sich um und sah Amsel an. "Ich glaube es nicht. Es hat funktioniert."

Krüger sah Keller mit seinem verbleibenden Auge an. "Sie wollen mir erzählen, dass das alles ein Haufen Mist war?"

"Ja, und ihr kommt jetzt alle in Einzelhaft", sagte Keller und schlug Krüger mit der Faust nieder.

"Woher wussten Sie, dass Bisset dahinter steckte?", fragte Amsel, als sich die restlichen Männer ergaben.

"Das wusste ich nicht", sagte Keller, "Aber ich brauchte einen Schuldigen, habe hoch gepokert und gewonnen. Außerdem ist es nur logisch, da Bisset derjenige war, der die Ermittlungen von Durand zum Erliegen gebracht hat."

"Wenn Sie sich geirrt hätten ...", begann Amsel kopfschüttelnd, "hätten Sie die ganze Sache ernsthaft vermasselt."

"Aber ich habe mich nicht geirrt", sagte Keller, "Gern geschehen, übrigens."

KAPITEL ACHT

Der französische Staatspräsident Delacroix kam mit großem Tamtam in Deutschland an. Er wurde in Deutschland bewundert und war ein guter und enger Freund von Bundeskanzlerin Meyer. Ihr Empfang war warm und einladend. Major Decker und die Abteilung 89 waren entschlossen, dass dies so bleiben sollte.

Da Krüger und seine Männer nun fest in Einzelhaft saßen, um zu verhindern, dass sie den Attentäter warnten, wurden akribisch Pläne ausgearbeitet, um das Attentat zu verhindern. Da sie nun Ort und Zeit des Attentats kannten, versuchte Kanzlerin Meyer in ihrem Büro, Delacroix dazu zu bewegen, die Reise abzusagen und einen Doppelgänger an seiner Stelle reisen zu lassen.

Aber er wollte nichts davon hören.

"Non Claudia, ich werde nicht absagen. Ich werde diese Leute nicht gewinnen lassen. Erst wird mein stellvertretender Direktor des Geheimdienstes ermordet und jetzt sagst du mir, dass der Direktor der DGSI selbst derjenige ist, der für das Komplott verantwortlich ist? Das ist fast schon zu viel, um es auf einmal zu verarbeiten."

"Wir haben keinen Beweis, dass Bisset verantwortlich ist. Nur Indizien."

Delacroix' Augen verengten sich. "Sie sind nicht die Einzige mit einer Abteilung 89. Auch wir haben gut gehütete Geheimnisse. Keine Sorge, wenn Bisset dafür verantwortlich ist, werden wir das mit Sicherheit herausfinden."

"Warum sollten Sie sich in die Schusslinie begeben?", fragte Meyer, "lassen Sie uns einen Doppelgänger an Ihre Stelle setzen."

"Damit diese Person an meiner Stelle erschossen wird? Nein, das werde ich nicht zulassen."

"Er wird nicht erschossen", sagte Meyer.

"In diesem Fall gibt es keinen Grund, warum ich nicht selbst gehen kann", erklärte Delacroix hartnäckig.

"Sie sind der Präsident von Frankreich", sagte Meyer geduldig, "Sie sind wichtiger als ein Geheimdienstmitarbeiter."

Aber schon während sie es sagte, wusste Meyer, dass sie ihren Atem verschwendete.

"Dann bestehe ich darauf, dass Sie zumindest eine Kevlar-Weste tragen", sagte sie mit einem tiefen Seufzer, "ich mag Ihren Stellvertreter nicht besonders, deshalb möchte ich Sie um der deutsch-französischen Beziehungen willen am Leben erhalten."

Das brachte Delacroix zum Lächeln. "Ja, mein Stellvertreter ist nicht sehr beliebt. Also gut, als Zugeständnis an Sie werde ich die Weste unter meinem Hemd tragen."

Ein Großteil der Abteilung 89 war im Außeneinsatz unterwegs. Krüger hatte den allgemeinen Ort des Geschehens bekannt gegeben, nicht aber eine bestimmte Straße oder ein Gebäude. Er behauptete, dies aus "operativen Gründen" nicht zu wissen. Decker bezweifelte sehr, dass Krüger bei einer so wichtigen Operation wie dieser so zurückhaltend wäre, und sie war überzeugt, dass er tatsächlich wusste, wo sich der Attentäter aufhielt.

Deshalb hatte sie angeordnet, dass Krüger aus seiner Einzelzelle geholt und für die Informationen gefoltert werden sollte. Zu Deckers Erstaunen hielt er bislang aber durch, doch Pfeiffer war außer sich und begann, seine Kontakte im Justizministerium durchzutelefonieren, um die Sache zu stoppen.

Innerhalb von fünfzehn Minuten veranlasste Decker, dass Pfeiffer entlassen wurde und nicht mehr zurückkehren konnte. Er wurde von seinen eigenen ehemaligen Gefängnisbeamten aus dem Gefängnis geführt.

Auf den Dächern der Gebäude in dem abgesperrten Gebiet wimmelte es von Agenten. Sie suchten die gegenüberliegenden Gebäude mit Hochleistungsferngläsern und Zielfernrohren ab und hielten nach dem geringsten Verdacht Ausschau. Ein offenes Fenster, ein Gewehrlauf, ein in zweiter Reihe geparktes Fahrzeug auf der Straße ... alles, was verdächtig erschien, wurde sofort gemeldet und an die Agenten am Boden zur Überprüfung weitergeleitet.

Als Delacroix' Auto die Straße hinunterfuhr, begannen die Leute zu jubeln und zu winken. Decker, Schmitz und Keller - der inzwischen freigelassen worden war - patrouillierten und behielten die Menschenmenge im Auge. Decker und Schmitz dachten, dass ein zusätzliches Paar Augen nicht schaden würde und dass Keller nach fast zwei Jahren im Gefängnis nichts gegen einen Spaziergang bei schönem Wetter einzuwenden hätte. Sie hatten sich nicht geirrt.

Keller war mit einer schwarzen Jeans, einem schwarzen Hemd und einer schwarzen Lederjacke bekleidet. Eine schwarze Baseballkappe und eine Sonnenbrille vervollständigten das Ensemble. Zu seiner Überraschung stellte er fest, dass er überglücklich war, aus dem Gefängnis zu kommen, auch wenn seine Frau das nicht mehr miterleben konnte.

Man hatte Keller eine Glock-Handfeuerwaffe für den Fall ausgehändigt, dass er dem Attentäter begegnete, und er berührte unbewusst den Kolben der Waffe, die sich in einem Schulterholster unter seiner Jacke befand.

Keller runzelte die Stirn. Schmitz bemerkte es sofort.

"Was ist los?"

"Irgendetwas an dieser Sache ergibt keinen Sinn", sagte Keller, "jeder halbwegs vernünftige Attentäter wird wissen, dass seine Chancen, in die Nähe des französischen Präsidenten zu kommen, gehen gegen null. Wir sind hier nicht in Dallas im Jahr 1963. Es gibt kein offenes Auto. Delacroix wird in einem gepanzerten Fahrzeug sitzen, umgeben von bewaffneten französischen Leibwächtern. Wie soll man da an ihn ran kommen?"

"Sie warten, bis er aus dem Auto aussteigt", sagte Decker mit leiser Stimme, "aber auch das haben wir im Griff. Wenn er aussteigt, wird er von seinen eigenen Sicherheitsleuten sowie unseren Mitarbeitern umgeben sein. Wir werden ein menschlicher Schutzschild bilden, bis er drinnen ist."

"Und wenn er drinnen ist?", fragte Keller.

"Das Sicherheitsnetz da drin ist vollkommen wasserdicht", sagte Schmitz, "Da drinnen können Sie keinen fahren lassen, ohne dass Ihnen ein halbes Dutzend Leibwächter ihre Pistolen in die Nase rammen."

"Eben. Wenn es also so sicher ist, warum sollte ein potenzieller Attentäter es überhaupt versuchen?", fragte Keller, "es stellt sich die Frage, ob der Attentäter ein Ablenkungsmanöver für den eigentlichen Attentäter ist."

Doch bevor Decker und Schmitz reagieren konnten, war ein gewaltiges Grollen zu hören, ein heller Blitz schlug ein, und alle wurden in die Luft geschleudert.

Decker, Schmitz und Keller hatten in ihrer Laufbahn schon genug Explosionen erlebt, um zu wissen, wie sich eine solche anfühlt. Die Schockwelle, die einen umwirft, die Gehirnerschütterung, das Klingeln in den Ohren, der vorübergehende Verlust des Hörvermögens, der Tunnelblick ...

Keller war der erste, der sich wachrüttelte. Er blickte entsetzt durch den grauen Rauch auf und sah Delacroix' Auto in Flammen stehen. Er drehte seinen schmerzenden Körper vorsichtig um und sah, wie Decker auf die Beine kam und Schmitz regungslos am Boden lag.

"Lieber Gott, wir haben versagt", keuchte er.

"Nein, haben wir nicht", räusperte sich Decker, ihr Gesicht mit schwarzem Ruß bedeckt, "Delacroix ist nicht im Auto. Niemand ist da. Ich habe die Route geändert, ohne es jemandem zu sagen. Der Wagen war leer und ferngesteuert."

Decker holte ein Funkgerät hervor. "Hat jemand den Standort von dem Arschloch mit dem Raketenwerfer? Over."

Über das Funkgerät war eine Menge Rauschen zu hören, bevor ein lautes Summen und eine Stimme zu hören waren.

"Möglicher Standort, elfter Stock, Gebäude gegenüber von Ihnen, Major."

Decker blickte auf und sah ein teilweise geöffnetes Fenster.

"Alle Einheiten sammeln sich vor dem Gebäude. Schießen Sie bei Sichtkontakt. Nehmt den Mistkerl gefangen, wenn ihr könnt. Tödliche Gewalt, wenn Sie es nicht können."

Sie hörte ein Stöhnen und sah, wie Schmitz auf die Füße taumelte, wobei ein weiterer teurer Anzug in Fetzen gerissen war.

"Das hier war ein verdammter Brioni", sagte er mit einem wütenden Gesichtsausdruck, "Vergiss das mit dem Arrest. Ich werde ihn mit dem, was von meinem Hemd übrig ist, erwürgen."

Der Attentäter war geflohen.

Nachdem er Delacroix' Auto getroffen hatte, ließ er sofort den Raketenwerfer fallen und rannte zur Tür des Hotelzimmers. Er wusste, dass er nur ein kurzes Zeitfenster hatte, um durch die Absperrung zu schlüpfen, bevor sie seinen Standort umzingeln würden. Er war kein Narr. Er wusste, wie diese Dinge funktionierten. Er hatte schon viele Menschen in Berlin ermordet. Die Polizei war voller Trottel, die leicht zu überlisten waren.

Als er die Hintertreppe des Gebäudes hinunterlief, zog der Attentäter eine Handfeuerwaffe mit einem Schalldämpfer. Gerade noch rechtzeitig, denn der erste Mitarbeiter der Abteilung 89 erschien im Treppenhaus. Ohne zu zögern und ohne anzuhalten, feuerte der Attentäter zweimal mitten in die Brust. Der Agent war auf der Stelle tot.

Der Attentäter sprang über den Leichnam und ging weiter. Er wusste, wenn er stehen bliebe, wäre er tot. Überleben bedeutete, weiterzugehen, egal was passierte.

Als er das Erdgeschoss erreichte, hörte er Stimmen aus der entgegengesetzten Richtung. Ohne anzuhalten, öffnete er die Tür zum Treppenhaus der Tiefgarage. Sein Auto stand dort, und wenn er es bis zum Auto schaffte, konnte er entkommen, bevor sie wussten, was los war. Zumindest hatte er im Auto eine bessere Feuerkraft, um denjenigen, der durch diese Tür kam, aufzuhalten.

Als er das Parkhaus durchquerte, blieb er plötzlich stehen.

Major Sophie Decker und Hauptmann Wolfgang Schmitz standen dort mit erhobenen Waffen.

"Ihr Leute seid so berechenbar", sagte Decker, "ihr geht immer in die Tiefgarage."

Die Hand des Attentäters hielt immer noch seine Waffe, die nun nach unten gerichtet war. Schmitz bemerkte das.

"Das würde ich an deiner Stelle nicht tun. Du wirst es nie schaffen."

Der Attentäter lächelte, dann entspannte er sich. Er hatte gewusst, dass es eines Tages so weit sein würde.

"Ich weiß", sagte er und hob die Waffe. Doch bevor er schießen konnte, kam Keller von hinten und schlug dem Attentäter mit dem Kolben seiner Waffe auf den Kopf. Mit einem Stöhnen ließ der Attentäter seine Waffe fallen und sackte bewusstlos zu Boden.

"Mein Gott, Keller", sagte Decker, "ich habe Ihnen gesagt, Sie sollen ihn bewusstlos schlagen. Nicht seinen Schädel in ein Puzzle verwandeln."

Keller trat den bewusstlosen Mann. "Er wird's überleben."

"Nicht, wenn Feldwebel Liebermann ihn erwischt", sagte Schmitz, "er hat gerade ein 500.000 Euro teures, hochmodernes, ferngesteuertes Fahrzeug in die Luft gejagt. Ein Unikat. Ein echter Prototyp."

Keller grunzte. "Delacroix kann für ein neues bezahlen. Das ist das Mindeste, was er tun kann."

KAPITEL NEUN

Was als scheinbar erfolgreiches Attentat auf den französischen Präsidenten begann, entpuppte sich bald als alles andere, als Delacroix auf einem anderen Weg zu seinem Termin erschien. Als die verwirrten Medien herausfanden, dass Delacroix noch lebte, stürzten sie sich wie Fliegen auf diese neue Sensation.

Dies machte die Verschwörer in Paris äußerst wütend. Pascal Bisset saß hinter seinem opulenten Schreibtisch in seinem abgedunkelten Arbeitszimmer, trank Brandy und schaute die Nachrichten, während die Wut in ihm kaum zu bändigen war. Sein Papagei schaute ihn wie immer missbilligend an.

Bisset nahm die Fernbedienung in die Hand und zappte durch die verschiedenen Nachrichtensender, fast so, als wollte er, dass die Nachrichten sich dadurch änderten. Als wollte er, dass ein Journalist plötzlich sagt: "Ups, tut uns leid, wir haben uns geirrt, Delacroix ist doch tot". Doch stattdessen wurden immer wieder Aufnahmen gezeigt, wie Delacroix aus seinem gepanzerten Wagen stieg und in das

Gebäude ging, in dem er sprechen sollte. Es war offensichtlich, dass sie versagt hatten.

Was nun, dachte Bisset. Weglaufen? Dann schmunzelte er vor sich hin. Wie kann ein Mann wie *ich* fliehen? Jedes Gesichtserkennungssystem auf dem Planeten würde ihn innerhalb weniger Stunden aufspüren, wenn nicht sogar noch schneller.

Plötzlich hörte Bisset einen dumpfen Schlag. Er erstarrte. Langsam stellte er sein Glas ab, öffnete eine Schublade und legte seine Hand auf den Kolben einer Pistole.

"Das würde ich an Ihrer Stelle nicht tun", sagte eine Stimme von draußen, "ich verspreche, wenn Sie Ihre Hand aus der Schublade nehmen, werde ich Sie töten. Ihr Leibwächter ist bereits bei seinen Vorfahren. Er wird Ihnen nicht mehr helfen können."

Bisset lächelte vor sich hin und atmete tief durch. "Ich habe mich schon gefragt, wann Sie auftauchen würden."

Die Tür öffnete sich und gab den Blick auf Claude Durand frei, der noch sehr lebendig war. Er hielt ein kleines, hässlich aussehendes schwarzes Maschinengewehr in der Hand und hob es an, um auf Bissets Kopf zu zielen.

"Ich wollte meinen Auftritt nicht überstürzen", sagte Durand, "ein echter Entertainer verdirbt nie den großen Moment, wenn er durch die Tür kommt."

"Sehen Sie sich so? Als Entertainer?"

Durand zuckte mit den Schultern. "Ein Mann, der aus dem Grab aufersteht? Es gibt nichts Unterhaltsameres und Unerwartetes als das. Sie wussten nicht, dass der Mann, der mich töten wollte, zu meinen Leuten gehörte. Ich habe ihm ausdrücklich gesagt, er solle mich schlagen und dann allen sagen, ich sei tot. Dass er mich aus Versehen zu hart geschlagen hatte. Ein anderer Komplize brachte mich weg und versteckte mich. Ich dachte, das Ganze würde Sie von mir ablenken, während ich herausfinde, wer hinter dieser Verschwörung steckt.

Aber danach meinen Mann töten? Wo ist die Leiche?"

Bisset ließ die Schultern hängen. "Weg."

"Ah, eingeäschert?", sagte Durand, die Wut in seinem Gesicht war offensichtlich, "ich hätte es wissen müssen. Und Krüger? Warum haben Sie einem Ganoven wie ihm vertraut?"

Bisset lehnte sich zurück. "Bestreitbarkeit. Wenn etwas schiefging, konnten wir sagen, es sei ein deutsches Komplott von Kriminellen. Natürlich haben wir nicht damit gerechnet, dass Sie wie der sprichwörtliche Bluthund herumschnüffeln würden."

"Und warum, Bisset?"

"Warum?"

"Warum Delacroix ermorden? Was hat der Mann Ihnen je getan?"

Zorn blitzte in Bissets Gesicht auf. "Was hat er mir *nicht an*getan? Er hat mich als Premierminister übergangen, obwohl mir der Posten versprochen worden war. Und er musste in Deutschland getötet werden. Diese verdammten Deutschen sind der Grund dafür, dass ich den Posten nicht bekommen habe, mit ihrer verdammten Flüsterkampagne gegen mich. Es war Zeit für eine Revanche. Sein Stellvertreter versprach mir den Posten, wenn ich Delacroix beseitigen würde."

Die Nachricht, dass der Stellvertreter von Delacroix darin verwickelt war, erschütterte Durand. "Es ging also nur um verletzte Egos und zerstörte Karrieren?", sagte Durand ungläubig.

"Verspotten Sie mich, wenn Sie wollen", sagte Bisset abweisend, "und legen Sie die Waffe weg. Wenn Sie mich töten wollten, hätten Sie es schon getan."

"Ich wollte nur Ihr Geständnis auf Band aufnehmen", sagte Durand und holte ein kleines Tonbandgerät aus seiner Tasche. "Jetzt kann ich Sie erschießen."

Durand feuerte einen kurzen Schuss ab, der Bisset in Brust und Arme traf. Bisset blickte panisch auf das Blut, das aus seiner Brust floss, und starrte Durand ausdruckslos an, während Blut aus seinem Mund lief.

"Vive la France", sagte Durand, als er einen weiteren Schuss in die Mitte von Bissets Stirn abfeuerte, der Bisset in seinen Stuhl zurückschleuderte.

Während des ganzen Vorfalls saß der Papagei da und schaute missbilligend. Ob er das missbilligte, was Bisset getan hatte, oder das, was Durand gerade getan hatte, war nicht zu erkennen. Trotzdem schloss Durand die Käfigtür und nahm den Papagei mit. Hier würde er nicht mehr gebraucht.

Der Attentäter war wieder wach und wurde von Decker und Schmitz verhört. Trotz seiner anfänglichen Weigerung zu reden, brach er unter dem Druck bald zusammen und begann ungläubigen deutschen und französischen Beamten Namen, Daten und Orte zu nennen. Leute wie Delacroix' Stellvertreter wurden in Rekordzeit verhaftet und wegen Landesverrats angeklagt.

Die Nachricht, dass Durand noch am Leben war, elektrisierte sowohl Berlin als auch Paris. Die Tatsache, dass er Bisset wegen eines Komplotts zur Ermordung des französischen Präsidenten ermordet hatte, wurde vertuscht und auf höchster Ebene geheim gehalten. Präsident Delacroix war sehr dankbar, dass Durand sich ausgezeichnet verhalten hatte, aber aus offensichtlichen Gründen wurde die Nachricht nicht an die Öffentlichkeit weitergegeben. Wenig später wurde Durand zur Belohnung auf den alten Posten von Bisset als Direktor der DGSI befördert.

Auch Keller wurde nicht vergessen. Nachdem seine Verurteilung aufgehoben worden war, bot Decker ihm eine Stelle in der Abteilung 89 an. Aber sie kam mit einem Vorbehalt. "Die Lebenserwartung eines Agenten der Abteilung 89 ist beschissen."

Keller lächelte. "Passt."

WALKÜRE

KAPITEL EINS

BERLIN APRIL 1945

Der Betonbunker unter Berlin erbebte, als russische Bomben unerbittlich auf ihn einschlugen. Die Rote Armee war nicht mehr weit entfernt - sie war sogar kurz davor, den Reichstag einzunehmen, und von dort aus würde es ein kurzer und brutaler Kampf werden, bevor der Bunker eingenommen würde. Alle, die hier Schutz suchten, waren gläubig, aber auch sie wussten, dass es vorbei war. Innerhalb von ein oder zwei Tagen würden sie entweder tot oder Gefangene der Russen sein. Die Frage war nur, was schlimmer war.

Als Bomben fielen und die Lichter flackerten, stand die Frau mit dem Gesicht zur Wand in ihrem Zimmer. Unbewusst berührte sie ihren Bauch, weil sie wusste, was dort wuchs. Sie lächelte in sich hinein. Sie kannte die albernen Gerüchte, dass er keinen Sex haben konnte, dass er sie nicht schwängern konnte. Aber das stimmte nicht. Er *konnte* - er *wollte* es nur nicht. Er hatte kein Interesse an Sex - sein

Fetisch war Macht, und deshalb hatte er weder Zeit noch Lust für etwas anderes.

Aber da der Krieg für Deutschland schlecht lief, hatte sie ihn von der Notwendigkeit überzeugt, ein Kind zu gebären. Jemand, der die Blutlinie und die Sache fortführen würde. Er hatte sich geweigert, weil er meinte, seine Blutlinie müsse mit ihm enden, aber am Ende hatte sich ihre Sturheit durchgesetzt.

Schwanger zu werden, war äußerst schwierig gewesen. Seine schwindenden Kräfte ließen sie zweifeln, ob es je geschehen würde. Aber im Sommer 1944, als in Frankreich die Kämpfe zwischen den Alliierten und den deutschen Besatzern tobten, hatte sie festgestellt, dass es funktioniert hatte. Sie war endlich schwanger.

Doch das Leben im Bunker war nicht gerade förderlich für eine unkomplizierte Schwangerschaft. Frische Luft war Mangelware, das Essen war nicht von guter Qualität - obwohl sie das Beste von dem wenigen, was da war, bekam. Körperliche Reserven für die Geburt aufzubauen, war schwer, und der ständige Strom blutüberströmter Soldaten machte ihr jeden Tag klar, dass sie früher oder später würde fliehen müssen, wenn das Baby die Rote Armee überleben sollte.

Die Frage war nur: Würde er mit ihr kommen? Nicht mehr lange, und sie würde es herauszufinden.

Als sie in der Mitte des Raumes stand und ihre Hand sanft auf ihrem Bauch ruhte, hörte sie ein Geräusch und drehte sich um. Ein offensichtlich kranker und gebrochener Mann schlurfte herein und schloss die Tür.

"Liebling?", sagte sie unsicher. Sie wusste instinktiv, dass schlechte Nachrichten kommen würden.

"Meine Liebe", murmelte er und strich ihr geistesabwesend über die Schulter, "es ist Zeit zu gehen."

Ihr Herz machte einen Sprung. "Du kommst mit uns?"

"Nein", sagte er und setzte sich schwer auf das Bett, "diese Reise wirst du allein antreten."

Ihr war plötzlich schlecht. "Dann werde ich nicht gehen. Ich bleibe hier."

"Dann wird das Baby sicher sterben", sagte er, "die Russen werden es töten. Sie werden meine Nachkommen niemals leben lassen. Ist es das, was du willst? Dass Stalin den Skalp dieses Kindes einfordert?"

"Aber warum willst du nicht mitkommen?", sagte sie unter Tränen, "wir können eine Familie sein."

"Auf der Flucht leben, während die verdammten Engländer, Amerikaner und Russen hinter uns her sind? Nein, das hat nichts mit Ehre zu tun. Der Krieg ist verloren. Es ist meine Pflicht, hier in Berlin zu sterben. Und du? Als Mutter meines Kindes ist es deine Pflicht, zu leben, unser Kind zur Welt zu bringen, es aufzuziehen und dafür zu sorgen, dass mein Erbe fortbesteht."

Sie schüttelte weinend den Kopf. "Ich werde dich nicht verlassen."

Seine Antwort kam prompt. "Dann hättest du mich nie bitten dürfen, das Kind zu zeugen. An diesem Tage hast du deinen Entschluss gefasst."

Er stand zittrig auf, verließ den Raum und ließ sie in Tränen zurück.

Nachdem sie Stunden zuvor heimlich betäubt worden war, wurde sie zu einem Flugzeug getragen, in eine Armeedecke gehüllt und sanft auf den Rücken gelegt. Mit einem knappen Nicken zum Piloten sagte der Offizier, der sie getragen hatte, lediglich: "Sie haben Ihre Befehle." Er schlug die Tür des Flugzeugs zu und lief zurück zum Bunker, ohne sich noch einmal umzusehen.

Da alle anderen im Bunker unter Todesdrohungen in ihren Quartieren eingeschlossen waren, sah niemand, wie die bewusstlose Frau hinausgetragen und an Ihrer statt eine verängstigte Frau in den Bunker gebracht wurde. Sie war das vorgesehene Körperdouble, das nun unfreiwillig neben dem Vater des Babys, der auf sie wartete, sterben sollte. Als das Gift in ihre Kehle gepresst wurde, bemerkte niemand den Wechsel. Vor allem, da niemand es über sich brachte, in die Gesichter der beiden zu blicken, als ihre Leichen hinausgeschafft und verbrannt wurden.

Einen Tag später fiel der Bunker an die Russen.

KAPITEL ZWEI

DER HEUTIGE TAG

Die heiße Mittagssonne brannte unerbittlich auf die kolumbianische Hauptstadt Bogota herab, als Hauptmann Wolfgang Schmitz und Feldwebel Penelope Brinkmann einen kurvenreichen Hügel hinauf zur Villa auf der Spitze des Berges fuhren.

Sie befanden sich auf dem Rücksitz eines schwer gepanzerten, klimatisierten Wagens, der von den Leibwächtern des Mannes, den sie besuchen wollten, gefahren wurde. Es war offensichtlich, dass ihr Gastgeber nichts dem Zufall überlassen wollte. Die Leibwächter waren schwer bewaffnet, das Auto so gebaut, dass es einem direkten Angriff standhalten konnte, und Schmitz und Brinkmann waren ihre Waffen abgenommen worden, bevor sie das Fahrzeug betreten durften.

Schmitz trug seinen typischen dunklen italienischen Anzug, während Brinkmann ein enges, auffälliges, kurzes schwarzes Kleid trug. Außerdem trugen sie schwarze

Kapuzen auf dem Kopf, damit sie nicht sehen konnten, wohin es ging. Aber das spielte keine Rolle. Sie kannten ihr Ziel bereits. Hector Gonzalez war der berüchtigtste Drogenhändler, Waffenschmuggler und Mädchenhändler Kolumbiens. Jeder, der behauptete, nicht zu wissen, wo er wohnte, log nach Strich und Faden. Selbst der Erzbischof von Bogota hatte Gonzalez auf seiner Kurzwahltaste.

Leuten wie Gonzalez war es egal, wer wusste, wo sie wohnten, was Schmitz und Brinkmann davon überzeugte, dass der Sinn der Augenbinden eher darin lag, sie einzuschüchtern, als zu desorientieren.

Als das Auto langsam die schmale, steile Straße den Berg hinauffuhr, schnupperte Schmitz.

"Dieser Sack stinkt. Hätten Sie mir nicht eine gewaschene geben können?"

"Maul halten", knurrte der Bodyguard auf dem Beifahrersitz, "nicht reden".

"Wortgewandte Gesellschaft", sagte Schmitz lässig, "entzückend".

Das brachte Schmitz eine Pistole vor der Nase ein. "Ich sagte Ruhe."

Unter dem Sack auf ihrem Kopf schmunzelte Brinkmann leise vor sich hin. Nicht nur wegen Schmitz' Frechheit, sondern auch, weil sie wusste, dass sie in diesem Moment beobachtet wurden. Sie wusste, dass sie die Oberhand hatten und die Dummköpfe auf den Frontsitzen es nicht einmal merkten.

Major Sophie Decker trug schwere grüne Tarnkleidung und eine passende Gesichtsbemalung. Sie stand auf dem Hügel gegenüber von Gonzalez' Haus und beobachtete ihn durch ein Scharfschützen-Zielfernrohr. Sie war bereit zu schießen, wenn Schmitz oder Brinkmann das vorher vereinbarte Signal gaben.

Wenn alles gut ging, verbrachte Gonzalez seinen letzten Tag auf Erden. Seine Tage, an denen er seine tödlichen Drogen nach Deutschland und in die EU schickte, würden bald vorbei sein.

Der gepanzerte Geländewagen hielt vor einer großen Flügeltür an. Vor den Türen stand ein riesiger, pompöser Marmorbrunnen, der wahrscheinlich mehr kostete, als Schmitz in einem Jahr verdiente. Aber Schmitz und Brinkmann sahen ihn nicht, denn sie wurden von Gonzalez' Männern aus dem Auto gezerrt und zum Eingang geschleppt, die Binden noch über den Augen.

"Hey", rief Schmitz, "passt auf den Anzug auf."

Decker, auf dem gegenüberliegenden Hügel, überblickte all dies durch das Zielfernrohr. Nach ihrer Zählung waren es acht von Gonzalez' Männern, die sich außerhalb des Grundstücks verteilten. Alle schwer bewaffnet mit automatischen Waffen. Sie bezweifelte nicht, dass sie schnell an noch mehr Feuerkraft herankommen würden, wenn es erst einmal richtig losging.

Aber wo war Gonzalez? Das war die Millionen-Euro-Frage. Die einzige Möglichkeit, ihn in dem Haus ausfindig zu machen, bestand darin, verdeckte Ermittler zu entsenden. Deckers Antrag, das Haus mit einem Luftangriff dem Erdboden gleichzumachen, wurde mit der Begründung abgelehnt, dass dies zu viele Kollateralschäden verursachen würde, ganz zu schweigen von den diplomatischen Auswirkungen zwischen Deutschland und Kolumbien. Außerdem wäre Gonzalez zum Zeitpunkt des Luftangriffs möglicherweise gar nicht im Haus. Sie brauchten den Nachweis, dass er dort war. Sie brauchten Beweise, dass er tot war.

Wenn sie es so aussehen ließen, als seien Gonzalez und seine Männer von einem Rivalen getötet worden, gäbe es keine diplomatischen Konsequenzen, da Deutschland die Sache glaubhaft abstreiten könnte. Die kolumbianischen Behörden würden Geschwindigkeitsrekorde brechen, um den Fall abzuschließen und die Sache zu vertuschen. Innerhalb von vierundzwanzig Stunden würde Gonzalez' Nachfolger bereits im Amt sein.

Decker und die anderen hatten den strikten Befehl, reinzugehen, das Ziel zu eliminieren und wieder rauszukommen. Ohne Hinweise auf ihre Nationalität und ihren Auftraggeber hinterlassen. Jeder hatte seine Rolle zu spielen. Alles, was Decker im Moment tun konnte, war, sich bedeckt zu halten und darauf zu warten, dass Schmitz und Brinkmann Gonzalez auf einem Tablett servierten. Sie betätigte die Sicherung des Gewehrs, stützte den Kopf auf die Hände, seufzte tief und dachte nach.

"Herr von Baden?"

Die Kapuze wurde Schmitz vom Kopf gezogen und er blinzelte wegen des Lichts, das plötzlich sein Gesicht traf. Er drehte sich um, um zu sehen, ob es Brinkmann gut ging.

Auch sie versuchte, ihr Augenlicht zu fokussieren, ihr blondes Haar zerrauft von dem Sack über ihrem Kopf.

Schmitz blickte zurück, um zu sehen, wer seine Schweizer Alias-Identität angesprochen hatte. Am oberen Ende einer verschnörkelten Treppe stand ein ruppig aussehender Mann, der aussah, als könnte er eine Dusche und eine Rasur vertragen. Aber die Gefahr in seinen Augen war nicht zu übersehen. Mit ihm war nicht zu spaßen, und das gab er Schmitz und Brinkmann zu verstehen, indem er mit seiner Waffe im Halfter auf sie zielte. Er schaute verärgert, als Schmitz und Brinkmann gelangweilt und unbeeindruckt schauten.

"Ja, ich bin Max von Baden", sagte Schmitz und unterdrückte ein Gähnen, "ich bin nicht beeindruckt von der Art, wie Sie Ihre potenziellen Kunden behandeln."

"Und Ihre Begleiterin?", sagte der Mann mit einer Geste zu Brinkmann, ohne auf Schmitz' Beschwerde zu achten.

"Katerina, meine persönliche Assistentin", sagte Schmitz kühl.

Der Mann grunzte. "Kann Katerina auch sprechen?"

"Nur wenn ich es will", sagte Schmitz, "meine Zeit ist kostbar. Wo ist Herr Gonzales?"

Der Mann hielt einen Finger hoch. "Alles zu seiner Zeit, Herr von Baden. Herr Gonzales ist ein viel beschäftigter Mann, genau wie Sie. Er wird hier sein, wenn er bereit ist. In der Zwischenzeit nehmen Sie einen Drink und genießen Sie die Gastfreundschaft des Hauses."

Schmitz legte dem Mann eine Hand auf die Schulter, was nicht gut ankam.

"Wie auch immer Sie heißen", sagte Schmitz leise, "sagen Sie Mr. Gonzalez, dass ich meine fünfhundert Millionen Dollar einem anderen Drogenboss geben werde, wenn er mich nicht innerhalb von dreißig Minuten trifft. Haben Sie das verstanden? Ich bin sicher, es gibt den einen oder anderen in der Gegend, dem ich meine Visitenkarte zeigen kann."

Der Mann lächelte dünn. "Ich werde die Nachricht an Herrn Gonzalez weiterleiten. Ich bin sicher, seine Vorfreude auf Ihr Treffen, entspricht in jeder Hinsicht der Ihren."

Schmitz lächelte kurz und wandte sich dann an Brinkmann. "Komm Katerina. Lass uns die Gastfreundschaft des Hauses genießen, zumindest - für die nächsten dreißig Minuten."

Als Schmitz und Brinkmann auf den Nebenraum zusteuerten, sah der Mann namens Pedro ihnen starr nach. Dann drehte er sich voller Abneigung im Blick um und ging die Wendeltreppe zum nächsten Stockwerk hinauf.

Schließlich gelangte er zu einem Raum, vor dem zwei bewaffnete Männer standen. Sie wussten, wer Pedro war und dass man sich nicht mit ihm anlegen sollte. Also nickten sie ihm respektvoll zu und ließen ihn eintreten.

Der Raum war dunkel, die Jalousien heruntergelassen, das Licht gedämpft. Aber Pedro hätte seinen Chef überall und unter allen Lichtverhältnissen erkannt.

Als Schmitz Pedro an der Schulter berührt hatte, war in seiner Handfläche ein winziges Abhörgerät und ein GPS-Tracker versteckt. Es war so klein, dass man ein Mikroskop benötigt hätte, um es zu sehen. Beim Kontakt mit der Schulter setzte sich die Wanze an Pedros Jacke fest und aktivierte sich von selbst.

Jetzt war Pedro also verkabelt, und Decker, Schmitz und Brinkmann konnten das daraus resultierende Gespräch hören.

"Und?", sagte Gonzalez, "was denkst du?"

"Ich denke, er ist ein arroganter, reicher Schweizer Arsch, der gewohnt ist, seinen Willen zu bekommen", sagte Pedro, "aber ich habe keine Warnsignale gefunden. Die Hintergrundüberprüfung hat nichts Besorgniserregendes ergeben. Gegen ihn liegen überall auf der Welt Haftbefehle vor. Interpol und das FBI wollen ihn unbedingt in die Finger bekommen."

Gonzalez sah nachdenklich aus. "Vielleicht übergeben wir ihn den Amerikanern, nachdem wir ihm sein Geld abgenommen haben. Die CIA sitzt mir schon eine Weile im Nacken, weil ich ihnen nichts liefere. Ein reicher Schweizer Möchtegern-Drogendealer auf der Liste der Meistgesuchten sollte sie eine Weile bei Laune halten."

Pedro nickte. "Soll ich ihn also reinlassen?"

"Bald", sagte Gonzalez und setzte sich auf ein plüschiges Ledersofa, "Lassen wir den Bastard warten. Und dann nehmen wir ihn aus, wie eine Weihnachtsgans."

Als sich das Gespräch auf banalere Dinge konzentrierte, holte Decker einen kleinen schwarzen Kasten hervor, den Empfänger für den GPS-Teil der Wanze. Als sie ihn einschaltete, blinkte ein roter Punkt auf, während Decker den Kasten langsam bewegte. Dies gab ein grobes Bild davon, wo sich Pedro - und damit sein Chef - im Gebäude befand.

Decker entschied, dass das Zimmer mit den heruntergelassenen Jalousien an der Seite des Hauses am wahrscheinlichsten war. Dort würde sie sich verstecken, wenn sie Gonzalez wäre. Aber sie brauchte eine Bestätigung.

Sie zog ein verschlüsseltes Satellitentelefon hervor und rief Feldwebel Sabine Graf an, die sich auf dem Hügel gegenüber dem Haus befand. Auch sie war gut getarnt, hatte ein Scharfschützengewehr und war als Deckers Verstärkung da.

"Graf", flüsterte Decker, "ich glaube, unser Mann ist in dem Zimmer an der Seite des Hauses, das mit den heruntergelassenen Jalousien. Sehen Sie es?"

Eine kurze Pause. "Verstanden. Ich sehe es."

"Können Sie durch die Jalousien schießen, wenn Sie müssten?"

"Wenn ich es müsste. Aber ich hasse es, blind zu schießen. Ein klares Ziel ist mir allemal lieber."

"Hoffentlich wird es nicht so weit kommen", sagte Decker, "halten Sie sich bereit. Ich hoffe, dass Schmitz die Sache ins Rollen bringen wird. Schmitz, wenn du mich hören kannst, überprüfe Gonzalez' Standort und bring die Party in Gang. Bitte einmal grunzen, wenn du das verstanden hast."

Als sie ein dezentes Husten durch ihren Ohrhörer hörte, lächelte Decker vor sich hin. "Gut, Cowboy. Schnapp ihn dir."

KAPITEL DREI

Obwohl ihnen die Bodyguards ihre Waffen abgenommen hatten, waren Schmitz und Brinkmann zuversichtlich, dass es kein Problem sein würde, Ersatzwaffen zu bekommen. Schließlich war das Haus buchstäblich gepflastert mit ihnen, da sich draußen am Swimmingpool Wachen und Kleinkriminelle mit kichernden, betrunkenen Bikini-Models und Prostituierten mischten. Wahrscheinlich hatten sogar die Frauen Pistolen in ihren Handtaschen.

Nachdem sie von Decker die Freigabe erhalten hatten, tranken beide ihre Drinks aus, nickten einander zu und gingen in verschiedene Richtungen. Brinkmann ging nach draußen in den Schwimmbadbereich, wo sie mit ihrem engen schwarzen Kleid und ihren langen Beinen sofort die Aufmerksamkeit der Männer und nicht weniger Frauen auf sich zog.

"OK, wer holt mir einen Drink?", rief sie und musste nicht lange auf Interessenten warten.

Schmitz ging in der Zwischenzeit in den Flur, wo er mit einem der Wachmänner zusammenstieß.

"Es tut mir leid, aber es ist verboten, im Haus herumzulaufen", sagte der Wachmann, mit der Hand auf Schmitz' Brust, "Sie müssen im Wohnzimmer oder im Schwimmbadbereich bleiben."

"Schon in Ordnung", sagte eine Stimme am oberen Ende der Treppe, "hallo Herr von Baden. Ich bin Hector Gonzalez."

Der Wachmann ging gehorsam zur Seite, während Schmitz seine Jacke zurechtrückte und loslief. Er wusste, dass alles, was er von nun an sagte, an die anderen weitergegeben wurde, da er akustisch verkabelt war.

Und Gonzalez hatte gerade den Beweis erbracht, dass er dort war. Die Mission ging in die heiße Phase.

Draußen sprach Decker in ihren Sender.

"Amsel? Die Party kann beginnen. Zeit für die Disco."

"Verstanden", sagte Amsel, "Travolta ist auf dem Weg."

"Wurde auch Zeit", sagte Schmitz, "ich bin es nicht gewohnt, dass man mich so warten lässt."

Gonzalez breitete seine Hände aus. "Was soll ich sagen? Ich musste mich um etwas kümmern."

"Wichtiger als eine halbe Milliarde Dollar, um Ihre 'Medikamente' in die Hände der europäischen Reichen und Berühmten zu bringen?"

"Töte ihn selbst oder bring ihn nach draußen, wo wir es tun können", murmelte Decker über den Hörer.

Gonzalez lächelte. "Mein lieber von Baden, Sie sind ein bisschen zu schnell dabei, Dinge zu erledigen und abzuschließen. Zuerst werden wir ein paar Drinks nehmen und sehen, was für ein Mann unser Gegenüber ist. Die Verhandlungen kommen später - nachdem Sie das Produkt probiert haben."

Schmitz schüttelte den Kopf. "Ich probiere nie selbst. Und wie ich Ihrem Trottel hier schon sagte: Wenn mein Geld nicht reicht, gibt es genug Konkurrenten, zu denen ich gehen kann."

Gonzalez begutachtete Schmitz schweigend. "Wissen Sie was, Herr von Baden? Ich lege großen Wert auf persönliche Beziehungen und ich vertraue auch meinem Bauchgefühl. Das ist der Grund, warum ich noch am Leben bin und meine Rivalen nicht. Und wissen Sie, was mein Bauchgefühl sagt?"

"Ich kann es kaum erwarten, alles über Ihren Bauch zu erfahren", sagte Schmitz.

"Es sagt, dass ich dich nicht mag und dass ich dir nicht vertrauen soll. Du zeigst keinen Respekt. Du bist unhöflich und glaubst, dass Geld Dich dazu berechtigt, zu tun, was du willst. Du bist nicht der einzige potenzielle Investor, der Geld hat. Ich denke, ich werde meine Geschäfte wo anders abwickeln."

"Ein großer Fehler", sagte Schmitz, "Sie wollen eine halbe Milliarde Dollar an die Konkurrenz verschenken, weil ich nicht nett zu Ihnen war?"

"Es ist nicht das erste Mal, dass man mir sagt, dass ich einen Fehler mache", sagte Gonzalez, "aber ich bin hier. Ich stehe noch und atme. Und das werde ich auch weiterhin tun."

Schmitz seufzte tief. "Adios, Hector."

Das war das verabredete Signal zum Aufbruch. *Adios Hector.*

Brinkmann war gerade dabei, sich lüstern grapschender Männerhände zu erwehren, als sie das Signal in ihrem Ohrhörer hörte. Mit einem süßen Lächeln kickte sie ihre Schuhe von den Füßen, was das Grinsen der Männer noch mehr verbreiterte.

"Endlich gehst du schwimmen, was?", lachte einer von ihnen, "wo ist dein Bikini?"

"Ich brauche keinen" säuselte Brinkmann, beugte sich vor und zeigte den lüsternen Männern etwas mehr Dekolleté. Sie zeigte auf die Waffe auf dem Schoß des Mannes: "Was ist das für eine Waffe?"

"Eine MP5 Heckler und Koch", sagte der Mann, immer noch bis über beide Ohren grinsend, "nichts für unschuldige kleine Mädchen."

"Wer sagt denn, dass ich unschuldig bin?", erwiderte sie, riss ihm mit einer schnellen Bewegung die Waffe aus der Hand und drehte sie.

Der Mann und die anderen um ihn herum waren zu geschockt, um zu reagieren. Die Zeit schien stillzustehen, als Brinkmann die Waffe entsicherte, sich mit leicht gespreizten Beinen hinstellte, um den Rückstoß abzufangen, und abdrückte.

Eine Explosion von brutalen automatischen Feuerstößen warf mehrere der Männer von den Füßen. Die Körper zuckten, von den Kugeln zerlöchert. Zwei von ihnen landeten im Pool, ihr Blut färbte das klare blaue Wasser sofort rot. Als die Frauen zu rennen und zu schreien begannen, warf Brinkmann die leere Waffe weg, hob eine andere Waffe von einem gefallenen Wachmann auf und feuerte erneut auf eine Gruppe schockierter Bewaffneter.

Doch dann sah sie die Granaten hinter der Bar am Pool.

Margaritas und Granaten, dachte sie. Wie passend.

Brinkmann schnappte sich mehrere der tödlichen Geschosse, zog die Stifte heraus und warf sie in die Richtung der anrückenden Männer. Sie stürzte sich kopfüber in das Schwimmbecken und schaffte es kaum unter Wasser, bevor die heftigen Explosionen den Beckenrand erschütterten. Obwohl sie unter Wasser war, konnte sie die gedämpften Schreie der sterbenden Männer hören, als ihre Körper von den Explosionen und Trümmern in Stücke gerissen wurden.

Als sie sich in Sicherheit wähnte, tauchte sie wieder auf, schnappte nach Luft, die Haare im Gesicht. Als sie sich zur Seite drehte, sah sie eine blutige, abgetrennte Hand neben sich auf dem Wasser treiben.

Der plötzliche Feuerstoß und die Explosionen ließen

Gonzalez vor Schreck und Angst herumwirbeln. Schnell wandte er sich mit einer Geste an seine Männer.

"Vamanos!"

Schmitz handelte schnell. Er schnappte sich die Pistole von Pedro, der am nächsten bei ihm stand und die Waffe mit aller Kraft festhielt. Trotzdem gelang es Schmitz, eindeutig der stärkere von beiden, die Waffe in Richtung Gonzalez zu drehen und einen kurzen Schuss abzugeben, der den Drogenbaron in den Bauch traf. Er schrie vor Schmerz auf, begann unkontrolliert zu zittern und verfiel in einen Schockzustand. Er schlug mit der Hand nutzlos auf die Wunde, während das Blut herausquoll.

Schmitz riss Pedro die Waffe aus der Hand und zielte an Pedros Hals vorbei auf Gonzales, der sich nicht anders zu helfen wusste, als seine rechte Hand wie ein machtloser Schutzschild zu heben. Gonzalez' Männer zielten und richteten ihre Waffen auf Schmitz.

"Gib auf, Gonzalez", sagte Schmitz, "das Haus ist umstellt und du bist verwundet."

Gonzalez lachte leise. "Ich werde es darauf ankommen lassen, von Baden, wenn das Ihr richtiger Name ist. Ich habe fünf meiner Männer auf meiner Seite und Sie haben einen von mir auf Ihrer Seite, der leicht entbehrlich ist. Die Chancen stehen nicht zu Ihren Gunsten. Ich werde hier rausgehen und Sie können nichts dagegen tun."

"Halt", sagte Decker durch den Hörer, "Graf und ich sind dabei, die Chancen für euch beide da drin auszugleichen."

Als Gonzalez gerade seine Männer anweisen wollte, ihn aus dem Haus zu evakuieren, gab es einen lauten Knall von draußen und ein zischendes Geräusch. Ein Einschussloch bohrte sich durch die Tür und traf den nächstgelegenen Wachmann mit einem unglaublichen Glückstreffer.

Der Schuss war Ablenkung genug, dass Schmitz die Waffe von Pedro weg und auf Gonzalez richten konnte. Er drückte ab und vernahm das unverkennbare Geräusch einer Kugel, die sich im Lauf verklemmte.

Graf sah, dass Brinkmann in Schwierigkeiten steckte. Eine weitere Gruppe wütender, bewaffneter Männer rannte auf sie zu, als sie sich aus dem Schwimmbad zog. Graf zielte durch das Zielfernrohr und feuerte einen Schuss nach dem anderen auf die dicht gedrängte Gruppe von Männern ab. Sie fielen alle.

Brinkmann sah sich um und hob anerkennend den Daumen.

"Mach ihnen die Hölle heiß, Penelope", sagte Graf durch ihren Sender.

Brinkmann reagierte, indem er sich ein Maschinengewehr schnappte, es auf Augenhöhe anhob und zu den offenen Terrassentüren ging. Der Schwimmbadbereich war nun völlig menschenleer. Der Boden war mit Leichen übersät, einige von ihnen trieben mit dem Gesicht nach unten im Becken. An einigen Stellen brannten kleine Feuer von den Splittergranaten. Die Frauen und anderen Mitläufer, die überlebt hatten, waren längst verschwunden.

Brinkmann hörte Stimmen auf dem Flur und erkannte sofort, dass Schmitz in Schwierigkeiten steckte.

"Wie es scheint, ist deine Waffe nutzlos", rief Gonzalez, "töte ihn."

Ohne zu zögern, rannte Brinkmann los und feuerte eine lange Salve quer durch den Raum. Gonzalez' Männer fielen der Reihe nach, als die Geschosse ihr tödliches Ziel fanden. Um dem Feuer auszuweichen, sprang Schmitz zurück, legte seinen Arm um Pedros Kehle und brach dem Mann mit einer einzigen fließenden Bewegung das Genick. Schmitz' Schutzschild sackte zu Boden.

Als Gonzalez seine Männer tot sah, beschloss er, dass er nichts mehr zu verlieren hatte. Schwitzend und vom enormen Blutverlust geschwächt, rannte er zum Treppenhaus und taumelte die Treppe hinauf. Brinkmann feuerte eine Maschinengewehrsalve ab, in der Hoffnung, den wildgewordenen Gonzalez dadurch zum Aufhören zu bewegen, aber er lief weiter. Es war nicht das erste Mal, dass auf ihn geschossen wurde, und er wollte sicherstellen, dass es auch nicht das letzte Mal sein würde.

"Gonzalez!", rief Schmitz, "es ist vorbei. Bleiben Sie, wo Sie sind."

Aber Gonzalez war nicht so naiv zu glauben, dass man ihn lebend gefangen nehmen und ins Gefängnis stecken würde. Er wusste, wie ein Attentat aussah. Er ignorierte die Aufforderungen von Schmitz und rannte auf einen Raum mit heruntergelassenen Jalousien zu, während die beiden Mitarbeiter der Abteilung 89 ihm dicht auf den Fersen waren.

Gonzalez rannte ins Zimmer, verschloss die Tür hinter sich und ging zum Fenster. Der Scharfschütze draußen, der seine Leute erledigt hatte, musste sich gegenüber der

Eingangstür befinden, also ging er davon aus, dass er eine Überlebenschance hatte, wenn er durch das Fenster stieg. Die Wand zu seiner Rechten konnte er als Schutzschild gegen etwaige Kugeln benutzen. Sobald er auf dem Boden war, konnte er in eines seiner vielen Autos steigen und so schnell wie möglich zu einem Arzt fahren und zu Gott beten, dass er überlebte.

Er zog die Jalousien hoch und schlug das Fenster ein und trat auf den Sims.

Als er aufblickte, wusste er instinktiv, dass er so gut wie tot war.

Es gab einen lauten Knall, als Feldwebel Sabine Graf eine Kugel auf Gonzalez' Brust abfeuerte. Als er auf dem Fenstersims ins Wanken geriet, entschied Schmitz, dass eine verschlossene Tür kein Hindernis darstellte, stieß mit der Schulter dagegen, und rammte die Tür ein. Er wälzte sich auf dem Boden und wollte gerade seine Waffe zielen, als Brinkmann über ihn trat und einen langen Schuss in Gonzalez' Rücken abgab.

Der Körper des toten Drogenbosses kippte vom Fenstersims, fiel dann nach vorne und stürzte zu Boden. Sein Kopf schlug auf der Motorhaube eines Jeeps seiner Leibwächter auf, und sein blutverschmierter Körper färbte die Schotterauffahrt scharlachrot.

Entschlossen, nicht außen vor zu bleiben, gab Decker einen Schuss ab, und der bunte Brunnen explodierte in einem Steinregen.

"Ich hasse dieses verdammte Ding", sagte sie.

Wie aufs Stichwort tauchte am Horizont ein Militärhubschrauber auf, der von Amsel gesteuert wurde. Er hatte ihn früher an diesem Tag von einem kolumbianischen Luftwaffenstützpunkt gestohlen.

Schmitz sah den Hubschrauber vor dem Grundstück schweben und wusste, was jetzt kommen würde. Er sah Brinkmann an.

"Zeit, für den taktischen Rückzug", rief er, "es wird heiß hier."

Brinkmann nickte und die beiden rannten zum Fenster, warfen einen kurzen Blick auf die Leiche von Gonzalez, bevor sie sich an den Händen nahmen und sprangen. Sie fielen auf die gleiche Weise wie Gonzalez, nur dass sie auf das weiche Planenverdeck des Jeeps zielten. Trotz der relativ sanften Landung verstauchte sich Brinkmann einen Knöchel und Schmitz schrie vor Schmerz, als er auf dem Rücken aufschlug.

Amsel ließ ihnen Zeit, die Einfahrt hinunter zu humpeln, bevor er seine Hubschrauberraketen scharf machte und feuerte.

Das Haus flog in die Luft, als wäre es aus Pappmaché und Stöcken gemacht. Eine Rakete nach der anderen schlug in das Haus ein und verwandelte es von einem einstmals prächtigen Palast in einen Trümmerhaufen. Dichter, schwarzer Rauch stieg empor. Es bestand kein Zweifel daran, dass es meilenweit zu sehen war, und Decker wusste, dass sie von dort verschwinden mussten, bevor feindliche Streitkräfte auftauchten.

Amsel ließ den Hubschrauber zu Boden sinken und Decker, Graf, Schmitz und Brinkmann stiegen ein. Als sie Schmitz humpeln sah, bemerkte Decker, dass er einen Laptop in seine Jacke gesteckt hatte.

"Wo zum Teufel hast du das her?", schrie sie, "das ist nicht die Zeit für Kriegstrophäen."

"Der war im Raum!", rief Schmitz über den Lärm der Rotorblätter hinweg, "vielleicht kann Liebermann etwas davon auslesen?"

Decker zuckte mit den Schultern. "Wie auch immer. Lasst uns von hier verschwinden und zurück zur deutschen Botschaft in Bogota fliegen, bevor die nicht ganz so feinen örtlichen Gesetzeshüter zwei und zwei zusammenzählen."

Decker tippte Amsel auf die Schulter, woraufhin dieser den Hubschrauber in die Luft hob. Als er aufstieg, blickte die Gruppe zufrieden auf die Verwüstung hinunter, die sie angerichtet hatten. Überall lagen Leichen, aber keine war auffälliger als der schwelende Körper von Hector Gonzalez, dem ehemaligen Drogenboss, der vor den brennenden Ruinen dessen lag, was noch vor Momenten ein Palast gewesen war.

KAPITEL VIER

Achtundvierzig Stunden später, nachdem sie mit dem Flugzeug des deutschen Botschafters das Land verlassen hatten, waren Decker und das Team wieder in Berlin. Sie kamen mitten in der Nacht im Hauptquartier der Abteilung 89 an und gingen getrennt zu ihren Büros. Als sich die Fahrstuhltüren öffneten, unterdrückte Schmitz ein Gähnen und hob die Hand zum Abschied.

"Schöner Ausflug. Das müssen wir gelegentlich wieder machen."

Die anderen, die zu müde waren, um zurück zu scherzen, gingen einfach weiter. Schmitz erreichte sein Büro, zog sich aus und nahm seine Beinprothese ab, die er in der Ecke des Raumes aufstellte. Er warf seinen gefälschten Schweizer Pass zusammen mit seiner Dienstwaffe in eine Schreibtischschublade. Sein verletzter Rücken schmerzte immer noch, aber der Botschaftsarzt in Kolumbien hatte ein Röntgenbild gemacht und festgestellt, dass es nur Prellungen gab, die mit der Zeit abheilen würden. Er war für leichten Dienst freigegeben worden.

Er schlüpfte unter die kühlen Decken seines Feldbetts, seufzte vor Erschöpfung und schlief sofort ein.

Schon vier Stunden später ging in Berlin die Sonne auf. Das Wetter war wunderschön, und als Decker die Augen öffnete, strömte das Sonnenlicht durch ihr Bürofenster und blendete sie. Blinzelnd rollte sie sich aus dem Bett und fuhr die Jalousien herunter.

"Zu früh für Sonnenlicht", murmelte sie.

Sie zog sich an und ging im Halbschlaf und mit zerzausten Haaren in die leere Personalküche, um sich einen Kaffee zu holen. Als sie dort ankam, erschrak sie, als sie Schmitz sah, der nur mit Asterix-Boxershorts und ohne Beinprothese bekleidet an der Arbeitsplatte lehnte. Doch der lilane Bluterguss auf seinem Rücken war der wahre Blickfang.

"Hast Du Dein Schamgefühl in Kolumbien gelassen?", fragte Decker und griff nach der Kaffeekanne.

"Es liegt mir fern, Dir den Anblick dieses prächtigen Körpers zu verwehren", sagte Schmitz, während er seinen Kaffee trank, "bilde ich mir das nur ein, oder haben wir gerade erst vier Stunden Schlaf bekommen?"

"Jup."

"Ich schwöre, dieser Job wird mich eines Tages umbringen", sagte Schmitz, "mein Rücken hat schonmal damit angefangen."

"Ich bringe dich um, wenn du dich nicht anziehst", sagte Decker und nahm ihren Kaffee mit in ihr Büro.

Bald darauf erhielt Decker einen Anruf von Hans Unterwald, dem Stabschef der deutschen Bundeskanzlerin.

"Guten Morgen", sagte er mit seiner gewohnt tiefen Stimme, "wie war Bogota?"

"Heiß und voller Arschlöcher", sagte Decker.

"Tote Arschlöcher, hoffe ich."

"Eine ganze Menge. Und einer davon, Gonzales, das kann ich versichern."

"Sehr gut", sagte Unterwald und klang zufrieden, "die Bundeskanzlerin möchte Ihre Lageberichte heute auf ihrem Schreibtisch haben. Ich glaube, die genaue Formulierung war 'besser früher als später'. Sie bat mich, Sie daran zu erinnern, dass Sie in letzter Zeit mit dem Papierkram sehr im Verzug waren."

"Ich bin keine Tippse", sagte Decker angesäuert.

"Nein, aber Sie sind Armee-Major und hohe Regierungsbeamtin. Das bedeutet Bürokratie und Papierkram. Erledigen Sie das, Major. Übrigens, ich habe gehört, Schmitz und Brinkmann wurden verletzt? Nichts ernstes, hoffe ich?"

"Brinkmann hat sich den Knöchel verstaucht und hat erstmal leichten Dienst, da sie sich nicht krankschreiben lassen wollte", sagte Decker, "Schmitz hat sich beim Aufprall auf ein Auto den Rücken verletzt, aber sein einziger Schaden scheint ein blauer Fleck und ein völliger Mangel an Würde zu sein, wenn er hier in seiner Unterwäsche herumläuft."

"Oh gut", sagte Unterwald, "Also alles beim Alten?"

Später an diesem Tag, als er gerade seinen Bericht fertigstellte, erhielt Schmitz einen Anruf von Katja Liebermann, dem IT-Guru der Abteilung 89.

"Der Laptop, den Sie aus Bogota mitgebracht haben....", sagte sie.

"Ach der", sagte Schmitz, "Sie rufen sicher an, um mir zu sagen, was unsere geschätzte Chefin gesagt hat, nämlich, dass es Zeitverschwendung war, das Ding mitzubringen?"

"Wenn es nichts wäre, dann wäre er nicht so verschlüsselt", sagte Liebermann, "War da noch etwas anderes? Ein Codebuch oder so etwas? Auf ein Stück Papier gekritzelte Worte, die das Passwort sein könnten?"

"Ich hatte wirklich keine Zeit, nachzusehen. Amsel war gerade dabei, das Haus in die Luft zu jagen. Ich habe mir nur den Laptop vom Schreibtisch geschnappt. Und wieso? Sind Sie mit der Verschlüsselung überfordert?"

"Überfordert?", sagte Liebermann und klang entrüstet, "Sie reden hier mit mir. Ich komme da schon noch rein. Ich wollte nur wissen, ob Sie mir die Arbeit erleichtern können, das ist alles."

Sie legte auf, und Schmitz hörte einen Moment lang dem Freizeichen zu, bevor er den Hörer auflegte.

"Empfindlich, empfindlich", sagte er.

Die Glocken der Kirche in der venezolanischen Bergstadt San Cristóbal läuteten, als der alte Mann schwer auf seinen Gehstock gestützt die Straße entlang humpelte. Trotz seines Alters sah er bemerkenswert robust aus. Die einzigen Anzeichen seines Alters waren die Falten in seinem Gesicht und die Arthritis in seinen Knien. Aber ansonsten ließen ihn die tief gebräunte Haut und das kurz geschnittene Haar mindestens fünfzehn Jahre jünger aussehen.

Als er vor der Kirche ankam, schaute er sich instinktiv um, um zu sehen, wer dort war. Eine alte Gewohnheit, aber es waren alte Gewohnheiten, die ihn all die Jahre am Leben gehalten hatten. In all den Jahren, in denen seine Freunde vom israelischen Mossad getötet oder entführt worden waren, hatte er selbst vier solcher Versuche nur deshalb überlebt, weil er wachsam geblieben war.

Paranoia ist gut, sagte er sich oft. Oft haben sie es wirklich auf dich abgesehen.

Nachdem er sich vergewissert hatte, dass keine unmittelbare Gefahr drohte, zog der Mann die robuste Kirchentür auf, die sich mit einem Quietschen öffnete. Es war schwül von Weihrauch und dunkel in der Kirche, die einzige Beleuchtung waren die flackernden Kerzen, die im Raum verteilt waren. Geradeaus vor ihm befand sich die obligatorische Jesus-Statue am Kreuz, deren qualvolles Gesicht von noch mehr Kerzen beleuchtet wurde.

Der Mann kniff die Augen zu, um in der Düsternis etwas zu erkennen, und sah eine ältere Frau in der dritten Reihe sitzen. Er atmete tief durch seine Nase ein. Dies war kein Treffen, auf das er sich freute. Die Frau war ihm um ein Vielfaches überlegen, und mit ihr war nicht zu spaßen. Bei ihr war der Schein trügerisch. Normalerweise weigerte er sich, mit Frauen zu verhandeln, aber wenn er sich bei dieser Frau weigerte, hätte er sein Leben auf der Stelle verspielt.

Als er sich ihr leise näherte, sagte sie, ohne sich umzudrehen. "Lassen Sie Ihre Waffe auf der Bank liegen. Und zwar langsam. Sie werden beobachtet."

Der Mann fluchte. Er hasste es, ohne seine Waffe zu sein. Er fühlte sich nackt, ohne sie. Aber jetzt hatte er keine andere Wahl. Er konnte sich nicht dazu durchringen, sich umzusehen, ob er wirklich beobachtet wurde, und zog langsam eine Walther-Pistole hervor und legte sie vorsichtig auf die Bank neben sich.

"Ich verstehe Ihre Vorsicht", sagte die Frau, "es sind gefährliche Zeiten, in denen wir leben. Aber wenn Sie noch einmal mit einer Schusswaffe zu einem Treffen mit mir kommen, werden Sie erschossen. Haben Sie mich verstanden?"

Der Mund des Mannes wurde trocken. "Ja, General."

"Gut, Herr Oberst. Setzen Sie sich neben mich und lassen Sie Ihre Hände auf den Knien, wo man sie sehen kann."

Der Oberst setzte sich auf die Bank neben der Frau, die sich General nannte.

"Was ist in Kolumbien passiert?", kam sie sofort zur Sache.

Der Oberst hatte mit einem Mal das Gefühl, dass er lieber woanders wäre. Er hatte das Gefühl, dass man ihm die Schuld für das Fiasko unterjubeln wollte.

"Wir kennen noch nicht die ganze Geschichte", sagte er mit einem leichten Zittern in der Stimme, "Gonzalez wurde in seinem Haus überfallen, er und seine Männer getötet und das Haus zerstört."

Die Generalin strich mit ihrer manikürten Hand über ihre teure Tweedhose. "Wer auch immer dafür verantwortlich ist, scheint sehr effizient zu sein. Haben wir irgendwelche Anhaltspunkte, wer es getan hat?"

"Nein, Frau General.”

"Nein?", wiederholte sie ungläubig, "Wir haben die Polizei auf unserer Gehaltsliste, das Militär, die Regierung und den verdammten Erzbischof, und Sie sagen mir, dass Sie keinerlei Anhaltspunkte haben, wer das getan hat?"

"Es könnte jeder sein", sagte der Mann abwehrend. "Gonzalez war ein Drogenbaron. Er hatte viele Feinde. Die Untersuchung wird Zeit brauchen."

Wie aus dem Nichts hielt die Frau ein Springmesser an die Halsschlagader des Obersts gedrückt. Er erstarrte.

"Wir haben keine Zeit", zischte die Generalin, "wir arbeiten nach einem strengen Zeitplan. Die Sendungen sind geplant, die Zahlungen und Vereinbarungen sind getroffen. Der Plan kann nicht aufgehalten oder verschoben werden. Hector Gonzalez war ein wichtiges Rädchen im Getriebe, dieses Rädchen fehlt jetzt."

"Es ist nicht meine Schuld", keuchte der Oberst, als die Klinge sein Fleisch anritzte.

"Sie haben eine Woche Zeit, um herauszufinden, wer für Gonzalez verantwortlich ist", sagte die Generalin, "sonst mache ich Sie dafür verantwortlich. Machen Sie nicht den Fehler zu glauben, dass Sie sicher sind, nur aufgrund dessen, wer Ihr Vater war".

Plötzlich zog sie das Messer weg und wischte die Klinge am Hemd des Obersts ab. "Sie können jetzt gehen", sagte sie,

"Sie haben Arbeit zu erledigen und die Zeit ist knapp. Eine Woche, um genau zu sein, wenn Sie überleben wollen."

Als der Oberst mit der Hand an seiner Halswunde auf die Füße taumelte, murmelte die Generalin. "Heil Hitler, Oberst Goebbels".

Der Oberst zögerte einen Moment lang. "Heil Hitler", wiederholte er.

Die Generalin wartete, bis der Oberst gegangen war, seufzte und stand auf. Die Jahre forderten ihren Tribut. Normalerweise lebte sie zu ihrer eigenen Sicherheit zurückgezogen in Chile, aber die Situation mit Gonzalez hatte sie gezwungen, nach Venezuela zu kommen, um direkt mit dem Oberst zu sprechen. Sie verließ ihr Anwesen nur ungern, auch wenn Juden aus Tel Aviv keine Ahnung hatten, wer sie wirklich war.

Ihre Mutter war schon lange tot, und ihr Vater noch länger. Sie hatte weder Kinder noch Familie. Es sei denn, man zählte die *Kameraden* zur Familie, in diesem Fall hatte sie Tausende. Alles gute Nationalsozialisten. Die ursprünglichen Nationalsozialisten starben rapide aus, aber ihre Söhne und Töchter traten an, um das Familienerbe weiterzutragen.

Töchter wie sie. Es gab keine Zeit, in der sie sich nicht voll und ganz für die Sache eingesetzt hätte. Das Lebenswerk ihres Vaters nicht fortzuführen, war für sie undenkbar.

Als sie aus der Kirchenbank trat, tauchte einer ihrer Leibwächter aus der Dunkelheit auf. Als sie sich umsah, bemerkte sie mehrere andere Leibwächter, die in der Dunkelheit standen.

"Bringen Sie mich zurück nach Chile, Berger", sagte die Generalin, "ich hasse dieses verdammte Land."

Berger nickte. "Wir sind im Handumdrehen zu Hause. Los geht's."

KAPITEL FÜNF

Als die Bombe explodierte, bebte das ganze Berliner Viertel.

Die Explosion war keine Überraschung, schließlich hatten die IS-Terroristen, die sich in der schmutzigen, baufälligen Wohnung verschanzt hatten, seit Tagen damit gedroht, sie zu zünden. Da alle benachbarten Zivilisten sicher evakuiert waren und ernsthafte Kapitulationsverhandlungen längst aufgegeben worden waren, konnte man nur noch auf das Unvermeidliche warten.

Schließlich zündeten die Extremisten die Bombe, als sie merkten, dass sie nicht bekommen würden, was sie wollten. Das war der Nachteil, wenn man versuchte, mit der Abteilung 89 zu verhandeln. Am Ende bekam man nie, was man wollte.

Als die Wohnung samt ihrer Bewohner in die Luft flog, standen Decker und Schmitz am Ende der Straße und sahen zu, wie das Wohnhaus in Flammen aufging.

"Das sind fünf IS-Spinner, auf dem Weg zu Allah, um ihre Jungfrauen zu treffen", witzelte Schmitz.

"Schade nur, dass sie es nicht geschafft haben, ohne gleichzeitig ein Berliner Mietshaus dem Erdboden gleichzumachen", sagte Decker säuerlich, "Unterwald wird ein Magengeschwür bekommen, wenn er den Bericht bekommt."

"Nicht alles lässt sich hübsch mit kleinen Schleifen verpacken", sagte Schmitz, während sein Telefon klingelte: "Hallo?"

Schmitz hörte einen Moment lang zu, dann sah er Decker an. "Kann das nicht bis morgen früh warten? Nein? Dann sind wir wohl auf dem Weg."

Schmitz legte auf und sah Decker an. "Wir werden in Liebermanns geheimem Technologielabor erwartet. Sie hat etwas, von dem sie behauptet, dass es nicht bis zum Morgen warten kann - und ich habe das Gefühl, dass es sich dabei nicht um ein unsichtbares Auto handelt."

Die Wette mit dem unsichtbaren Auto war ein Scherz, der jedoch teilweise der Wahrheit entsprach. Liebermann und ihr Team von Technikfreaks arbeiteten hart daran, die nächste Generation von militärischer Ausrüstung für Abteilung 89 zu entwickeln, und es würde niemanden überraschen, wenn sie am Ende ein unsichtbares Auto herausbringen würden.

Im Moment ging es vor allem um bessere Waffen, bessere Schutzwesten und bessere Computertechnologie. Aber Liebermann ließ immer wieder Andeutungen fallen, dass "etwas Großes" kommen würde. Schmitz hoffte insgeheim auf das unsichtbare Auto.

Decker und Schmitz betraten das Hauptquartier der Abteilung 89 und überließen die Aufgabe, Unterwald über den verwüsteten Straßenzug zu informieren, Feldwebel Sabine Graf. Sie murrte, weil sie immer die unangenehmen Aufgaben bekam. Als Schmitz scherzte, es läge daran, dass sie weiblich und blond sei, entschuldigte er sich sofort, als er ihren kalten, mörderischen Gesichtsausdruck bemerkte.

Sie fuhren in den Keller, wo sich die technische Abteilung befand. Da hier hochmoderne, streng geheime Geräte gelagert wurden, gab es erhöhte Sicherheitsvorkehrungen, und Decker und Schmitz wurden nach einem Iris- und Fingerabdruck-Scan, eingelassen.

Um diese Zeit war es hier unten ruhiger als sonst. Normalerweise wimmelte es auf den Fluren von Freaks und Nerds aller Art in weißen Kitteln, aber im Moment waren die einzigen Menschen, die Decker und Schmitz sehen konnten, Liebermann, die Leiterin der Abteilung, und eine finster dreinblickende Frau im Rollstuhl. Sie saß teilnahmslos da, als Decker und Schmitz sich näherten.

"Meine Damen", sagte Decker, "Sie sagten, es sei dringend. Hier sind wir."

Liebermann nickte. "Das ist Major Anja Peerdeman vom niederländischen Militärgeheimdienst. Sie wurde für eine Weile zu uns abgestellt, um unsere Methoden kennenzulernen. Es scheint, dass Kanzlerin Meyer den holländischen Premierminister davon überzeugt hat, dass sie ihre eigene Version der Abteilung bräuchten."

"Gott steh uns bei", sagte Schmitz. "Zwei 89er Abteilungen? Wie soll die Welt das verkraften?"

Peerdeman lächelte. "Wir haben Sie hierher gebeten, um über Ihr Souvenir aus Kolumbien zu sprechen."

"Wie bitte?", fragte Schmitz verwirrt.

"Als Sie kürzlich von Ihrer Kolumbien Reise zurückkamen, haben Sie einen hoch verschlüsselten Laptop mitgebracht", sagte Liebermann geduldig.

Der Nebel lichtete sich. "Ach ja", sagte Schmitz, "und? Kein Glück?"

"Major Peerdeman hat die Verschlüsselung geknackt. Wir sind drin."

"Wie haben Sie das geschafft?", fragte Schmitz sichtlich beeindruckt.

Peerdeman blickte abschätzig. "Es war schwierig. Aber wenn Sie sehen, was sich auf dem Gerät befand, werden Sie verstehen, warum sie sich so große Mühe gegeben haben."

"Da wir hier um Mitternacht in einer Ecke eines hochsicheren Labors flüstern", sagte Decker, "nehme ich an, dass die Festplatte nicht die Pornosammlung von Hector Gonzalez enthält?"

Peerdeman überreichte ihr grimmig einen Ordner. "Knapp daneben. Wenn es nur so einfach wäre. Wir haben die Höhepunkte ausgedruckt. Sie werden einen Drink brauchen, bevor Sie es lesen."

Decker klappte den Umschlag auf und sah Schwarz-Weiß-Fotos von SS-Offizieren der Nazis sowie verdeckte Überwachungsfotos in Farbe, Zahlentabellen, Baupläne und vieles mehr.

Decker seufzte und klappte den Ordner zu. "Verdammte Nazis. Ich dachte, wir wären fertig mit ihnen, aber wie Kakerlaken kriechen die immer wieder aus ihren Löchern."

Decker sah Liebermann und Peerdeman an. "Ich will, dass jeder einzelne Eintrag auf diesem Computer ausgedruckt wird. Und ich meine alles. Schicken Sie es verschlossen in mein Büro, wenn Sie alles haben, zusammen mit den digitalen Kopien."

"Und was dann?", fragte Liebermann.

"Dann beordere ich alle unsere Analysten mitten in der Nacht aus ihren Betten und ins Büro. Solange wir nicht wissen, was das alles soll, können wir nicht zur Kanzlerin gehen. Sie wird Antworten wollen, keine Fragen. Niemand geht nach Hause, bevor ich diese Antworten habe, und das gilt leider auch für Sie beide."

Als sie den Raum verließen, sah Peerdeman Liebermann an. "Ist sie immer so intensiv?"

Liebermann atmete tief durch. "Das war noch gar nichts."

Oberst Goebbels war unterwegs zu einem Treffen. Insgeheim hoffte er, dass sein Problem mit Hector Gonzalez sich damit lösen ließe. Er wusste nur zu gut, dass die Generalin keine leeren Drohungen ausstieß, und so war ihm klar, dass er nicht mehr lange zu leben hatte, wenn er nicht die Schuldigen für die Geschehnisse in Bogota ausfindig machen würde.

Zu seiner stillen Belustigung betrat Goebbels für sein Treffen eine weitere Kirche. Warum mussten es immer

Kirchen sein? Sein ganzes Leben lang hatte er organisierte Religion gehasst, insbesondere die katholische. Es war immer das Bestreben seines Vaters, Reichspropagandaminister Joseph Goebbels, gewesen, dass sie in den Augen der deutschen Öffentlichkeit verteufelt und geschlossen wurde. Nun nutzte sein unehelicher Sohn sie plötzlich regelmäßig für geheime Treffen.

Im Gegensatz zu der letzten Kirche, in der er sich mit die Generalin getroffen hatte, war diese Kirche luftiger, moderner und bot mehr natürliches Licht durch ihre Buntglasfenster. Außerdem war sie öffentlicher, was seine Sicherheit gewährleistete. Nicht einmal diese verrückten Israelis würden etwas in einer belebten öffentlichen Kirche versuchen. Doch angesichts der vielen Gläubigen, die sich dort tummelten, war es für ihn und seine Leibwächter unmöglich, Freund und Feind auseinanderzuhalten. Sie würden es riskieren müssen.

Als Goebbels den Kirchenraum absuchte, fiel sein Blick auf einen älteren Mann, der zusammengekauert eine religiöse Ikone zu betrachten schien. Bekleidet mit einem schäbigen Regenmantel und einem ramponierten Filzhut, sah der Mann aus, als habe ihm das Leben einen Schlag nach dem anderen versetzt.

Goebbels näherte sich leise, aber der Mann drehte sich trotzdem um und sah ihn mit seinen stechenden, grünen Augen aufmerksam an. Es war unmöglich, sich an Oberst Fritz Bormann heranzuschleichen. Er hatte einen sechsten Sinn für alles.

"Sie sind spät dran", sagte Bormann, "ich wollte gerade gehen."

"Das hätten Sie nicht gewagt", sagte Goebbels, "Sie wissen genau, wer ein persönliches Interesse an dem Mord an Hector Gonzalez hat."

"Frau General", grunzte Bormann, seine Verachtung für sie nur allzu offensichtlich, "ich nehme an, sie hat Ihnen den Rasierschnitt am Hals verpasst?"

Goebbels Hand fuhr instinktiv an die Wunde. Verdammt, das hatte er völlig vergessen. Bormann würde ihn nie vergessen lassen, dass eine Frau ihn geschnitten hatte.

"Diese Wunde soll uns alle daran erinnern, wie ernst sie diese Situation nimmt", sagte Goebbels gebieterisch, "wenn wir diese Situation nicht in den nächsten Tagen lösen, könnten wir alle über die Klinge springen."

"Hören Sie auf, sich wie eine alte Frau aufzuführen", schnaubte Bormann, "wir können die Kolumbianer oder andere südamerikanische Banden ausschließen. Das waren Profis."

"Und woher wissen Sie das?"

"Weil Gonzalez kein Idiot war", sagte Bormann, "hatte er überall Überwachungskameras und die Video- und Audioaufnahmen wurden vierundzwanzig Stunden am Tag in die Cloud gesichert. Bitte sehr."

"Es war doch sicher alles passwortgeschützt", stutzte Goebbels, "wie haben Sie es geschafft, sich Zugang zu verschaffen?"

Bormann schmunzelte. "Einer von Gonzalez' führenden Männern hat überlebt, er ist abgehauen, als es brenzlig wurde. Sagen wir, wir haben ihn ausfindig gemacht und ihn überzeugen können, uns die Log-in-Daten zu überlassen."

Goebbels wusste, was das bedeutete. Es war höchst zweifelhaft, dass dieser Mann noch am Leben war.

Bormann übergab einen USB-Stick. "Kopien des Videomaterials. Zwei Personen wurden in das Haus gebracht, sie unterhielten sich kurz mit Gonzalez, dann begannen die Schüsse. Es sieht so aus, als wäre auch mindestens ein Scharfschütze draußen gewesen. Das Filmmaterial hört auf, als das Haus in die Luft fliegt."

"Aber wer war es?", fragte Goebbels.

"Der Mann wird von Gonzalez auf dem Video als Max von Baden, ein Schweizer Geschäftsmann, identifiziert. Aber ich persönlich glaube nicht, dass die Schweizer etwas damit zu tun haben. Dazu haben die nicht die Eier. Mein Gefühl sagt mir, dass es der deutsche Geheimdienst ist, aber ich warte auf eine Rückmeldung von meinen Kontakten innerhalb des BND."

"Der BND", hauchte Goebbels, "die Generalin wird uns alle umbringen, wenn sie das erfährt. Wir sollten diese Idioten an die Leine nehmen. Irgendjemand hat da Mist gebaut."

"Ihr Problem, nicht meins", sagte Bormann abschätzig, "Ansonsten läuft alles? Ist Walküre noch auf Kurs?"

"Ja, vorausgesetzt, Gonzales Tod bringt nicht alle Pläne ins Wanken. Meinen Sie, wir können die Generalin getrost sagen, dass sein Tod nichts mit Walküre zu tun hat? Dass das alles nur ein dummer Zufall war?"

"Gonzalez war ein Drogenbaron", sagt Bormann, "er würde nie einen Beliebtheitswettbewerb gewinnen. Es ist also durchaus möglich, dass sein Tod tatsächlich nichts damit zu tun haben könnte. Aber ich bin noch nicht so weit, mich darauf zu verlassen. Ich warte auf die Bestätigung durch unsere Freunde in Berlin."

"Beeilen Sie sich", sagte Goebbels und machte sich auf den Weg, "ich persönlich möchte den Erfolg der Operation noch erleben. In der Zwischenzeit werde ich dafür sorgen, dass sie eine Kopie dieses USB-Sticks erhält. Wenn sie sieht, dass ich Fortschritte mache, wird sie hoffentlich nicht mehr so schnell Todesurteile aussprechen."

Bormann nickte nur, aber die Temperatur zwischen ihnen hatte sich merklich abgekühlt. Bormann mochte Goebbels und seine Art, sich die Lorbeeren für die Arbeit anderer Leute zu holen, noch nie. Bormann zweifelte nicht daran, dass er der Erste sein würde, der unter die Räder geraten würde, wenn Goebbels beschloss, dass es zu seinem Vorteil war.

Mit einem letzten Blick auf Goebbels, der geistesabwesend an seiner verschorften Halswunde spielte, drehte sich Bormann um und verschwand in der Menge der Gottesdienstbesucher, die zur Messe kamen. Beide Männer waren so sehr mit ihrem Abgang beschäftigt, dass sie den dunkelhaarigen, pockennarbigen Mann nicht bemerkten, der in einer der Kirchenbänke saß und sie aufmerksam beobachtet hatte.

Er wartete noch ein paar Momente, stand auf und verließ schnell die Kirche. Er hatte Meldung zu machen. Doch kaum war er vor der Tür, wurde er an den Armen gepackt und von zwei grob aussehenden Männern auf den Rücksitz eines verbeulten weißen Lieferwagens gestoßen.

Bormann saß auf dem Beifahrersitz.

"Amateur", murmelte er spöttisch, als der Fahrer den Motor anließ und losfuhr.

Wenn es etwas gab, was Hans Unterwald, Chef des Kanzleramtes, mochte, dann waren es gut durchgeführte Operationen. Keine Überraschungen, kein Durcheinander, nichts, was Kanzlerin Meyer in den Hintern beißen würde. Als er also einen Anruf von Major Decker erhielt, die ihm mitteilte, dass bei der Operation Hector Gonzalez etwas "dazwischen gekommen" sei, war er nicht erfreut.

"Ich dachte, Gonzalez fällt unter die Kategorie 'tote Arschlöcher'?", fragte er verärgert, als er spürte, dass einer seiner berüchtigten Migräneanfälle einsetzte.

"Das ist er", sagte Decker, "aber Schmitz hat auf dem Weg aus dem Haus einen Laptop mitgenommen und der Inhalt des Laptops hat, sagen wir mal, einige sehr rote Alarmsignale getriggert."

"Und rote Alarmsignale führen normalerweise zu Tod und Zerstörung, wenn es um Sie geht", sagte Unterwald, "ich nehme an, Sie wollen, dass die Kanzlerin bei diesem Treffen dabei ist, wenn Sie uns Ihre guten Nachrichten mitteilen?"

"Leider ja", sagte Decker, "ich weiß, dass Sie sie gerne bis zum letzten Moment abschirmen. Aber unsere Analysten haben das Laptop-Material durchgesehen und etwas ziemlich Beunruhigendes entdeckt."

"Heute Nachmittag, 15:00 Uhr. Die Kanzlerin hat da ein Treffen mit ihrem Vizekanzler, den sie verabscheut. Ich habe das Gefühl, dass sie nicht allzu verärgert sein wird, wenn sie stattdessen Sie treffen muss."

"Freuen Sie sich nicht zu früh", sagte Decker, "Sie wissen noch nicht, was wir Ihnen beiden zu sagen haben. Legen Sie sich schon mal einen Vorrat an Schmerztabletten zu."

In der heißen venezolanischen Sonne erwachte der Mann, der auf der Straße vor der Kirche entführt worden war, plötzlich mit einem heftigen Schock. Die Medikamente, die ihm zur Beruhigung verabreicht worden waren, ließen langsam nach, aber sein Verstand war immer noch benebelt.

Er fand sich an Händen und Füßen mit dicken Seilen gefesselt, und über seinem Kopf war ein Sack, der stark nach Benzin roch, sodass ihm sofort übel wurde und er würgen musste.

Nachdem er einige Minuten vergeblich versucht hatte, sich zu befreien, ließ er sich zurückfallen und schätzte die Situation ein. Er hatte nichts bei sich, was ihn hätte identifizieren können, und er war darauf trainiert, ein längeres "verschärftes Verhör" zu überstehen.

Aber seine Chancen auf Rettung waren nicht gut. Niemand wusste, wo er war. Er hatte die letzte Absprache mit seinem Chef absichtlich versäumt, um das Treffen in der Kirche nicht zu verpassen.

In diesem Moment wurde ihm klar, dass niemand kommen würde. Er war auf sich allein gestellt.

KAPITEL SECHS

Die Sitzung an diesem Nachmittag im Kanzleramt war nur für die wichtigsten Mitarbeiter vorgesehen, aber Decker hielt es für notwendig, auch Liebermann und Peerdeman einzubeziehen, da sie bei der Analyse der Laptop-Datei an vorderster Front gestanden hatten. Pünktlich um drei Uhr berief Unterwald die Sitzung ein, und neugierige Blicke richteten sich auf Peerdeman. Unterwald war sehr charmant.

"Ich glaube nicht, dass ich das Vergnügen hatte, Sie kennenzulernen", sagte er und lächelte. Aus dem Augenwinkel sah er, wie Decker mit den Augen rollte.

"Major Peerdeman, niederländischer Militärgeheimdienst", sagte Peerdeman höflich. Sie hasste Smalltalk, weil jedes Gespräch unweigerlich auf ihre Behinderung zu sprechen kam, über die sie nur ungern sprach. Sie war eine Kriegsheldin mit einem IQ, der höher war als der von Einstein, aber die Leute waren immer so auf ihren Stuhl fixiert.

"Und welches Interesse haben die Niederlande an unserer Angelegenheit Hector Gonzalez?", fragte Meyer diplomatisch.

"An Gonzalez? Keines. Ich bin für eine kurze Zeit zur Abteilung 89 abgeordnet, um alles über Sie zu erfahren. Wie es scheint, ist unser Premierminister ganz vernarrt in die Idee, eine ähnliche Einheit zu gründen, also bin ich hier, um zu sehen, wie die Dinge laufen."

"Ich verstehe", sagte Meyer und ärgerte sich insgeheim, dass sie nicht vorher gefragt worden war. Dies war ein weiterer Fall, in dem Unterwald entschieden hatte, was zu tun war, ohne sie zu fragen.

Unterwald spürte, dass das Gespräch abdriftete, und wollte die Sache vorantreiben. "Sie sagten, Sie hätten schlechte Nachrichten, Major? Wollen Sie es uns sagen, oder spannen Sie uns weiter auf die Folter?"

Decker nickte Liebermann zu, die Bilder von uniformierten Nazi-Offizieren auf dem Bildschirm einblendete. "Gonzalez war ein Nazi und er hatte Kontakt zu vielen anderen Nazis in der ganzen Welt."

Unterwald sah sich die Bilder an und runzelte die Stirn. "Ist das alles? Bei Ihnen klang es so, als ginge es um Leben und Tod."

"Oh", sagte Schmitz, "und er hatte Baupläne für eine Atombombe auf seiner Festplatte. Hätten wir fast vergessen."

Meyer lehnte sich in ihrem Stuhl zurück, schaute an die Decke und dachte an einen Drink.

"Eine Atombombe?", sagte sie schließlich. "Was in aller Welt hat Gonzalez damit zu tun, eine Atombombe für die

Nazis zu bauen? Ich dachte, er war ein Drogenbaron, um Himmels willen."

"Aus den Tabellen auf seinem Laptop geht hervor, dass er riesige Geldsummen verschoben hat", so Peerdeman, "es ist offensichtlich, dass er der Geldgeber hinter dem Projekt war. Über seine Motive, mit Nazis zu verkehren, wissen wir nichts, und vielleicht werden wir es nie erfahren. Offensichtlich war es hat es sich für ihn gelohnt, ein so großes Risiko einzugehen."

"Wie stehen die Chancen, dass diese....Unternehmung....mit Gonzalez gestorben ist?", fragte Unterwald vorsichtig, "keine Finanzierung, keine Bombe?"

"Wer kann sagen, dass die Bombe nicht voll finanziert und fertig gebaut ist", sagte Decker unverblümt, "oder dass die nicht bereits einen zweiten Geldgeber in der Hinterhand haben?"

"Wir können nichts ausschließen", sagte Meyer entschlossen, "bis wir also etwas anderes wissen, müssen wir die Sache ernst nehmen und weiter verfolgen. Zu ignorieren, was auf dem Laptop ist, kommt nicht infrage. Konnten wir einen der Nazioffiziere auf den Fotos identifizieren?"

"Nein", sagte Liebermann, "sie tauchen in keiner Datenbank auf, auch nicht in den Archiven der Nazis, die von den Amerikanern am Ende des Krieges erobert wurden. Diese Offiziere sind insofern unheimlich, als es absolut nichts über sie gibt".

"Für ein Regime, das sich seiner Dokumentation rühmt, fällt es mir schwer, das zu glauben", sagte Unterwald, "lassen Sie sie von den Simon-Wiesenthal-Kriegsverbrecher-Leuten überprüfen. Mal sehen, ob die wissen, wer sie sind - natürlich mit einer passenden Coverstory. Wir wollen nicht, dass die Bombengeschichte ans Licht kommt."

"Ich finde es schwer zu glauben, dass unser eigener BND nicht wusste, dass Gonzalez Nazis finanzierte", sagte Meyer, "Major Decker, sprechen Sie mit dem BND-Direktor und finden Sie heraus, ob sie nachrichtendienstliche Informationen über Gonzalez zurückgehalten haben. Sprechen Sie auch mit Ihrem Kontaktmann beim MI6 - Mr. Humphries heißt er?"

"Je mehr Leute wir da mit reinziehen, desto schneller kommt die Sache mit der Atombombe an die Öffentlichkeit", wandte Decker ein.

"Ich verlasse mich darauf, dass Sie gutes Urteilsvermögen beweisen", sagte Meyer, "erzählen Sie nur denjenigen von den Bombenplänen, denen Sie unbedingt davon erzählen müssen. Bei den anderen machen Sie, was Sie immer machen - Sie erzählen ihnen einen Haufen Mist."

Unterwald stand mit einem Lächeln auf dem Gesicht auf. "Das Treffen ist vorbei. An die Arbeit, Leute."

Die Tür zu dem abgedunkelten Raum öffnete sich und der gefesselte Mann mit dem Sack auf dem Kopf konnte hören und fühlen, wie eine andere Person ihn ansah. Seiner anderen Sinne beraubt, war sein Gehör plötzlich verstärkt, und als der Besucher auf Deutsch zu fluchen begann, hörte er es vollständig.

Dann das Geräusch einer zweiten Person, die ankommt. Diese Person schloss die Tür hinter sich und sagte zu der ersten Person auf Deutsch: "Runter mit dem Sack".

Plötzlich wurde dem Mann der Sack vom Kopf gezogen, und nachdem er einige Male geblinzelt hatte, rückte sein Blick in Fokus und er sah seine Entführer. Einer von ihnen war der alte Mann im vorderen Teil des Wagens, den anderen erkannte er nicht.

"Ich bin auf viele Dinge stolz", begann Bormann in perfektem Englisch, "aber eines der Dinge, auf die ich besonders stolz bin, ist, dass ich einen Juden riechen kann. Und Sie sind ein Jude, nicht wahr? Lassen Sie mich raten....israelischer Mossad?"

Schweigen.

"Hmmm, nicht in der Stimmung zum Reden? Das können wir ändern. Wie das alte deutsche Klischee sagt: ‘wir haben Mittel und Wege, Sie zum Reden zu bringen!’" schallendes Gelächter von Bormann.

Der Entführte saß nur da und starrte. Er wusste, dass es nichts brachte, etwas zu sagen. Sie würden ihn nicht freilassen. Das Einzige, was passieren würde, wenn er redete, wäre der Beweis, dass er tatsächlich Israeli war - und obwohl sie das vermuteten, sollte er zumindest den Zweifel so lange wie möglich in ihren Köpfen am Leben zu halten.

"Ich denke, wir sollten damit beginnen....unseren Gast etwas aufzulockern", sagte Bormann nachdenklich zu dem anderen Mann, "bereiten Sie ihm ein schönes eiskaltes Bad. Dann beginnen wir mit seinen Finger- und Fußnägeln. Unser kleiner Jude wird schon reden. Das tun sie immer."

Peter Humphries war der MI6-Stationsleiter der britischen Botschaft in Berlin. Wie so viele andere hegte auch er eine tiefe Furcht und einen heimlichen Respekt vor Decker und Schmitz. Als seine Sekretärin ankündigte, dass sie vor der Tür standen und um ein Treffen baten, fühlte er sich plötzlich krank.

"Tee", sagte er, "extra stark, mit einem Schuss Brandy darin."

"Und für Ihre Besucher?", erkundigte sich der Sekretär.

"Sie werden nicht lange genug für Tee bleiben", sagte Humphries, "schicken Sie sie hoch und unterbrechen Sie mich nach zehn Minuten, um mich an meinen dringenden Termin mit dem Botschafter zu erinnern."

Die Sekretärin nickte verständnisvoll und schloss leise die Tür. Als Decker und Schmitz zehn Minuten später das Büro betraten, trank Humphries bereits seinen Tee.

"Major, Hauptmann", nickte Humphries, "ich wünschte, ich könnte sagen, es wäre mir ein Vergnügen, aber wenn Sie kommen, hat sich mein Papierkram hinterher vervierfacht."

"Und ich dachte schon, wir wären Freunde", sagte Schmitz, "kein Tee für uns?"

"Tut mir leid, ich habe den letzten Teebeutel aufgebraucht", sagte Humphries, "wie kann ich helfen?"

"Was wissen Sie über einen aufrechten kolumbianischen Bürger namens Hector Gonzalez?", fragte Decker.

"Oh, der sagt mir sehr wohl was", sagte Humphries und wühlte in einem Stapel von Ordnern auf seinem Schreibtisch, "sein Name tauchte neulich in einem MI6-Update auf. Ja, da haben wir's. Er ist tot. Er wurde in seinem Haus ermordet von ... oh shit, das waren Sie, nicht wahr?"

"Ja", sagte Decker, "er hat jede Menge Drogen in die EU geschleust, von denen die meisten hier in Deutschland landeten. Wir haben beschlossen, sein EU-Geschäftsvermögen sozusagen zu liquidieren."

"Es scheint, als wüssten Sie schon alles über ihn", sagte Humphries zynisch, "Womit kann ich Ihnen denn da noch dienen?"

"Wir klären nur ein paar Punkte, damit wir die Akte schließen können", sagte Schmitz sanft, "hat der MI6 ihn überwacht? Gibt es eine Akte über ihn, in die wir einen Blick werfen können?"

"Ich weiß es nicht", sagte Humphries vorsichtig, "das müssten Sie unseren Stationsleiter in Bogota fragen. Aber die werden es Ihnen wahrscheinlich nicht sagen. Betriebsgeheimnisse und so'n Humbug."

"Dann ist es ja gut, dass wir hier sind", sagte Decker freundlich, "könnten Sie zum Telefon greifen und für uns fragen?"

Humphries seufzte kurz, dann griff er zum Telefon und rief die britische Botschaft in Kolumbien an.

"Humphries hier, Leiter der Station in Berlin. Zwei deutsche Geheimdienstler sind hier und fragen nach einem Mann namens Hector Gonzalez. Sie wollen wissen, ob wir ihn beobachtet haben und ob es eine Akte gibt..."

Humphries schaute auf den Telefonhörer. "Sie haben aufgelegt."

"Oje", sagte Decker, "sieht aus, als hätten wir eine wunde Stelle gefunden."

Sir Edward Davies, ehemaliger Mitarbeiter des MI5 und jetzt Stabschef des Premierministers, saß in seinem Büro in der Downing Street, als das Telefon klingelte.

"Davies", sagte er und klang gelangweilt, als er abnahm.

"Hood hier, Leiter der Station in Bogota. Hatte gerade den Stationsleiter in Berlin am Telefon, der sich nach Hector Gonzalez erkundigt hat. Anscheinend schnüffelt der deutsche Geheimdienst herum."

"Verdammt", sagte Davies leise, "wie zum Teufel haben die Deutschen das herausgefunden?"

"Was soll ich tun?", fragte Hood.

"Nichts", sagte Davies, "Sie wissen nichts und haben nichts auf Papier. Wenn die Deutschen auf ihren Nachforschungen bestehen, melden Sie sich bei mir. Ansonsten vergessen Sie, dass Sie den Namen Hector Gonzalez gehört haben."

"Wen vergessen?"

"Guter Mann", lächelte Davies und legte den Hörer leise auf. Dann wandte er sich wieder der Akte zu, die er studiert hatte, als ob nichts geschehen wäre.

KAPITEL SIEBEN

Der Israeli war in schlechter Verfassung.

Man hatte ihn an den Handgelenken aufgehängt, bis zur Taille ausgezogen, geknebelt, geschlagen und ihm die Nägel ausgerissen. Blut und Schweiß klebten in seinem Gesicht, an Händen und Füßen. Er fühlte sich, als ob er in Flammen stünde.

Aber bisher war er noch nicht zusammengebrochen. Er war darauf trainiert, diese Art von Folter zu ertragen, also wusste er, dass er noch länger durchhalten konnte. Außerdem hatte man ihn noch nicht wirklich etwas gefragt. Es war eine seltsame Art des Verhörs.

Das alles änderte sich allerdings, als Bormann in das dunkle Lagerhaus zurückkam. Er aß ein Sandwich und der Magen des Israelis knurrte, als ihm bewusst wurde, wie lange es her war, dass er das letzte Mal etwas gegessen hatte.

"Der Jude hat Hunger", gluckste Bormann, "ist unser Jude denn schon bereit zu reden?"

Bormanns Komplize schüttelte den Kopf. "Nein, Oberst Bormann."

Bormann sah nicht überrascht aus. Er aß weiter und leckte sich theatralisch die Finger ab, damit der Israeli etwas davon hatte.

"Warum sind Sie mir gefolgt? Wie viel weiß Tel Aviv über das Walküre-Projekt? Warum haben die Deutschen Hector Gonzalez getötet?"

Der Israeli hielt seinen Kopf gesenkt und schüttelte sich.

Bormann sah nachdenklich aus, als er sein Essen beendete. "Ich nehme an, wir müssen unsere Verhörmethoden beschleunigen. Wir haben keine Zeit zu verlieren. Vielleicht helfen Elektroden, um Ihre Zunge zu lockern?"

Er sah den anderen Mann im Raum an. "Tun Sie es und rufen Sie mich an, sobald er zu reden beginnt."

In dem Moment, als Bormann den Raum verließ, holte der andere Mann die Elektroden heraus. Dann ging er zu dem Israeli hinüber, der plötzlich an den Seilen schlaff geworden war.

"Komm schon, Du Abschaum. Aufwachen, Zeit für ein ..."

Weiter kam er nicht. Trotz seiner Verletzungen bewegte sich der Israeli schnell. Mit einer gewaltigen Bewegung riss er seine Beine hoch und schlang sie um den Hals seines Peinigers. Mit einem brutalen Ruck brach das Genick wie ein Zweig und der Folterer sackte neben den prasselnden Elektroden zu Boden, die er kurz zuvor hatte ansetzen wollen.

Der Israeli schaffte es, sich aus den Fesseln zu befreien und sprang sanft auf den Boden. Als er den Knebel abzog, schrien seine Armmuskeln vor Schmerz. Aber das war im Moment das geringste seiner Probleme.

Wo war er und wie sollte er hier rauskommen?

Deckers nächster Besuch galt dem Direktor des BND, Humphries Pendant beim deutschen Auslandsnachrichtendienst. Zu sagen, sie und er würden sich nicht verstehen, wäre die Untertreibung des Jahrhunderts. Allein aus diesem Grund ließ sie Schmitz im Büro zurück und ging allein zu dem geplanten Treffen.

Der Direktor, Michael Ritter, hasste Decker. Und zwar leidenschaftlich. Es war noch nicht lange her, dass Decker vorübergehend Ritters Vorgängerin gewesen war, aber als sie den Job freiwillig aufgegeben hatte, hatte sie von der BND-Führung ein gewisses Maß an Dankbarkeit erwartet, dass sie in einem Machtrausch die Behörde nicht dauerhaft übernommen hatte. Doch Ritter machte von Anfang an deutlich, dass er Decker und ihre "Bande Krimineller" nicht schätzte und schwor, sie auszuschalten.

Aber da man genau das seit der Gründung der Abteilung 89 versucht hatte, kümmerte sich Decker wenig um Ritters Drohungen. Außerdem stand sie unter dem Schutz von Kanzlerin Meyer. Ihre Weigerung, einen Kniefall vor dem Establishment zu machen, brachte ihr daher noch mehr Feindschaft in den konventionellen Geheimdienstkreisen ein.

Ritter war schwer versucht gewesen, Deckers Bitte um ein Treffen zu ignorieren, aber ehrlich gesagt sah er es als eine Möglichkeit an, herauszufinden, was sie vorhatten.

Er wusste auch, dass er sich vor der Kanzlerin und ihrem Stabschef rechtfertigen musste, wenn er rebellierte. Wie viele spießige und starrsinnige Regierungsbeamte freute sich auch Ritter auf den Tag, an dem Meyer nicht mehr im Amt war und er endlich die Oberhand gewinnen würde.

Decker hatte Ritter gesagt, er solle sie am Brandenburger Tor treffen. Als er dort ankam, stellte er irritiert fest, dass sie nicht da war und verfluchte im Stillen ihre Verspätung. Tatsächlich aber stand sie mit einer dunklen Sonnenbrille an einer der Säulen des Tores. Als Ritter sich umdrehte, wedelte Decker mit dem Finger nach ihm, als wäre er ein gehorsamer Hund. Wie Decker vorausgesagt hatte, hasste er das.

"Behalten Sie Ihren Finger für sich, *Major,* wenn Sie ihn behalten wollen", sagte er und nannte ihren Rang mit Herablassung. Aber für Decker war das Wasser auf ihre Mühlen.

"Kommen Sie, *Herr Direktor* Ritter", sagte sie mit der gleichen Herablassung, "ich habe nicht den ganzen Tag Zeit, um mit den Hilfskräften zu plaudern."

"Was wollt Sie?", sagte Ritter, "einige von uns haben zu arbeiten."

"Wusste der BND, dass Hector Gonzalez mit Neonazis unter einer Decke steckte und ihnen beim Bau einer Atombombe half?"

Ritter sah schockiert aus, lenkte aber ab, indem er das Thema wechselte. "Sie meinen, der Hector Gonzalez, der jetzt tot ist, vermutlich dank Ihnen?"

"Beantworten Sie bitte meine Frage und wechseln Sie nicht das Thema."

Ritter sah beleidigt aus. "Ganz und gar nicht. Im Gegensatz zu Ihnen können wir nicht einfach...."

"Und wenn ich die BND-Akten einfordere, würde das bestätigen, was Sie gerade gesagt haben?", unterbrach Decker, "dass Sie es nicht wussten?"

"Sie haben kein Recht, ohne meine Erlaubnis auf BND-Akten zuzugreifen, und ich weigere mich, sie zu erteilen", sagte Ritter spießig.

"Ich wusste, dass Sie das sagen würden", sagte Decker und holte ihr Telefon heraus, "mein Kollege ist gerade in Ihrem Büro und hat einen vom Kanzlerin unterzeichneten Auftrag, alle relevanten BND-Akten einzusehen. Soll ich ihn anrufen und ihm sagen, dass er loslegen soll? Oder können wir gleich mit dem Quatsch aufhören und zur Wahrheit kommen?"

"Verdammt, Decker", zischte Ritter wütend, "Sie haben keine Ahnung, was Sie angerichtet haben, mit der Exekution von Gonzales."

"Das ist Ihre einmalige Gelegenheit, Ihre männliche Macho-Dominanz dieser schwachen, naiven Frau angedeihen zu lassen und ihr zu zeigen, wie die Welt funktioniert. Erzählen Sie mir alles, Direktor."

Der Israeli humpelte über den Betonboden mit seinen nackten, von der Folter quälend schmerzenden Füßen. Mit der Waffe, die er Bormanns Komplizen abgenommen hatte, ging er vorsichtig auf die Tür des Lagerhauses zu und beschloss, dass er keine andere Wahl hatte, als zu sehen, was auf der anderen Seite war. Er betete nur, dass es keine Wachleute waren. In seinem derzeitigen Zustand konnte er nicht garantieren, dass er geradeaus schießen konnte.

Langsam drückte er den Türgriff nach unten, und die Tür schwang auf und das heiße, helle Sonnenlicht schlug ihm ins Gesicht. Er blinzelte, um seine Augen zu fokussieren, humpelte nach vorne und schaute nach links und rechts. Als er sicher war, dass niemand auf ihn wartete, ging er weiter.

Er sah sich nicht um, und als er sicher war, dass wirklich niemand in der Nähe war, begann er zu rennen. Er musste herausfinden, wo er war, und zu einer israelischen Botschaft gelangen.

Decker beschloss, dass ein bisschen Ego-Massage angesagt war, und kaufte Ritter einen Kaffee. Das Koffein schien ihn etwas zu besänftigen.

"Ich habe nichts gegen Ihre Abteilung, Major", sagte er, "aber in diesem Fall wünschte ich, Sie hätten mit uns gesprochen, bevor Sie Gonzalez ausschalten."

"Ich dachte, Sie wollten, dass die Abteilung geschlossen wird?"

"Sie sind eine Klasse-A Nervensäge, das steht fest", sagte Ritter, "und Sie außerhalb der Befehlskette zu haben, ist mehr als lästig. Aber trotzdem bin ich neidisch auf Ihre Unabhängigkeit. Wenn ich ganz ehrlich zu mir selbst wäre, würde ich sagen, dass das das Problem ist. Eifersucht."

"OK", sagte Decker, "jetzt, wo wir die Therapie hinter uns haben, was war das mit Gonzalez?"

"Gonzalez war CIA-Agent, aber er lieferte auch Informationen für die Europäische Union. Glauben Sie mir, Sie haben nicht nur den BND verärgert. Die Franzosen gehen die Wände hoch und die Italiener verschlucken sich an ihren Espressi.

"Auf die Gefahr hin, dass ich mich wiederhole: Wussten Sie, dass er eine Atombombe baute?"

"Wir hatten den starken Verdacht", seufzte Ritter, "aber unser Geheimdienst konnte ihn nie etwas nachweisen. Wir haben seine zahlreichen Bankkonten überwacht, seine Containerschiffe verdeckt nach Rohstoffen durchsucht und mehrere seiner Drogenlabors durchsucht, von denen wir annahmen, dass sie zur Uranraffinierung genutzt wurden. Nichts kam dabei heraus. Wie haben Sie das herausgefunden?"

"Blaupausen und Schaltpläne auf einem Laptop, der aus seiner Villa gestohlen wurde. Und Tabellen eines Bankkontos, von dem aus er Zahlungen geleistet hat."

"Er hat das alles auf einem Laptop gespeichert?", fragte Ritter erstaunt, "ich nehme nicht an, dass wir den sehen können?"

Decker dachte einen Moment nach. "Im Geiste der Zusammenarbeit werde ich Ihnen Kopien schicken. Aber nur unter zwei Bedingungen."

"Fahren Sie fort", sagte Ritter misstrauisch.

"Erstens: strengste Beschränkungen für die Einsichtnahme in das Material. Und zweitens: Wir wollen uneingeschränkten Zugang zu den BND-Akten, jetzt und in Zukunft. Keine Streitereien mehr zwischen den Behörden. Wir sind hier auf derselben Seite. Ach ja, und Punkt drei von zwei: Auch wenn wir in dieser Sache Ihre Hilfe brauchen, bleibt die Abteilung 89 zuständig."

Ritter dachte darüber nach und streckte seine Hand aus. "Abgemacht."

KAPITEL ACHT

In der chilenischen Hauptstadt Santiago brannten die Lichter im Palast der General hell.

Sie saß in einem braunen Ledersessel, trank Brandy, streichelte den Kopf ihres Hundes und las eine sehr alte, abgenutzte Ausgabe des *Nibelungenliedes*. Ihre Mutter hatte ihr erzählt, dass das Buch ihrem Vater gehört hatte, und tatsächlich zierten seine Unterschrift und sein Exlibris die ersten Seiten des Buches. Es war einer der wertvollsten Besitztümer der General.

Sie wurde bei ihrer Lektüre von ihrem Leibwächter Berger unterbrochen, der den Raum betrat. Er hielt ein schnurloses Telefon in der Hand. Der Hund knurrte aus Protest über die Unterbrechung.

"Oberst Bormann am Telefon", sagte er leise, "es gab einen Zwischenfall."

Die Generalin rollte mit den Augen. "Erzählen Sie mir etwas Neues. Geben Sie mir das Telefon."

Sie legte ihr Buch und ihr Glas beiseite und nahm den Hörer ab. "Ja, Herr Oberst, was gibt es?"

"Der Jude ist entkommen", sagte Bormann aufgeregt, "er hat den Mann getötet, der ihn gefoltert hat."

"Das war ziemlich unvorsichtig von Ihnen, Herr Oberst", sagte die Generalin eisig, "jetzt wird er zu seinen Herren nach Tel Aviv eilen und ihnen alles erzählen. Und wem sollen wir dann die Schuld an dem Debakel geben? Ihnen?"

"Er weiß nichts, General", sagte Bormann schnippisch, "und schon bald wird er wieder bei uns sein, wo er für immer zum Schweigen gebracht wird."

"In der Zwischenzeit", sagte die Generalin wütend, "vergeuden Sie Zeit mit mir am Telefon. Rufen Sie nicht zurück, bevor Sie ihn haben. Wenn Sie ihn nicht zurückbekommen, brauchen Sie *nie wieder anzurufen*, denn dann ist Ihr Leben verwirkt."

Die Generalin legte auf und blickte zu Berger.

"Können wir die Dinge um eine Woche vorverlegen?"

Berger war erschrocken. "Eine Woche? Das wäre eine Herausforderung, General. Ich würde es vorziehen, mich an unseren ursprünglichen Zeitplan zu halten."

"Würden wir das nicht alle?", sagte die Generalin leise und reichte das Telefon zurück, "beschleunigen Sie den Zeitplan und sorgen Sie dafür, dass die nächste Stufe von Walküre aktiviert wird und sieben Tage früher als geplant starten kann."

Berger seufzte tief, als ob sein Leben plötzlich hundertmal

komplizierter geworden wäre. "Ich werde den Auftrag weitergeben."

Der Israeli war kurz davor, vor Schmerz und Erschöpfung ohnmächtig zu werden, als er den Bauernhof vor sich sah. Er beschleunigte sein Tempo und sprintete den Feldweg hinauf zur Eingangstür des Bauernhauses. Seine schmerzenden Muskeln schrien aus Protest bei jedem Schritt.

Wenn es dort jemanden gab, musste er hoffen, dass er ihm freundlich gesinnt war. Aber wie sich herausstellte, war das Bauernhaus leer. Offensichtlich waren der Bauer und seine Familie ausgegangen. Der Israeli hatte das Gefühl, als würde ihm das Glück endlich hold sein.

Als er die Hintertür öffnete, die in die Küche führte, sah er die Reste des Abendessens auf dem Tisch und stopfte sich die Reste vom Tisch in den Mund. Durch das Essen fühlte er sich wieder wie ein Mensch, auch wenn ihm sein blutüberströmter Körper enorme Schmerzen und Qualen bereitete. Er brauchte medizinische Hilfe, und zwar schnell, aber noch wichtiger war, dass er sich melden und berichten musste, was er wusste.

Als er sich umdrehte, sah er ein an der Wand befestigtes Telefon. Er griff nach dem Hörer und wählte aus dem Gedächtnis eine Nummer - den Mossad-Chef in der israelischen Botschaft in Caracas.

"Ich bin es", sagte der Israeli, "nein, nicht sprechen, zuhören. Ich habe vielleicht nicht mehr viel Zeit. Ich wurde vor einer Kirche geschnappt, in ein Lagerhaus gebracht und gefoltert. Sie haben nichts herausbekommen, aber *ich* habe etwas in Erfahrung gebracht. Sie führen eine Operation namens Walküre durch. Und der Mann, der sie leitet - der, dem ich gefolgt bin - heißt Bormann. Ja, wie Hitlers Reichsminister. Und sie erwähnten, dass ein gewisser Hector Gonzalez von den Deutschen getötet wurde?"

Plötzlich konnte der Israeli draußen Geräusche hören. Er hatte das unheilvolle Gefühl, dass es nicht der Bauer und seine Familie waren, die zurückkehrten.

"Ich muss gehen. Sag es den Deutschen", sagte er.

Kaum hatte er die Worte ausgesprochen, wurde die Tür aufgerissen und Bormanns Männer stürmten herein. Sie feuerten kurz hintereinander mehrere Schüsse ab, die den Israeli alle in die Brust trafen. Er fiel tot zu Boden.

Den Telefonhörer hielt er noch in der Hand, und als einer von Bormanns Männern danach griff, hörte er den Mossad-Chef in die Leitung rufen.

"Moshe? Bist du da? Sag doch was."

Der Deutsche nahm den Hörer ab und schmunzelte.

"Moshe ist tot. *Auf Wiedersehen*." Dann legte er auf.

Die Männer feuerten eine letzte Kugel in die Leiche, um sicherzugehen, und verließen die Hütte so schnell, wie sie gekommen waren. Währenddessen starrten Moshe's tote Augen zur Decke, ohne zu sehen.

Lev Cohen, der Leiter der Mossad-Station, war fassungslos, als er den dumpfen Ton der Telefonleitung hörte. Nicht nur, dass er gerade den gewaltsamen Tod eines seiner besten Agenten hatte mit anhören müssen, der Mörder hatte auch noch die Frechheit besessen, sich am Telefon damit zu brüsten.

Walküre? Was hatte das alles zu bedeuten? Und war dieser Bormann wirklich mit *jenem* Bormann verbunden? Darüber konnte man nicht nachdenken.

Schweren Herzens nahm Cohen den Hörer ab.

"Holen Sie den BND-Beamten in der deutschen Botschaft. Sagen Sie ihm, dass es höchste Priorität hat, dass wir sprechen."

Decker hatte endlich mit ihrer Gewohnheit gebrochen und war zum ersten Mal seit Wochen wieder in ihre Wohnung zurückgekehrt. Sie wusste ehrlich gesagt nicht, warum sie ihre Wohnung behielt, da sie fast nie dort war. Die meiste Zeit schlief sie auf einem Feldbett in ihrem Büro. Als sie schließlich in ihre leere und kalte Wohnung zurückkehrte, erinnerte der Staub sie daran, wie lange es her war, dass sie das letzte Mal dort gewesen war.

Sie öffnete den Kühlschrank, um das magere Angebot zu begutachten, griff direkt nach der Wodkaflasche. Sie schnappte sich ein Glas, ging ins Wohnzimmer, schüttete den Alkohol in das Schnapsglas und machte sich bereit, es in einem Zug zu leeren.

Bevor sie das tun konnte, klingelte ihr Telefon.

"Mein Gott, kann ich nicht wenigstens einen Drink haben?", sagte sie zu sich selbst. Sie hob ab. "Ja?"

Es war der Direktor des BND, Michael Ritter. "Wir müssen reden, Major. Nicht am Telefon. Ins Kanzleramt sofort."

"Ich nehme an, das kann nicht bis morgen warten?"

"Auf keinen Fall. Das Gonzalez-Fiasko ist in großem Stil explodiert."

Decker griff nach ihrer Jacke. "Ich bin auf dem Weg."

Hans Unterwald erschien im Smoking im Kanzleramt. Er hatte mit der Kanzlerin gegessen und getrunken, als er die Nachricht erhielt, er solle alles stehen und liegen lassen. Er sah nicht glücklich darüber aus.

"Hätte das nicht bis nach dem Dessert warten können?", fragte er. Er war bekannt für seine Vorliebe für Süßes, was wahrscheinlich seine fünfte Frau erklärte.

"Nein", sagte Ritter. Dann erzählte er Unterwald und Decker alles, was der Mossad dem BND in Venezuela mitgeteilt hatte und was über eine sichere Leitung fast sofort an Ritter in Berlin weitergeleitet worden war.

Unterwald schaute fassungslos. "Der Name des Mannes war Bormann? Nicht *der* Bormann?"

"Unmöglich", sagte Ritter abschätzig, "Bormann wäre inzwischen weit über hundertzwanzig Jahre alt. Nein, ich vermute, wenn er blutsverwandt ist, vielleicht ein Sohn oder ein Enkel?"

Unterwald setzte sich schwer. "Und wie steht er in Verbindung mit Gonzalez?"

"Bormann fragte den inzwischen verstorbenen israelischen Agenten, warum Gonzalez von Deutschland getötet wurde".

Decker war wütend. "Wir haben keine Spuren hinterlassen, Sie können nicht wissen, dass wir das in Kolumbien waren."

"Nun, sie wissen es", knurrte Unterwald, "irgendwie haben wir eine Lücke und Informationen sprudeln heraus."

"Und wir haben einen Operationsnamen - Walküre", sagte Ritter, "aber wir wissen noch nicht, was es ist."

Unterwald stand auf. "Das ist ab sofort Ihre oberste Priorität. Finden Sie es heraus und stoppen Sie es mit allen Mitteln. Wenn Sie mich jetzt entschuldigen, vielleicht schaffe ich es noch rechtzeitig zum Tiramisu."

Als Unterwald ging, schaute Decker zu Ritter. "Woher wussten die Israelis, dass sie diese Leute beobachten sollten? Wie sind sie darüber gestolpert?"

"Unser BND-Offizier in Caracas hat sich dasselbe gefragt", sagte Ritter, "und der Mossad weigerte sich rundheraus, zu antworten. Ich glaube, der genaue Wortlaut war 'Unsere Quellen und Methoden'."

"Von wegen Quellen und Methoden", sagte Decker unverblümt, "ich will mit dem Mossad-Stationschef in Caracas sprechen. Ich werde ihn dazu bringen, mir das zu sagen."

Bormann saß in seiner Wohnung und aß zu Mittag, als das

Telefon klingelte. Beim Blick auf die Anrufer-ID sah er, dass es sein deutscher Kontakt beim BND war.

"Ich habe die Information, die Sie suchen", sagte die Person, "Gonzalez wurde von einer deutschen Spezialeinheit namens Abteilung 89 getötet. Sie wird von einer Frau geleitet, Major Sophie Decker."

"Ich bin sehr enttäuscht von Ihnen", sagte Bormann kalt, "wir zahlen Ihnen viel Geld, damit Sie uns im Voraus warnen, wenn solche Dinge passieren. Gonzalez war ein geschätzter Mitarbeiter. Der Boss ist nicht glücklich."

Die Person wirkte erschüttert. "Es war nicht meine Schuld. Abteilung 89 ist eine unabhängige Abteilung außerhalb des Geheimdienstes hier. Wir wurden nicht im Voraus über ihre Pläne informiert."

"Ausreden, Ausreden", sagte Bormann leise, "wir werden sehen, ob der Boss dafür empfänglich ist. Sie werden bald erfahren, ob Ihnen verziehen wird oder nicht. Sie wissen genau, was mit denen passiert, denen nicht vergeben wird."

Er legte auf und wählte die Nummer von Goebbels.

"Sie können beruhigt sein", sagte er, als Goebbels abnahm, "es war tatsächlich der BND, der sich um unseren Freund gekümmert hat. Es sieht so aus, als hätte eine unabhängige Spezialeinheit auf eigene Faust gehandelt."

"Die General wird sehr unglücklich sein", sagte Goebbels.

"Wie die Amerikaner zu sagen pflegen, 'shit happens'", sagte Bormann, "ich bin sicher, Sie können die General mit Ihrem einzigartigen Charme und Ihrer Kultiviertheit rumkriegen."

Er schmunzelte über seinen eigenen Witz und legte auf.

KAPITEL NEUN

Als der MI6-Stationsleiter Peter Humphries seinen üblichen, regelmäßigen Bericht nach London schickte, erwähnte er natürlich sein Gespräch mit Decker und ihr Eingeständnis, dass die Abteilung hinter der Ermordung von Hector Gonzalez steckte.

Am nächsten Morgen las der stellvertretende Direktor des MI6, Sir Ian Ramsay, das tägliche Briefing, als er auf die Informationen von Humphries stieß. Laut fluchend griff er zum Telefon, rief Sir Edward Davies in der Downing Street an und las ihm vor, was in dem Bericht stand.

"Ich kann nicht sagen, dass ich überrascht bin", sagte Davies schließlich, "dieses Department 89 ist ziemlich rücksichtslos und sehr unabhängig."

"Sie haben direkte Erfahrungen mit ihnen?", fragte Ramsay.

"Als Premierministerin Abigail Starr von den Nordkoreanern ermordet wurde, waren sie es, die ihren Mörder aufspürten und ihn töteten."

Ramsay war verärgert. "Das habe ich nicht gewusst. Danke, dass Sie mich endlich auf den neuesten Stand gebracht haben."

"Die Frage ist", so Davies, "ob sie wussten, dass Gonzalez eine Atombombe gebaut hat."

"Sagen Sie es mir, denn Sie scheinen mehr über sie zu wissen als alle anderen."

"Ich würde ein Monatsgehalt darauf wetten, dass sie es wissen", sagte Davies mürrisch, "ich habe ihre Chefin, Major Decker noch nicht getroffen, aber ihrem Ruf nach hat sie wahrscheinlich schon eine zehn Zentimeter dicke Akte über den Fall."

"Wir können das also nicht mehr eindämmen? Das heißt, wir müssen den Premierminister informieren."

"Noch nicht", sagte Davies, "wir wollen nicht voreilig handeln."

"Voreilig?", fragte Ramsay, "was ist eigentlich mit der zehn Zentimeter dicken Akte an Beweisen?"

"Ich denke, ein Flug nach Berlin ist angebracht", sagte Davies, "ich werde Major Decker persönlich treffen und sehen, wie viel sie weiß."

"Und wenn sie zu viel weiß?"

"Dann ist unser Premierminister nicht mehr lange im Amt und braucht dringend einen Anwalt", sagte Davies, "ich werde Sie auf dem Laufenden halten."

Die Mossad-Führung in Tel Aviv war wütend über die Ermordung ihres Agenten in Venezuela. Man verlangte Rache, und nach einem Treffen mit dem israelischen Premierminister in dessen Büro wurde die Erlaubnis für diesen Racheakt erteilt. Der Ministerpräsident fragte den Mossad-Direktor, was er vorhabe. Als er ihm dies erklärte, gab der Premierminister sofort seine Zustimmung.

"Und finden Sie die Leiche Ihres Agenten, damit er ein ordentliches Begräbnis bekommt", sagte der Premierminister.

"Wir werden unser Bestes tun, aber höchstwahrscheinlich ist sie bereits entsorgt worden", sagte der Mossad-Chef.

"Die Opfer, die unsere Männer und Frauen jeden Tag bringen, sind atemberaubend", sagte der Premierminister, "sie werden immer meinen Respekt haben."

Der Mossad-Chef nickte. "Ich bin auf dem Weg zum Flughafen. Ich beaufsichtige diesen Fall persönlich."

Sir Edward Davies stieg auf dem Berliner Flughafen Tegel aus dem Flugzeug und betrat mit den normalen Geschäftsleuten das Flughafengebäude. Am Zoll wurde er sofort von einem lächelnden Einwanderungsbeamten angehalten.

"Sir Edward", sagte er, "wir haben Ihren Namen auf der Flugliste gesehen. Herr Unterwald würde sich freuen, wenn Sie mit ihm zum Tee ins Kanzleramt kämen und ihm den Zweck Ihres unangekündigten Besuchs erklären würden."

"My goodness", sagte Sir Edward, "deutsche Effizienz vom Feinsten. Bringen Sie mich hin."

Dreißig Minuten später wurde Sir Edward in Unterwalds Büro begleitet.

"Sir Edward", sagte Unterwald diplomatisch, "und was verschafft uns dieses Vergnügen?"

Sir Edward erwiderte das gespielte Lächeln. "Im Namen der Regierung Ihrer Majestät muss ich sofort Major Sophie Decker sprechen, bitte."

Unterwalds Lächeln versagte und er setzte sich. "Ich habe befürchtet, dass Sie das sagen würden. Und wir haben hier das beste Teegeschirr für Sie rausgeholt." Er griff nach dem Telefon.

Sir Edward trank gerade den von Unterwalds Sekretärin angebotenen Tee und dachte darüber nach, wie unbefriedigend er im Vergleich zu britischen Tee war, als die Tür aufging und Major Decker hereinkam, gefolgt von Unterwald.

Davies, der stets höfliche englische Gentleman, erhob sich und reichte die Hand.

"Sir Edward Davies, Stabschef in der Downing Street", sagte er, "ich hatte das Vergnügen, Ihren Feldwebel Graf während des unglücklichen Vorfalls mit der Ermordung unserer Premierministerin zu treffen."

"Ja, ich habe alles über Sie von Feldwebel Graf gehört", sagte Decker, "ich glaube, sie nannte Sie 'sehr fähig'."

Dies machte Davies für einen Moment sprachlos. "Äußerst fähig? Nun, ich wurde schon Schlimmeres genannt...."

Decker wurde schnell ungeduldig. "Ich bin sehr beschäftigt, Sir Edward, und Sie sicher auch, also lassen Sie uns gleich zur Sache kommen. Was kann ich für Sie tun?"

"Kein Smalltalk. Das gefällt mir", sagte Davies, "Hector Gonzalez. Sie haben ihn getötet."

Decker setzte sich neben Davies. "Noch ein Gonzalez-Fan. Jetzt haben Sie meine ungeteilte Aufmerksamkeit. Woher kennen *Sie* Gonzalez? Moment, lassen Sie mich raten. Ein MI6-Agent? Hat er für alle Geheimdienste der Welt die Beine breit gemacht?"

"Er war ein sehr pragmatischer Mann, der wusste, dass er Freunde und Beschützer brauchte", so Davies. Deshalb hat er so lange überlebt - weil es im Interesse aller war, dass er am Leben blieb. Bis Sie auftauchten und ihm eine Kugel verpassten.

"Peter Humphries hat es Ihnen erzählt?"

"Ja, natürlich. Sie haben doch nicht geglaubt, dass er diese pikante Information für sich behalten würde, oder?"

"Und Sie sind hier, um mir den Hintern zu versohlen und mir eine Standpauke zu halten?", sagte Decker.

Davies lächelte. "Ich mag Sie, Major. Nein, um ehrlich zu sein, Gonzalez war dem MI6 ein Dorn im Auge. Er war zu anspruchsvoll und wurde für unseren Geschmack zu gewalttätig. In gewisser Weise haben Sie dem Vereinigten Königreich einen Gefallen getan, indem Sie ihn beseitigt haben, auch wenn Sie dieses Eingeständnis nie offiziell auf dem Papier sehen werden. Jetzt müssen Sie uns einen weiteren Gefallen tun."

"Und hier kommen wir zum eigentlichen Grund Ihres Besuchs", sagte Unterwald.

"Ja, ganz recht", sagte Davies, "was auch immer Sie in Bezug auf Gonzalez untersuchen, Sie müssen es fallen lassen. Mit sofortiger Wirkung."

"Fallen lassen?", sagte Decker.

"Ganz recht", sagte Davies, "sofort, bitte."

"Nicht ohne eine Erklärung", sagte Unterwald.

"Das können wir nicht tun", sagte Davies entschieden.

"Dann kein Deal", sagte Decker, "wir stellen keine Ermittlungen auf Anfrage ausländischer Regierungen ein."

Davies seufzte und wählte seine nächsten Worte äußerst behutsam. "Sagen wir einfach, dass unser Premierminister sich in etwas verstrickt hat, das versehentlich mit Gonzalez in Verbindung gebracht wurde. Wenn das jemals herauskäme, wäre er erledigt und würde vielleicht sogar vor dem Internationalen Strafgerichtshof in Den Haag landen. Wir bitten Sie als Ihr stärkster Verbündeter, uns zu helfen. Lassen Sie diese Angelegenheit fallen, und wir werden für immer in Ihrer Schuld stehen."

"Und wie kommen Sie darauf, dass wir irgendetwas untersuchen?", fragte Decker.

"Bitte, Major, beleidigen Sie nicht meine Intelligenz. Sie betreten das Büro des Leiters der MI6-Station und bitten um alle verfügbaren Informationen über einen Mann, von dem Sie wissen, dass er tot ist, weil Sie ihn getötet haben. Offensichtlich haben Sie die Akte über ihn noch nicht geschlossen, denn es gibt noch mehr über ihn."

"Was hat Ihr Ministerpräsident getan?", fragte Unterwald.

"Ich bin nicht bereit, das preiszugeben", sagte Davies, "Sie würden dasselbe sagen, wenn Kanzlerin Meyer in der Schusslinie stünde."

"Ich weiß, was er getan hat", unterbrach Decker, "die Dateien auf Gonzalez' Laptop waren sehr eindeutig. Ich habe sie absichtlich nicht veröffentlicht, um zu sehen, ob wir Besuch von Ihnen bekommen würden oder nicht. Ich habe darauf gewettet, dass Sie eher früher als später bei uns auftauchen würden. Sieht aus, als hätte ich gewonnen."

Unterwald stand auf. "Wir werden die Angelegenheit prüfen und Sie zu gegebener Zeit über unsere Entscheidung informieren. Danke, Sir Edward. Ich wünsche Ihnen eine gute Heimreise."

Davies sah erstaunt aus. "Sie werden das doch nicht veröffentlichen, oder?"

"Wir geben Ihnen Bescheid", wiederholte Unterwald, "der Wagen unten bringt Sie dorthin, wo Sie hinmüssen."

"Nun gut", sagte Davies steif. Er sammelte seine Sachen ein und verließ das Büro. Unterwald schloss die Tür.

"Und was machen wir jetzt?", fragte Decker, "lassen wir etwas rausrutschen?"

"Natürlich nicht", knurrte Unterwald, "der Stabschef der Downing Street kommt den ganzen Weg hierher, um uns zu sagen, dass wir eine aktive, gültige Untersuchung einstellen sollen, und er will nicht sagen, warum, außer uns zu sagen, dass sein Premierminister ein sehr böser Junge gewesen ist? Jetzt möchte ich *wirklich* wissen, was los ist. Also sagen Sie es mir."

Als sie fertig war, lächelte Unterwald verschlagen.

"Oh, jetzt haben wir den Mistkerl an den Eiern. Wenn er das nächste Mal hierherkommt, um uns bei Handelsgesprächen zu überrumpeln, bin ich geneigt, ihm die Dokumente vor die Nase zu halten, nur um ihn daran zu erinnern, wo sein Platz ist. Schicken Sie mir eine Kopie der belastenden Dokumente."

"Gleich nachdem ich nach Caracas geflogen bin, um mit dem Mossad-Chef zu sprechen", sagte Decker, "Er weicht meinen Anrufen aus. Ich nehme das Team mit."

KAPITEL ZEHN

Die venezolanische Hauptstadt Caracas hatte noch nie so viele verdeckte Ermittler gesehen. Nachdem der Mossad zunächst beschlossen hatte, nur ein kleines Team einzusetzen, erkannte man, dass es schneller Ergebnisse erzielen würde, wenn inoffizielle Agenten, die sogenannten *Sayanim,* eingesetzt würden.

Sayanim sind ortsansässige Personen, die mit dem Staat Israel sympathisieren und rekrutiert werden, um dem jüdischen Staat in ihrem Heimatland zu helfen. So wurde das gesamte Sayanim-Team des Mossad in Caracas mobilisiert, um Oberst Fritz Bormann zu finden.

Bormann war mehrere Monate lang überwacht worden, nachdem er verdächtigt worden war, einen anderen Mossad-Agenten getötet zu haben, obwohl sie keine Ahnung von Bormanns tatsächlicher Identität hatten. Hätten sie es gewusst, hätte man ihn sofort getötet.

Der tote Mossad-Agent Moshe, der Bormann in die Kirche gefolgt war, hatte seine Vorgesetzten davon überzeugt, sich eine Zeit lang zurückzuhalten, damit Bormann verfolgt werden konnte. Moshe war überzeugt, dass etwas anderes im Gange war. Etwas Größeres, Bedrohlicheres. Die Entscheidung, sich zurückzuziehen, war eine, mit der sich der Leiter der Station, Lev Cohen nun quälte. Dank seiner Entscheidung musste er nun einer Witwe mit zwei kleinen Kindern mitteilen, dass ihr Mann nie wieder nach Hause kommen würde.

Doch bevor er geschnappt worden war, hatte Moshe mehrere verdeckte Fotos von Bormann gemacht und sie an die Botschaft geschickt, wo die Gesichtserkennung nichts ergeben hatte. Diese Fotos wurden nun in ganz Caracas an jeden Sayanim auf der Gehaltsliste des Mossad verteilt. Wer ihn entdeckte, dem wurde eine hohe Belohnung versprochen. Alle waren also in höchster Alarmbereitschaft.

Als Bormann aus einem schwarzen Geländewagen ausstieg, wurde er sofort von einem Sayanim-Taxifahrer entdeckt. Der verblüffte Fahrer, der sein Glück nicht fassen konnte, griff zu seinem Telefon und wählte zittrig eine vorher vereinbarte Nummer.

"Hier ist Eduardo Castillo. Ich habe Ihren Mann gefunden. Er geht in ein Café in der Avenida El Paseo. Er wird von zwei nicht gerade zimperlichen Schlägern bewacht ... ja, ich bin sicher ... OK, ich warte hier."

Der Direktor des Mossad, Meir Shavit, saß auf dem Rücksitz eines Lieferwagens und wartete darauf, dass sich jemand über den Aufenthaltsort von Bormann meldete. Plötzlich läutete das Telefon. Es war Cohen.

"Eine deutsche Geheimdienstoffizierin und ihr Team sind in der Botschaft aufgetaucht. Sie will mit uns über Bormann sprechen. Sie hat ihn namentlich genannt und sagte, ich solle Ihnen sagen, dass ihre Einheit Hector Gonzalez getötet hat. Sie sagte, das würde wahrscheinlich Ihre Aufmerksamkeit erregen."

"*Sie?*", sagte Shavit, "Es ist nicht die Frau, an die ich gerade denke, oder?"

"Doch", sagte Cohen, "Sophie Decker."

"Oh, wunderbar. Wie können die Dinge noch komplizierter werden? Versuchen Sie, sie hinzuhalten...."

Einer von Shavits Männern auf dem Vordersitz des Lieferwagens gab ihm hektisch Zeichen.

"Ich rufe zurück, Cohen." Er legte auf. "Was?"

"Wir haben Bormann gefunden", sagte der Offizier, "weniger als fünf Minuten von hier in einem Café. Bewacht von zwei Schwerverbrechern."

Shavit schnallte sich an. "Los!"

Auch der deutsche Geheimdienst in der Botschaft in Caracas hatte seine Leute in der Hauptstadt, und wenn es etwas gab, das sich nicht verbergen ließ, dann waren es der Direktor des Mossad, der eine große Zahl israelischer Agenten plötzlich mobilisierte.

Während Shavit also zu Bormanns Aufenthaltsort raste, erhielten Decker, Schmitz, Brinkmann und Graf, die in einem Auto saßen und warteten, einen Anruf aus der Botschaft.

"Major Decker?", sagte der Nachrichtenoffizier der Botschaft, "eine Reihe bekannter israelischer Agenten wurde gesehen, wie sie mit hoher Geschwindigkeit durch das Zentrum von Caracas fuhren. Es ist nicht weit hergeholt anzunehmen, dass auch Meir Shavit in diesem Fahrzeug sitzt."

"Wissen wir, wo er hingeht?", fragte Decker.

"Nein, aber wir haben Autos, die ihn verfolgen, und einen Hubschrauber."

"Bleiben Sie dran und sagen Sie mir in Echtzeit, wohin er geht", sagte Decker.

Sie wandte sich an Graf, der auf dem Fahrersitz saß. "Los geht's."

Der israelische Mossad-Fahrer brach alle Geschwindigkeitsrekorde auf dem Weg zum Café, doch als sie sich der Straße näherten, berührte Shavit den Fahrer an der Schulter.

"Langsam. Wir wissen nicht, ob jemand die Straße beobachtet."

Der Lieferwagen hielt an und der Fahrer parkte sicherheitshalber eine Straße weiter. Shavit zog eine Baseballkappe über sein Gesicht, setzte eine Sonnenbrille auf und wies seine Agenten an, im Wagen zu bleiben. Er stieg aus und ging in die nächste Straße, zu Castillos Taxi, hinüber. Castillo kurbelte das Fenster vorsichtig herunter.

"Wir sind es", sagte Shavit leise, "ist er noch da drin?"

Castillo nickte. "Immer noch da drin."

"Gibt es draußen Leibwächter?"

"Nur der eine Gorilla sitzt drinnen und fällt auf, wie eine Nutte in der Kirche. Der andere sitzt draußen im Auto, schwitzt sich den Arsch ab und sieht dabei ziemlich unglücklich aus."

Shavit klopfte auf das Dach des Taxis. "Danke, mein Freund. Wir übernehmen ab hier. Ich schlage vor, Sie machen sich rar. Es wird gleich ziemlich heiß werden."

Shavit ging lässig die nächste Straße weiter zu dem Lieferwagen. Der Fahrer kurbelte sein Fenster herunter.

"Boss?"

"Warte im Wagen", sagte Shavit, "ich gehe einen Kaffee trinken. Ich will unsere Zielperson in natura sehen."

"Major Decker?", wiederholte der Botschaftsangehörige, "Unser Hubschrauber hat gemeldet, dass das Fahrzeug angehalten hat. Shavit ist ausgestiegen und in ein Café eine Straße weiter in der Avenida El Paseo gegangen. Seien Sie vorsichtig. Unsere Leute vor Ort sagen, dass die Israelis sehr wachsam sind. Sie hätten sie fast gesehen."

"Danke", sagte Decker, "wir übernehmen ab hier."

Fritz Bormann mochte keine spontanen Treffen in der Öffentlichkeit. Es gab zu viele Variablen, Dinge, die katastrophal schiefgehen konnten. Er musste seine Orte lange im Voraus auskundschaften. Er musste sich sicher fühlen.

Aber seit der Israeli entkommen und getötet worden war, wurden die Pläne für Walküre beschleunigt. Die General hat befohlen, alle Anstrengungen zu verdoppeln. Für Bormann bedeutete das, dass die üblichen Sicherheitsprotokolle über den Haufen geworfen wurden. Und das war nie ein gutes Zeichen. Aber er war nicht in der Lage, zu widersprechen. Jedenfalls nicht bei ihr.

Er war in dem Café in der Avenida El Paseo, um mit einem Untergebenen zu sprechen, der Probleme mit den Versandmanifesten nach Europa hatte. Die Genehmigung dieser Manifeste war einer der Schlüssel zum Erfolg von Walküre. Normalerweise erledigte Bormann solche Angelegenheiten telefonisch, aber manchmal ging es persönlich schneller. Dies war einer dieser Fälle. Wie Goebbels mehr als einmal zu ihm gesagt hatte, "Versagen ist keine Option".

Bormann betrat das Café, flankiert von einem seiner beiden Leibwächter, und fand den Untergebenen an einem Tisch am Fenster sitzen. Der Mann schwitzte. Normalerweise verhandelte er mit Bormann über das Telefon, was bedeutete, dass er sich aus jeder unmöglichen Aufgabe herauswinden konnte, die ihm gestellt wurde. Dies war das erste Mal, dass Bormann ein Treffen von Angesicht zu Angesicht angeordnet hatte, worüber der Untergebene nicht erfreut war.

Bormann war sich des Einflusses, den er auf den Mann hatte, sehr wohl bewusst. Er ging zu ihm hin und klopfte ihm auf die Schulter, während der Leibwächter sich zurückzog.

"Ich glaube, wir beide haben eine Menge zu besprechen", sagte er.

Shavit betrat das Café mit Baseballkappe und Sonnenbrille und ging auf die Bar zu. Aus dem Augenwinkel sah er Bormann, der in ein Gespräch mit einem sehr unglücklichen und nervösen Mann vertieft war. Er sah auch den offensichtlich bewaffneten Leibwächter, was ihn veranlasste, weiterzugehen.

Er bestellte einen Kaffee, holte beiläufig sein Telefon heraus, als ob er nach Nachrichten suchen wollte, und wählte dann die Nummer seiner Nummer zwei, die eine Straße weiter im Lieferwagen wartete.

"Hallo, meine Liebe", sagte er auf Spanisch, "ich komme bald zum Abendessen nach Hause. Ich trinke erst noch einen Kaffee."

Das war das vereinbarte Codewort für "*Bormann ist im Gebäude, komm und hilf mir, ihn zu holen*".

Die Nummer zwei hat den Wink verstanden. "Wir kommen, Boss."

Das israelische Team schnappte sich seine Waffen und öffnete die Türen seines Wagens. Zu ihrem Entsetzen hatten sich Decker und die anderen hinter den Lieferwagen geschlichen und bewachten nun mit gezogenen Waffen alle Türen.

"Waffen runter, Jungs", sagte Decker und schwang ihre Glock.

"Decker", schimpfte Shavits Stellvertreter, "das ist eine israelische Operation, keine deutsche. Halten Sie sich da raus."

Schmitz drückte den Lauf seiner Waffe an das Ohr eines Agenten. "Hinter wem seid ihr her?"

Schweigen.

"Wir gehen da rein, ob Sie es uns sagen oder nicht", zuckte Decker mit den Schultern, "also können Sie genauso gut anfangen zu reden."

Der Abgeordnete zögerte, aber nur kurz. "Wir glauben, dass er ein Nachkomme von Martin Bormann ist. Er ist verantwortlich für den Tod eines der Unseren. Wir fordern Vergeltung."

"Wenn er ein Bormann ist, dann ist er ein deutsches Problem", sagte Decker, "Und keine Sorge, du wirst deine Rache bekommen. Ich werde dafür sorgen."

"Damit kommen Sie nicht durch!", rief einer der Agenten, "Sie werden bereuen, was Sie jetzt tun."

Wenige Augenblicke später wurde ein zutiefst verärgertes israelisches Team im hinteren Teil ihres eigenen Lieferwagens gefesselt und um ihre Telefone und Waffen erleichtert. Decker und die anderen sprinteten um die Ecke zum Café.

"Teilt euch auf", sagte Decker, "Schmitz und Brinkmann, ihr nehmt den Schläger im Auto, Graf, mit mir ins Café."

KAPITEL ELF

Bormann beschloss, dass er seinen Standpunkt endlich klargemacht hatte. Er beugte sich vor und blickte in die Augen des Mannes, den er zu verabscheuen begann.

"Sind wir uns jetzt über alles im Klaren, was Sie zu tun haben? Sind Sie sich über die Konsequenzen eines Scheiterns im Klaren?"

Der Mann nickte heftig. Seine Schwäche machte Bormann krank.

"Ja, Herr Oberst", sagte er mit näselnder Stimme, "es tut mir leid, dass wir dieses Gespräch führen mussten."

Bormann widerstand dem Drang, mit den Augen zu rollen. Er griff nach seinem Hut und bereitete sich darauf vor, aufzustehen. Er drehte sich zu seinem Leibwächter um, der nickte und von dem Barhocker aufstand, von dem aus er seinen Chef beobachtet hatte.

In diesem Moment flackerte Bormanns Blick zur Tür, und er spürte, wie sich in Zeitlupe eine große Gefahr anbahnte.

Der ganze Vorgang dauerte nur Sekunden, fühlte sich aber wie Minuten an.

Zwei entschlossen aussehende Frauen kommen durch die Tür, eine Hand hinter dem Rücken.

Ein Mann an der Bar, der beim Anblick der beiden Frauen offensichtlich erschrickt..

Draußen nähern sich ein weiterer Mann und eine Frau seinem Auto.

In Bormanns Kopf herrschte nur ein Gedanke: Flucht.

"Horst", sagte Bormann zu seinem Leibwächter, "die Tür. Zwei weibliche Personen. Bewaffnet."

Horst reagierte augenblicklich. Er zog eine Pistole aus seiner Jacke und drehte sich herum, doch Decker hob ohne zu zögern ihre Waffe und gab einen Schuss mitten in Horsts Brust ab. Die Waffe fiel wie ein Ziegelstein zu Boden.

Bormann reagierte schnell für einen Mann seines Alters. Er sprang auf und kippte einen schweren Holztisch mit einem Krachen um, wodurch eine vorübergehende Barriere entstand. Sein Untergebener taumelte rückwärts in Grafs Arme und bekam einen Pistolenhieb hinter das Ohr. Mit einem Wimmern sackte er zusammen.

Als die Kunden des Cafés wegen des Schusses, der zerbrochenen Tassen und des Chaos zu schreien begannen, nutzte Bormann die Gelegenheit, feuerte Schüsse auf das Fenster ab und machte sich bereit, hinauszuspringen.

Meir Shavit war jedoch schneller. Shavit umrundete den umgestürzten Tisch, packte Bormann am Genick und riss ihn mit beiden Händen zu Boden. Er drückte Bormann eine Pistole ins Gesicht und blickte wütend zu Decker.

"Wo ist mein Team?", rief er.

"Darüber reden wir später", sagte Decker, "ich höre Polizeisirenen."

"Da Sie meine Operation gekapert haben, nehme ich an, dass Sie eine Exit-Strategie ausgearbeitet haben?"

Decker packte den benommenen Bormann am Revers. "Natürlich. Ich bin Ihnen weit voraus. Mir nach."

Sie zerrten Bormann mit vorgehaltener Waffe nach draußen und trafen Schmitz und Brinkmann an Bormanns Auto. Der andere Leibwächter lag bewusstlos auf der Straße, und das Blut lief ihm über Kopf und Gesicht.

"Der große Junge hat sich schlafen gelegt", sagte Schmitz, "was nun?"

"Hilf mir, Bormann ins Auto zu heben", sagte Decker, "Brinkmann, folgen Sie uns mit unserem Auto."

Brinkmann nickte und sprintete los.

"Wo ist mein Team?", wiederholte Shavit.

"Gefesselt in ihren Transportern. Denen geht's gut", sagte Decker, "können wir hier verschwinden, bevor wir verhaftet werden?"

Da er nichts anderes tun konnte, sprang Shavit in das Auto, in dem Schmitz auf dem Fahrersitz saß. Decker und Graf sprangen mit Bormann auf den Rücksitz.

"Gib Gas, Schmitz", sagte Decker. Schmitz nickte und trat das Gaspedal durch. Der Wagen schoss die Straße hinunter.

Shavit drehte sich auf seinem Platz um, starrte Bormann scharf an und sah dann ebenso scharf zu Decker.

"Hallo Major Decker", sagte er drohend, "Sie und ich müssen ein ernstes Wörtchen miteinander reden."

"Decker ...", sagte ein leicht erschütterter und schläfriger Bormann, "warte, du Miststück hast ... Hector Gonzalez getötet ..."

"Gibt es eigentlich irgendjemanden auf diesem Planeten, der das nicht weiß?", rief Decker.

Zwanzig Minuten später erreichen sie in den Vororten der Stadt den Unterschlupf des Mossad, wo sie Bormann eigentlich allein verhören wollten. Der Wagen, in dem Shavit, Bormann und das Team der Abteilung 89 saßen, fuhr langsam über eine Schotterstraße und fünfzig Meter weiter hinten folgte Brinkmann am Steuer des anderen Wagens.

Shavit zeigte auf ein kleines Gebäude. "Bleiben Sie dort stehen. Wenn mein Team Sie hier sieht, werden sie Sie als feindlich betrachten und anfangen zu schießen. Steigen Sie mit erhobenen Armen aus dem Auto. Hoffen wir, dass sie mich rechtzeitig sehen, bevor sie anfangen zu schießen."

Graf wiederholte die Anweisungen an Brinkmann im hinteren Wagen, während Schmitz den Wagen anhielt. Sie ließen Bormann auf dem Rücksitz zurück und stiegen mit erhobenen Armen aus.

"Ari", rief Shavit, "ich bin es. Nicht schießen!"

Die Tür öffnete sich und ein Mann mittleren Alters schaute heraus. Alle sahen sofort die Waffe in Aris Hand.

"Wo ist das Team? Wer sind diese Leute? Wo ist Bormann?"

"Sie sind vom deutschen Geheimdienst", sagte Shavit, "sie haben die Operation vereitelt. Bormann ist auf dem Rücksitz. Bringt ihn rein. Was unser Team angeht, so wurde mir versichert, dass es ihnen gut geht."

Bormann wurde hineingezerrt, während drei Mitglieder des kleinen Mossad-Teams angewiesen wurden, in die Stadt zurückzukehren und die von Decker und den anderen gefesselten Agenten zu befreien. Sie sahen Decker und die anderen mit Verachtung an. Das blieb auch Shavit nicht verborgen, dem das Ganze nicht geheuer war.

"Sie können es ihnen nicht verübeln. Sie würden sich genauso fühlen, wenn wir das Gleiche mit Ihnen machen würden. Sie hatten kein Recht, sich in unsere Operation einzumischen."

"Bormann ist Deutscher, also ist er ein deutsches Problem", sagte Decker hartnäckig.

"Er ist der Sohn eines Nazis und hat einen Mossad-Agenten getötet, also können wir mit Fug und Recht behaupten, dass er ein israelisches Problem ist", konterte Shavit.

"Kinder, Kinder", sagte Schmitz, "warum legen wir im Interesse guter Beziehungen nicht die Spielzeuge zurück in die Kiste und vereinbaren, zusammenzuarbeiten? Er ist unser beider Problem. Direktor Shavit, Ihr Team ist unversehrt, es sei denn, Sie zählen ihre Egos. Wir haben Bormann. Kein Schaden, kein Foul."

Shavit lächelte ein eisiges Lächeln. "Kein Schaden, kein Foul? Ihr arroganten Bastarde. Im Moment konzentrieren wir uns auf Bormann, aber ich verspreche Ihnen, wir werden später darauf zurückkommen. Ich werde das nicht auf sich beruhen lassen. Ihr müsst in eure Schranken verwiesen werden."

Als sie in den anderen Raum gingen, sahen sie Bormann auf einem Esszimmertisch festgeschnallt, sein Hemd geöffnet. Graf stand mit dem Rest des Mossad-Teams und beobachtete einen Arzt, der eine Spritze mit einer klaren Flüssigkeit füllte. Als er das Team der Abteilung 89 sah, blinzelte er schnell und sah Shavit an. Shavit schüttelte nur den Kopf.

"Sie wollen ihn mit Drogen vollpumpen?", sagte Decker, "wie bei der Gestapo."

Unter den Mossad-Mitarbeitern entstand eine Welle des Ärgers. "Wie können Sie es wagen?", sagte einer.

"Ruhe", befahl Shavit. Er sah Decker an. "Was ist falsch an Drogen?"

"Sie sind unzuverlässig und brauchen zu lange", sagte Decker, "das hier dagegen....”.

Sie nahm den Kolben einer Pistole und schlug damit auf Bormanns Nase ein. Sie platzte wie ein Geysir und war offensichtlich schwer gebrochen. Bormann heulte vor Schmerz auf und zerrte an seinen Fesseln.

"Ich werde Ihnen jetzt einige Fragen stellen und Sie werden sie beantworten", sagte Decker zu Bormann, "heißen Sie Martin Bormann?"

Keine Antwort.

Decker richtete den Gewehrkolben auf die beschädigte Nase und Bormann schrie auf. Schmitz schaute und einer der Mossad-Männer schaute schockiert und ein wenig grün.

"Wie heißen Sie?", wiederholte Decker langsam.

"Fritz Bormann", keuchte Bormann durch die Tränen, den Schmerz und die Demütigung hindurch.

"Sind Sie mit Martin verwandt?"

"Er war mein Vater."

Decker sah Shavit an, der sich anscheinend damit zufriedengab, Decker weiterhin die Führung zu überlassen.

"Lassen Sie uns über Ihre Atombombe sprechen", sagte Decker. Bormann sah schockiert aus.

"Whoah!", explodierte Shavit, "Unter vier Augen. Jetzt, Major."

Decker und Schmitz gingen nach draußen und Shavit schlug die Tür zu.

"Sie haben noch einiges zu erzählen. Welche Atombombe?"

"Sein Kumpel Hector Gonzalez finanzierte eine Atombombe für diese Leute, als wir beschlossen, Gonzalez' Leben zu beenden", so Schmitz.

"Und Sie hatten nicht vor, uns das zu sagen?"

"Das haben wir gerade", sagte Decker, "ich gehe wieder rein."

"Gibt es noch etwas, das Sie mir vorenthalten?", fragte Shavit und blockierte die Tür.

"Nein", sagte Decker, "bis zum Tod Ihres Agenten tappten wir buchstäblich im Dunkeln. Bormann hat mit der Entführung und Ermordung Ihres Agenten wirklich ein Eigentor geschossen. Er hat seine eigene Operation auffliegen lassen."

"Wohl kaum", sagte Shavit verächtlich, "wir wissen nicht, wo die Bombe ist und wofür sie sie einsetzen wollen."

"Wenn Sie mir aus dem Weg gehen, werde ich es herausfinden."

"Der Mann ist fast 80, vielleicht 90 Jahre alt", sagte Shavit, "den kann man nicht einfach körperlich brechen."

"Sagt der Mann, der bereit war, ihn mit Spaßdrogen vollzupumpen", so Schmitz.

Zurück im Zimmer hielt Decker ihre Waffe in der Hand und sah Bormann an.

"Wir wissen, dass Gonzalez Ihre Atombombe finanziert hat. Wo ist sie?"

"Es gibt keine Atombombe", sagte Bormann, "machen Sie sich nicht lächerlich."

"Sie scheinen Schmerzen zu genießen", sagte Decker. Sie stieß ihre Pistole erneut in Bormanns verletzte Nase. Er zerrte an seinen Fesseln, als der Schmerz durch ihn hindurchströmte.

"Wo ist die Bombe und wofür wollen Sie sie verwenden?"

"Fahr zur Hölle", rief Bormann, "Du willst Deutsche sein? Du bist eine Schande!"

Decker steckte die Waffe in ihren Hosenbund, packte Bormanns Bein und hielt es hoch. Das Mossad-Team schaute sich fragend an.

Ohne ein weiteres Wort riss Decker das Bein schnell zurück in eine unnatürliche Position und brach den Knochen. Bormann schrie auf, als Decker das zerstörte Bein festhielt. Als sie nach unten blickte, sah sie den gebrochenen Knochen aus der Haut herausragen.

"Wo ist die Bombe?", rief sie.

Nichts außer Schreien und Weinen.

"Direktor Shavit, ich muss protestieren", sagte der Mossad-Arzt.

"Halten Sie die Klappe!", sagte Schmitz, "Alle einen Schritt zurück."

"Wo ist die Bombe?", rief Decker erneut und drehte das zerstörte Bein noch weiter zurück.

"Sie wird über den Atlantik verschifft", schluchzte Bormann.

"Zielhafen?", schnappte Decker und hielt das gute Bein fest, "zwingen Sie mich nicht, das andere zu brechen."

Ein kurzes Zögern. "Rotterdam. Am 21. dieses Monats."

"Abfahrtshafen und Datum der Abreise?"

Während Bormann die Details flüsterte, schrieb Graf alles auf.

"Wozu wollen Sie die Bombe verwenden?", fragte Schmitz.

"Um euch Bastarde von der Landkarte zu tilgen", kicherte Bormann plötzlich, als wäre er plötzlich verrückt geworden. "Aus der Asche wird ein Viertes Reich entstehen!"

Plötzlich begann Bormann zu würgen und sein Gesicht lief rot an. Die Muskeln in seinem Gesicht spannten sich an und seine Augen rollten nach hinten.

"Er ist tot. Wahrscheinlich ein Herzinfarkt", stellte der Arzt fest.

Shavit ging auf Decker zu und sah ihn an. "Nun, jetzt haben Sie ein verdammt großes Problem, nicht wahr?"

Decker blickte zurück. "Richtig. Wir müssen Rotterdam dichtmachen."

Ein Mossad-Agent blinzelte irritiert. "Sie machen Witze, richtig? Den größten Hafen Europas lahmlegen? Um einen Container zu finden? Angenommen, er hat Ihnen überhaupt die Wahrheit gesagt?"

"Was sollen wir denn sonst tun?", fragte Graf wütend, "warten, bis die Bombe hochgeht?"

"Nein, das werden wir nicht tun", sagte Shavit, "Sie haben die volle Unterstützung der israelischen Regierung, um das zu tun, was Sie tun müssen. Wir werden Ihnen helfen, die Bombe in Rotterdam zu finden".

Decker holte ihr verschlüsseltes Handy heraus und wählte eine Nummer. "Major Peerdeman? Wir brauchen Ihre Hilfe."

KAPITEL ZWÖLF

Die Generalin ging mit einer Schrotflinte in der Hand auf ihrem Anwesen spazieren, als Berger, ihr Leibwächter und rechte Hand auf sie zukam. Er flüsterte ihr ins Ohr und sie erstarrte.

Sie drehte sich um und sah ihn an. "Wann ist es passiert?"

"Vor ein paar Stunden. Er wurde auf den Straßen von Caracas aus einem Café geschnappt. Er besuchte einen Agenten, der uns einige Probleme bereitete. Zeugen sagen, dass zwei Frauen mit Pistolen in das Café eingedrungen sind."

"Es wäre besser für Ihre Gesundheit, wenn Sie wissen, wo Bormann ist", sagte die Generalin kalt.

Berger zuckte zusammen. "Nein, im Moment nicht, aber wir lassen jeden, der auf unserer Gehaltsliste steht, vorrangig nach ihm suchen."

Die Generalin stieß den Lauf ihrer Schrotflinte in Bergers Bauch. Er wurde ganz weiß.

"Finden Sie ihn. Ihr Leben hängt davon ab. Immerhin sind Sie für die Sicherheit unserer Spitzenleute verantwortlich und Bormann war einer von ihnen."

"Jawohl", sagte Berger, "er wird gefunden werden. Was soll ich mit den beiden Leibwächtern und dem Agenten, den Oberst Bormann getroffen hat, machen?"

"Was wir mit unbrauchbaren Gegenständen machen", sagte die Generalin abschätzig, "wegwerfen".

Berger verstand. "Sofort."

Als er wegging, holte die General ein Handy heraus und rief Goebbels an.

"Bormann ist von den Juden geschnappt worden", sagte sie ohne Vorrede, "wo ist die Bombe?"

Goebbels war erschüttert. "Irgendwo auf dem Atlantik. Wird jeden Tag in Europa eintreffen. Was, wenn Bormann den Juden von der Bombe erzählt hat?"

"Dann ist der Plan ruiniert", sagte die Generalin unverblümt, "und Köpfe werden rollen. Aber es gibt einen Weg, wie wir das Ganze irgendwie retten können. Hören Sie mir gut zu. Ich werde das nicht noch einmal sagen."

"Danke", sagte er danach, "Sieg Heil, General Hitler".

"Sieg Heil, Oberst Goebbels". Sie legte auf.

"Sieg Heil, General Hitler".

"Sieg Heil, Oberst Goebbels".

Der Satellit fing das Gespräch laut und deutlich auf und es wurde an Feldwebel Liebermann in der Zentrale der Abteilung 89 weitergegeben. Sie hatte sich in die SIM-Karte von Bormanns Mobiltelefon gehackt, die beiden Nummern im Speicher abgerufen und zurückverfolgt. Jetzt wurde sie blass, als sie das Ende des Gesprächs hörte.

Sie nahm ihre Kopfhörer ab und rief Decker an, die an Bord eines Militärtransportflugzeugs mit Höchstgeschwindigkeit nach Europa zurückflog.

"Wir haben ein ernstes Problem", sagte sie, "wo ist Major Peerdeman? Wir haben einen Code zu knacken und sie ist die beste Codeknackerin, die ich kenne."

"Wir rasen auf Rotterdam zu, als hinge unser Leben davon ab", sagte Decker, "wir sind jetzt auf dem Weg dorthin. Schicken Sie mir den Code und ich sorge dafür, dass Peerdeman ihn bekommt."

"Es gibt noch etwas anderes", sagte Liebermann, "die verschlüsselte Nachricht wurde von einer Frau, die sich General Hitler nannte, per Telefon an Oberst Goebbels geschickt."

Eine lange Stille. Scheiße", sagte Decker, "verfolgen Sie diese Anrufe. Ich will wissen, wo die sind."

Als Decker auflegte, rief sie im Kanzleramt an.

"Unterwald? Ich muss sofort mit der Kanzlerin sprechen. Das ist mir egal, holen Sie sie aus der Besprechung raus. Walküre hat sich gerade in einen Albtraum verwandelt und es wird immer schlimmer."

Peerdeman musste so schnell wie möglich zurück in die Niederlande gebracht werden. Deshalb wurde ein Düsenjäger der deutschen Luftwaffe in Bereitschaft versetzt, und ein stämmiger Pilot hob sie aus ihrem Rollstuhl und trug sie auf den Rücksitz des Jets. Den Rollstuhl sicher verstaut und den Helm aufgesetzt, hielt Peerdeman sich fest, als das Flugzeug die Startfreigabe erhielt und in Richtung Rotterdam aufstieg.

Unterwegs wurde sie mit dem niederländischen Premierminister Wilco Weiland verbunden.

"Herr Ministerpräsident", sagte sie, "ich möchte, dass Sie mir zuhören, ohne mich zu unterbrechen".

Als sie Weiland alles erzählt hatte, war der Schock selbst über das Funkgerät in einem Düsenjäger spürbar.

"Sie wollen, dass ich....was genehmige?", sagte er keuchend.

"Sie müssen nicht den ganzen Hafen schließen. Wir haben die Schiffsdaten und die Zeit der Ankunft in Rotterdam. Wir müssen davon ausgehen, dass Bormann die Wahrheit gesagt hat. Sie müssen lediglich dafür sorgen, dass das Schiff in einen bestimmten Bereich des Hafens umgeleitet wird, und wir halten Gefahrenstoffteams bereit, um die Bombe zu sichern."

"Glauben Sie, sie wollen den Hafen sprengen?", fragte Weiland.

"Das können wir nicht wissen", sagte Peerdeman, "Bormann ist gestorben, bevor er uns etwas anderes sagen konnte. Aber etwas sagt mir, dass der Hafen nicht das Ziel ist. Er ist lediglich das Mittel, um die Bombe ins Land zu bringen. Was hätten sie davon, den Hafen in die Luft zu jagen?"

"Chaos im großen Stil?", sagte Weiland, "Also gut, fahrt zum Hafen. Ich gebe ihnen Bescheid, dass ihr kommt."

"Major Decker und die Abteilung 89 sind ebenfalls unterwegs, Sir", sagte sie, "ebenso wie die Israelis."

"Kommt jemand *nicht*?", fragte Weiland verärgert, "erinnern Sie die bitte daran, dass Rotterdam nicht in ihren Zuständigkeitsbereich fällt."

"Bei allem Respekt, Sir, jetzt ist nicht die Zeit für Befindlichkeiten. Wir sitzen alle im selben Boot. Keine Wortwitze beabsichtigt."

"Finden Sie die Bombe, Major", sagte Weiland, "die Witze können bis später warten."

Der deutsche Jet landete auf einem niederländischen Luftwaffenstützpunkt außerhalb von Rotterdam, und als Peerdeman aus dem Flugzeug gehoben wurde, konnte sie sehen, dass Decker und die anderen bereits angekommen waren und auf den Jet zugingen. Das Mossad-Team sah Peerdemans Rollstuhl misstrauisch an, schwieg aber wohlweislich.

"Major", sagte Decker, "Kanzlerin Meyer hat mir mitgeteilt, dass Ihr Premierminister Sie ermächtigt hat, das Schiff unter Quarantäne zu stellen und alles Nötige zu tun."

"Ja", sagte Peerdeman, "aber ich werde meine Befugnisse überschreiten und noch einen Schritt weiter gehen. Ich werde den gesamten Hafen schließen, bis die Bombe gesichert ist."

"Sie wissen, was für ein Chaos das anrichten wird", sagte Shavit.

"Weniger, als eine Atombombenexplosion, die Rotterdam für die nächsten paar hundert Jahre radioaktiv und unbewohnbar machen wird", sagte Peerdeman unverblümt.

"Übrigens", sagte Schmitz, "Feldwebel Liebermann hat uns gebeten, Ihnen dies zu geben. Mit freundlicher Genehmigung von Oberst Goebbels und General Hitler." Er reichte ihr die verschlüsselte Nachricht auf einem Stück Papier.

Peerdeman starrte ihn an. "Ich kann Ihnen nicht folgen."

"Später - auf dem Weg zum Hafen klär ich Sie auf", sagte Decker, "aber wir müssen diese Nachricht schnell entschlüsseln, und Liebermann sagt, Sie sind die Beste."

"Komplimente funktionieren bei mir nicht, Major Decker", sagte Peerdeman ruhig, "die Erklärung über Hitler und Goebbels sollte besser gleich kommen. Ich muss meine Regierung unterrichten."

Das betreffende Schiff war gerade in die Nordsee eingelaufen, als es eine Morsebotschaft erhielt, die nur für den Kapitän bestimmt war. Er saß in seinem Sessel auf dem Deck, als ihm die verschlüsselte Nachricht auf einem gefalteten Stück Papier übergeben wurde.

Als er die Nachricht zu Ende gelesen hatte, zuckte er zusammen. Nachdem er eine gefühlte Ewigkeit auf die

Worte gestarrt hatte, wandte er sich an seinen ersten Offizier.

"Der Plan hat sich geändert. Lesen Sie."

Der Erste Offizier las die Nachricht und sah den Kapitän an.

"Das wird nicht einfach sein."

"Trotzdem haben wir unsere Befehle", grunzte der Kapitän, "Los geht's."

Als Sir Edward Davies nach London zurückkehrte, bat er als Erstes um ein sofortiges Treffen mit dem britischen Premierminister Miles Channing.

Davies hatte gehofft, dass dieses Treffen nie stattfinden müsste. Er versuchte sein Bestes, um den Premierminister vor einem Skandal zu bewahren. Gott weiß, dass Channing kein Heiliger war, und deshalb gab es eine große Anzahl von Landminen, die Davies in seiner Rolle als Stabschef in der Downing Street hatte entschärfen müssen. Dies war eine, von der er überzeugt war, sie wäre sicher vergraben worden.

Bis die Abteilung 89 Hector Gonzalez ermordet und die Informationen auf diesem verdammten Laptop gefunden hatte. Warum nur hatte Gonzalez das Bedürfnis, diese Informationen auf einem tragbaren Gerät zu speichern? Als Rückversicherung? Als Fick-dich an seine Feinde? Wahrscheinlich war es nur seine Arroganz, die aus ihm sprach, aber diese Arroganz drohte nun, den Premierminister des Vereinigten Königreichs und die Hälfte seiner Kabinettskollegen zu Fall zu bringen.

Davies klopfte an Channings Bürotür und als er "Herein" hörte, öffnete er die Tür und trat ein. Channing stand mit einer Tasse Tee in der Hand am Fenster.

"Tee?", fragte Channing und deutete auf die Kanne.

"Nein, danke", sagte Davies, "bis wir dieses Gespräch beendet haben, werden Sie zu etwas Stärkerem übergegangen sein."

Channing wurde blass. "Was ist passiert?"

Davies zog eine Grimasse. "Hector Gonzalez ist passiert. Und es ist nur eine Frage der Zeit, bis der deutsche Geheimdienst das herausfindet und Sie damit in Verbindung bringt."

Channing schluckte zweimal und stellte mit zitternder Hand seine Tasse ab. "Können wir sie aufhalten?"

"Den Deutschen Geheimdienst?", sagte Davies erstaunt, "nein, Sir, das können wir nicht."

"Sicherlich schulden uns die Deutschen noch den einen oder anderen Gefallen", plädierte Channing, "kann man ihren Geheimdienstleuten nicht befehlen, in die andere Richtung zu schauen?"

"Nein, Sir, das können sie nicht", sagte Davies, "ich habe versucht, sie um einen Gefallen zu bitten, aber sie haben es rundheraus abgelehnt. Der Geheimdienstoffizier mit den Informationen weiß, was Sie getan haben und wird nicht locker lassen. Sie ist ein Rottweiler."

"Was soll ich also tun?", fragte Channing und zitterte.

"Planen Sie Ihre Karriere nach der Politik", sagte Davies grimmig, "und gewöhnen Sie sich an den Gedanken, mehr

Zeit mit Ihrer Familie zu verbringen. Oh, und nehmen Sie sich einen Anwalt. Einen guten. Jetzt, wo ich darüber nachdenke, sollte ich mir auch einen Anwalt nehmen."

KAPITEL DREIZEHN

Während Peerdeman, der Mossad und die Abteilung 89 mit hoher Geschwindigkeit in schwarzen Geländewagen auf dem Weg zum Hafen von Rotterdam waren, verlangte Peerdeman eine Erklärung, was es mit den Namen Hitler und Goebbels auf sich hätte. Decker teilte ihr mit, dass das wenige, was sie wisse, im Rahmen eines internationalen Telefongesprächs abgefangen worden sei. Peerdeman fühlte sich verpflichtet, dies ihrem Chef mitzuteilen, der, gelinde gesagt, skeptisch reagierte.

"Ich werde es dem Premierminister übermitteln", sagte er, "aber wir können nicht viel damit anfangen. Die Priorität liegt darin, die Bombe zu finden - falls sie dort ist."

Peerdeman hatte wohlweislich verschwiegen, dass sie beabsichtigt, den gesamten Hafen zu schließen.

"Wenn sie dort ist, werden wir sie finden", sagte sie stattdessen.

"Bleiben Sie in Kontakt, Major", sagte er und legte auf.

Als sich der Konvoi dem Hafen näherte, warf Peerdeman einen kurzen Blick auf die verschlüsselte Nachricht, die die Generalin Goebbels per Telefon übermittelt hatte.

"Es sieht aus wie eine einfache Substitutions-Chiffre", sagte sie zu den anderen, "wir müssen nur wissen, wie weit im Alphabet sie angefangen haben. Wenn es sich tatsächlich eine One-Time-Pad-Verschlüsselung handelt, dann haben wir ein Problem, denn die kann man nicht knacken."

"Das bezweifle ich", sagte Graf, "Goebbels müsste die Botschaft entweder schnell oder sofort verstehen. Also müssen sie einen festen Code verwenden. Jedes Mal einen neuen OTP zu verwenden, wäre ein zu großer Aufwand."

"Wir sind da", sagte Shavit vom Beifahrersitz aus, "Major Peerdeman, Sie sind dran. Der Sicherheitsdienst signalisiert uns, dass wir anhalten sollen. Es sind auch schwer bewaffnete Polizisten hier."

Peerdeman kurbelte das Fenster herunter und gab dem Sicherheitsbeamten ein Zeichen. "Ich bin Major Anja Peerdeman vom niederländischen Militärgeheimdienst. Hat man Ihnen gesagt, dass ich kommen würde?"

Der Wachmann nickte und zeigte auf den Kommandanten der bewaffneten Polizei, der salutierte. "Mein Name ist Armin De Jong, Polizei Rotterdam. Ich habe einen Anruf aus dem Büro des Premierministers erhalten, in dem uns gesagt wurde, dass wir Ihre Anweisungen befolgen sollen, obwohl ich nicht weiß, was los ist."

"Ich schließe den Hafen mit sofortiger Wirkung", sagte Peerdeman.

De Jong sah schockiert aus. "Den ganzen Hafen? Sie sind ja verrückt. Das können Sie nicht tun."

"Sie haben mir gerade gesagt, dass der Premierminister Ihnen befohlen hat, mir zu gehorchen."

"Ja, schon", sagte De Jong, "aber das? Sie werden ein unsägliches Chaos anrichten. Wonach suchen Sie?"

"Wir suchen ein bestimmtes Schiff, das heute Abend einlaufen soll. Wir müssen das Schiff unter Quarantäne stellen, und danach werden Gefahrenstoffteams kommen."

Das erregte De Jongs Aufmerksamkeit. "Gefahrgut?"

"Tun Sie einfach, was man Ihnen sagt, Kommandant De Jong", sagte Peerdeman, "die Schließung des Hafens ist nur eine Vorsichtsmaßnahme. Hoffentlich erreichen wir das Schiff rechtzeitig und die Dinge können schnell wieder zur Normalität übergehen. In der Zwischenzeit ist es allen verboten, den Hafen zu verlassen oder zu telefonieren."

"Nennen Sie mir die Details des Transports, einschließlich Herkunftsland, Name des Schiffes und wann es ankommen soll", sagte De Jong, "ich werde nachsehen, ob es noch unterwegs ist."

Graf übergab die Liste mit den Angaben, die sie von Bormann vor seinem vorzeitigen Tod erhalten hatte. De Jong nahm sie mit in die Sicherheitsbaracke und ging ans Funkgerät. Er kam mit weißem Gesicht zurück.

"Was?", sagte Decker.

"Das Schiff ist bereits hier. Es ist vor zwei Stunden aufgetaucht."

"Bormann hat die Wahrheit verbogen", sagte Schmitz, "ich frage mich, worüber er noch gelogen hat?"

"Ist das Schiff entladen worden?", fragte Peerdeman, der die Antwort fürchtete.

"Ist gerade in Arbeit!", sagte De Jong.

Peerdeman wandte sich an Schmitz. "Bitte holen Sie mich aus dem Auto und in meinen Stuhl. Dann gehen Sie mit Kommandant De Jong und seinen Leuten zum Schiff und halten Sie die Schiffsbesatzung davon ab, die Bombe zu entladen. Ich melde es und schicke sofort ein Gefahrengutteam zu Ihnen."

Während Peerdeman zum Büro des Premierministers durchgestellt wurde, parkten das Team der Abteilung 89, der Mossad und die Rotterdamer Polizeieinheit in der Nähe der Anlegestellen. Mit gezogenen Maschinenpistolen sprinteten sie auf das Schiff zu und hielten sich dabei dicht an den Lagercontainern. Sie waren entschlossen, bis zur letzten Minute nicht gesehen zu werden.

Doch das Glück war nicht auf ihrer Seite. Ein Mitglied der Schiffsbesatzung ging zwischen den Lagercontainern umher, um eine Zigarette zu rauchen. Als er die Polizei und die anderen auf sich zukommen sah, fiel ihm die Zigarette aus dem Mund und er holte Luft, um zu schreien.

Brinkmann war jedoch hinter ihm, und das Besatzungsmitglied nahm eine leichte Bewegung hinter sich wahr, als Brinkmann ihre Waffe über den Kopf des Mannes schwang und ihn bewusstlos schlug, sodass sein Kopf gegen den

Schiffscontainer prallte. Alle hielten zusammen die Luft an und fragten sich, ob es noch jemand gehört hatte. Brinkmann sah niedergeschlagen aus.

"Tut mir leid", flüsterte sie, "ich habe ihn wohl zu hart geschlagen."

Decker legte einen Finger an ihre Lippen und schlich um den Container herum, bis sie das Schiff sehen konnte. Vor allem aber sah sie die Besatzung, die offensichtlich nichts von der Notlage ihres bewusstlosen Kameraden mitbekamen.

"Wir haben Glück", sagte Decker und schlich zurück, "niemand hat was gehört. Sie stehen alle auf dem Dock herum und sehen aus, als ob sie sich um nichts in der Welt kümmern würden. Entweder ist die Bombe noch nicht entladen worden oder sie ist geladen und weg. Hoffen wir, dass es Nummer eins ist."

Schmitz überprüfte seine Waffe und schaute dann alle an. "Lasst uns gehen und es herausfinden."

Die Besatzung wusste nicht, wie ihr geschah. Eben noch gingen sie mäßig motiviert ihren Aufgaben nach, im nächsten Moment wurden sie von schwer bewaffneten, schreienden Polizei- und Geheimdienstbeamten angegriffen. Sie wurden grob zu Boden geworfen, wo man sie mit Kabelbindern fesselte und ihnen befahl, stillzuliegen.

Währenddessen verschwendeten Decker und die anderen keine Zeit mit dem Entern des Schiffes. Begleitet von weiteren Polizisten, wurde die Besatzung schnell überwältigt und festgenommen. Decker und ihr Team bewegten sich weiter in Richtung Brücke. Solange der Kapitän und der Erste Offizier nicht in Gewahrsam genommen waren, war für sie das Schiff nicht eingenommen.

Als sie sich der Tür der Brücke näherten, erschien der Kapitän und hob die Hände.

"Mein Erster Offizier und ich ergeben uns", sagte er ruhig, "ich möchte wissen, auf wessen Befehl Sie mein Schiff betreten."

"Die niederländische Regierung", sagte Decker.

"Aber Sie sind keine Holländer", sagte der Kapitän, "Sie sind nicht zuständig."

Kommandant De Jong meldet sich mit einem Blatt Papier.

"Aber ich bin Niederländer", sagte er, "und dieses Stück Papier berechtigt uns, dieses Schiff zu durchsuchen."

"Wofür?", fragte der erste Offizier, der gerade an der Tür erschienen war.

"Wir werden es wissen, wenn wir es finden", sagte De Jong, "ein Gefahrenstoffteam ist hier. Begleiten Sie sie in den Frachtraum und bleiben Sie dort."

Mit Ausnahme einiger Polizisten, die den Kapitän und den Ersten Offizier bewachten, gingen alle zurück zum Kai und warteten. Sie sahen zu, wie das Gefahrenstoffteam in seinen Chemikalienschutzanzügen das Schiff betrat und unter Deck ging.

Normalerweise hätte Decker froh sein müssen, dass die Mission erfolgreich abgeschlossen worden war. Aber sie hatte das nagende Gefühl, dass etwas nicht stimmte. Es war zu glattgelaufen. Zu einfach. Bormann hatte zu leicht aufgegeben. Jemand von seinem Rang hätte niemals so schnell aufgegeben.

Ihre Gedanken wurden durch das Geräusch des Gefahrgutbeauftragten unterbrochen, der die Treppe des Schiffes herunterkam. Er ging zu Decker und De Jong hinüber, die geduldig mit Shavit und den anderen warteten. Er zog seinen Gesichtsschutz ab.

"Und?", fragte Decker, "ist die Bombe da?"

Er schüttelte den Kopf. "Keine Bombe. Es gibt Waffen, Sprengstoff, Geld, Munition. Genug, um einen Krieg zu beginnen. Aber keine Atombombe."

Schmitz schüttelte den Kopf. "Bormann hat gelogen."

"Nicht unbedingt", sagte Decker und holte ihr Funkgerät heraus, "Peerdeman, sind Sie da?"

"Ja"

"Die Bombe ist nicht auf dem Schiff. Ich wiederhole, nicht auf dem Schiff."

Eine Pause. "Ich weiß. Ich habe gerade Ihren Code geknackt", sagte Peerdeman, "ich hatte recht. Es *war* eine Substitutions-Chiffre, aber sie haben den Code nach der Hälfte der Nachricht geändert, sodass ich einen Moment lang verwirrt war, während ich die neue Sequenz herausfand. Aber am Ende habe ich es geschafft."

"Und?", sagte Decker ungeduldig.

"Das Schiff in Rotterdam war höchstwahrscheinlich ein Köder, nur für den Fall, dass sie auf diese Weise auffliegen würden. Ich weiß, wo die Bombe wirklich entladen werden wird."

Der Metallbehälter mit der Atombombe im Inneren schwankte bedenklich, als er vom Deck des zweiten Schiffes hinunter gehoben wurde. Am Kai angekommen, wurde die Kiste mit einem Gabelstapler auf einen Lkw gehoben, und der Fahrer unterschrieb sofort den Papierkram.

Fünfzehn Minuten später traf ein gestresster Zollbeamter ein. Aber der Fahrer war nicht beunruhigt, denn der Beamte war auf ihrer Seite. Er war bezahlt worden, um wegzusehen. Aber er musste trotzdem eine Show abziehen.

"Was ist in der Kiste?", fragte er und zeigte auf sie.

"Maschinenteile", sagte der Fahrer und hielt die Papiere in die Höhe.

Der Zollbeamte holte ein Brecheisen hervor. "Das wollen wir herausfinden, ja?"

Nach viel Mühe und Anstrengung wurde der Deckel der Kiste entfernt, und zum Vorschein kamen Reihen über Reihen dicht gepackter Maschinenteile.

"Das ist in Ordnung", sagte der Zollbeamte und warf dem Fahrer einen strengen Blick zu, "Versiegeln Sie die Kiste und Sie können weiterfahren."

Nachdem der Zollbeamte gegangen war, machte sich der Fahrer daran, die Kiste wieder zu verschließen. Er hatte keine Zeit zu verlieren. Er wusste, was er transportierte, und er kannte die Art von Leuten, für die er arbeitete. Er kannte den Zeitplan und wusste, was mit ihm passieren würde, wenn er sich mit irgendetwas davon verspätete. Nachdem die Kiste also wieder gesichert war, sprang er in seinen Wagen und fuhr zum Haupttor.

"Willkommen in Hamburg", sagte der Wachmann am Tor.

KAPITEL
VIERZEHN

Als Peerdeman mitteilte, der Zielhafen sei nun Hamburg, wurde dem Team klar, dass es keine Hinweise mehr hatte. Sie hatten nicht nur keine Ahnung, wann das Schiff einlaufen würde - wenn es nicht schon eingelaufen war -, sondern auch keinen Hinweis auf den endgültigen Bestimmungsort der Atombombe. In diesem Moment wurde Decker klar, dass sie durch den Verlust der Bombe die Kontrolle über die Situation verloren hatte, und rief Bundeskanzlerin Meyer über eine sichere Leitung an.

"Die Bombe ist also wahrscheinlich in Deutschland?", fragte Meyer.

"Ja", sagte Decker frustriert, "Bormann hat sich einen letzten Spaß auf unsere Kosten erlaubt und uns in die falsche Richtung geschickt. Während wir in Rotterdam suchten, haben sie sie durch die Hintertür in Hamburg eingeschleust. Es tut mir leid."

"Wenn die Bombe auf deutschem Boden explodiert, dann

wird es Ihnen leid tun", sagte Meyer barsch, "Sagen Sie mir, was ich tun soll. Ich verlasse mich auf Sie."

"Ich hätte nie gedacht, dass ich das einmal sagen würde, aber es ist an der Zeit, in Washington DC anzurufen und mit der CIA zu sprechen."

"Was würde das bringen?"

"Wenn auch nur die geringste Chance besteht, dass die Bombe auf dem europäischen Festland explodiert, muss Washington informiert werden. Außerdem haben sie vielleicht Informationen über diese Gruppe, die sie uns vorenthalten haben. In diesem Stadium greifen wir nach Strohhalmen."

"Sie wissen, wie ungern ich zu den Amerikanern gehe", sagte Meyer, "aber Sie haben recht. Sie müssen informiert werden, wenn hier ein hohes Risiko einer nuklearen Explosion besteht. Zumal in ein paar Tagen der G7-Gipfel hier in Berlin stattfindet."

"Moment", rief Decker aus, "das ist es. Sie haben es auf die G7 abgesehen. Das muss es sein. Welches andere Ziel könnten sie denn sonst anstreben? Bormann selbst sagte, sie wollten ein Viertes Reich. Was wäre da besser geeignet, als die Führer der sieben höchstentwickelten Industrienationen der Welt auszulöschen?"

"Sie wollen alles auf diese eine Karte setzen, dass sie den G7 angreifen?", sagte Meyer, "was ist, wenn Sie sich wieder irren und der G7 ein Ablenkungsmanöver ist?"

"Dann sind wir alle tot", sagte Decker, "Aber Sie müssen mich wenigstens nicht um meinen Rücktritt bitten. Aber wenn Sie einen besseren Vorschlag für ein Ziel haben, bin ich ganz Ohr."

Meyer seufzte. "Nein, das hab ich nicht, und je mehr ich darüber nachdenke, desto glaubwürdiger klingt es. Ich werde Langley informieren müssen, Die werden wahrscheinlich den Secret Service anweisen, den Präsidenten in Washington DC zu behalten. Nicht, dass es mich stören würde, wenn ich den nicht sehen müsste."

"Das ist Politik, nicht mein Gebiet", sagte Decker, "die Bombe zu finden und diese Bastarde zu töten, das kann ich am besten. Rufen Sie an und sagen Sie den G7 ab. Oder verlegen Sie ihn an einen geheimen Ort. Aber wir werden jeden glauben lassen, dass er in Berlin stattfindet."

"Eine ganze Stadt als Köder?", fragte Meyer.

"Das ist die einzige Möglichkeit, die Bombe zu erwischen, bevor sie hochgeht", sagte Decker, "keine Sorge, wir werden sie entschärfen, bevor sie hochgeht. Berlin wird nicht für zweihundert Jahre radioaktiv sein."

CIA-Direktor James Barton fuhr gerade auf seinem Heimtrainer in der Ecke seines Büros, als seine Sekretärin hereinkam.

"Der deutsche Generalstabschef Hans Unterwald ist am Telefon", sagte sie. "Er weiß, dass es höchst irregulär ist, nicht über das Weiße Haus oder das Außenministerium zu gehen, aber er muss sofort mit Ihnen sprechen."

Barton wischte sich das Gesicht mit einem Handtuch ab und zeigte auf das Telefon. "Stellen Sie ihn durch."

Das Telefon piepte einmal und Barton nahm ab.

"Hans?", fragte er, "was gibt es denn so Dringendes?"

"Setzen Sie sich", sagte Unterwald mit seiner tiefen Baritonstimme, "das wird ein langes Gespräch und es wird Ihnen kein bisschen gefallen."

"Ich dachte mir schon, dass Sie nicht anrufen, um über das Wetter zu sprechen."

"Es besteht eine hohe Wahrscheinlichkeit, dass auf dem G7-Gipfel hier in Berlin in wenigen Tagen ein nuklearer Sprengsatz gezündet werden wird."

Barton setzte sich wie vom Schlag getroffen. "Sie hatten recht, das gefällt mir überhaupt nicht. Woher haben Sie Ihre Informationen?"

"Von zwei Personen in Südamerika, die sich General Hitler und Oberst Goebbels nennen. Haben Sie irgendwelche Informationen darüber, die Sie mit Ihren engsten europäischen Verbündeten teilen möchten?"

Barton schloss die Augen, als hätte er gerade die schlimmste Migräne seines Lebens bekommen. "Ja, habe ich."

"Sie wissen, wer diese Leute sind?", sagte Unterwald.

"Wir haben die Gruppe seit fast drei Jahren unter Beobachtung. Sie nennen sich den *SS-Adler-Verband*. Die Frau, die als General Hitler bekannt ist, soll die heimliche Tochter von Adolf Hitler sein."

"Hitlers heimliche Tochter? Und das haben Sie uns nicht gesagt?", rief Unterwald.

"Wir haben beschlossen, dass es sich um eine harmlose Gruppe Spinner handelt und dass es in Ihrem Fall besser wäre, wenn Sie nichts davon wissen."

"Harmlose Spinner - mit einer Atombombe", sagte Unterwald wütend, "außerdem macht das keinen Unterschied. Ihre angebliche Abstammung hätten Sie uns auf jeden Fall mitteilen müssen. Es war nicht Ihre Entscheidung, uns diese Information vorzuenthalten."

"Und was hättet ihr getan?", fragte Barton, "sie getötet? Wir dachten nicht, dass sie eine Bedrohung für jemanden sein könnten. Offensichtlich haben wir uns geirrt. Wir haben den Ball aus den Augen gelassen. Sind Ihre Informationen zuverlässig?"

"Wir wissen, dass irgendwann eine Atombombe im Hamburger Hafen angekommen ist", sagt Unterwald, "wir vermuten, dass sie es auf die G7 abgesehen haben. Welches andere große Ziel rechtfertigt derzeit eine Atombombe?"

"Ja, das macht leider Sinn", sagte Barton und nickte vor sich hin, "ist Ihnen klar, dass wir den Präsidenten jetzt daran hindern müssen, zum G7 zu kommen? Der Geheimdienst wird ihn niemals in das Flugzeug lassen."

"Natürlich", sagte Unterwald, "aber wir haben einen Plan und wir brauchen Ihre Hilfe, um ihn zu verfolgen. Und wenn das alles vorbei ist, wollen wir wissen, wo sich diese General Hitler befindet, während Sie wegschauen. Dafür vergessen wir, dass Sie uns im Dunkeln gelassen haben."

Der Lastwagen mit der Kiste, in der sich die Bombe unter einem Haufen Maschinenteile befand, wurde auf einem Rastplatz außerhalb von Hamburg in einen kleinen Lieferwagen umgeladen. Der Fahrer des Lastwagens wurde dann von dem Fahrer des Lieferwagens auf Befehl von Goebbels kurzerhand umgebracht. Keine ungeklärten Fragen.

Nachdem er das Kennzeichen gewechselt und einen Umweg gefahren hatte, um nicht entdeckt zu werden, fuhr der neue Fahrer spätnachts in Berlin ein und begab sich direkt zu einem vorher vereinbarten Ort. Bei dem Ort handelte es sich um eine Lagerhalle, die ihre Türen öffnete, als sich der Lieferwagen näherte. Der Fahrer des Lieferwagens stieg aus, um kurz darauf selbst ins Gesicht geschossen zu werden. Wieder eine potenzielle Sicherheitslücke geschlossen. Für die unteren Dienstgrade, die für General Hitler arbeiteten, gab es keine Rente.

Nachdem man sich vergewissert hatte, dass das Gerät sicher war, wurde der Lieferwagen in einer abgedunkelten, abgelegenen Ecke des Lagers verschlossen.

Bereit zur Detonation am Zielort.

Unterwald hatte seine Arbeit gut gemacht. Nach nur wenigen Stunden hatte er den G7-Gipfel heimlich abgesagt, indem er jeden Mitgliedsstaat einzeln anrief und die Staats- und Regierungschefs vor Berlin warnte. Aber er schwor sie auch auf Verschwiegenheit ein und bat alle, so zu tun, als ob sie trotzdem kämen. Das Letzte, was sie brauchten, war, dass die Nazis mit der Bombe in den Untergrund gingen und auf unbestimmte Zeit abtauchen würden.

Doch dann machte Unterwald einen fatalen Fehler. Er teilte den deutschen Geheimdiensten mit, dass der G7-Gipfel abgesagt wurde und warum. So erfuhr der Maulwurf, der für Hitler und Goebbels arbeitete, davon und meldete sich umgehend in Südamerika.

"Schlechte Nachrichten", sagte er in Panik, "Ihr Plan ist aufgeflogen. Der G7 wurde heimlich abgesagt."

Goebbels sagte nichts. Er packte das Telefon fest und warf es schreiend gegen die Wand. Falls der Maulwurf Zweifel daran gehabt hätte, wie Goebbels die Nachricht auffassen würde, so räumten die Schreie und Flüche alle Zweifel aus dem Weg.

Natürlich wusste niemand in Berlin oder sonst wo, dass der abgesagte G7 entdeckt worden war. Also hieß es für Decker und die anderen, dass alle rund um die Uhr beschäftigt waren. Es mussten Vorbereitungen für einen G7-Gipfel getroffen werden, so als ob er tatsächlich stattfinden würde. Die Reden der Regierung an die Medien verteilt, und die Sicherheitsvorkehrungen aufgestockt werden.

Das Ganze dauerte an, bis Feldwebel Liebermann das Telefongespräch mit Goebbels abfing, und dann brach die Hölle los.

KAPITEL FÜNFZEHN

Peerdeman war wieder in Berlin und befand sich bei Liebermann, als der abgehörte Anruf eintraf. Als sie das Gespräch abhörte, wurde Liebermann blass. Sie rief sofort in Deckers Büro an, aber am Telefon war Schmitz.

"Ja, Feldwebel? Was gibt es?"

"Großes Problem."

"Ich würde gerne einen einzigen Tag erleben, an dem wir diese zwei ominösen Worte nicht zu hören bekomme", sagte Schmitz, "Also los, was gibts?"

Als Liebermann ihm das sagte, schwieg Schmitz.

"Lieber Gott, werden Sie es Major Decker sagen oder ich?", sagte er.

"Nein, nein, nein", sagte Liebermann, "Sie sind der Hauptmann, die Ehre gehört Ihnen."

Etwa zur gleichen Zeit, als Schmitz Decker im Stillen betend anrief, um ihr den Tag zu vermiesen, befand sich die Generalin auf ihrem Anwesen in Chile und hielt die vertraute Schrotflinte in der Hand. Sie schoss auf Tontauben und war sehr gut darin, was einem immer nervöser werdenden Berger nicht entging, als er sich näherte. Er war von Goebbels angerufen worden und hatte den Auftrag, die Generalin die Nachricht zu überbringen, dass der Plan entdeckt worden war.

Berger war bei Weitem kein Papiertiger. Er hatte schon mit bloßen Händen getötet und deswegen keinen Schlaf verloren. Aber der Anblick dieser Frau, wie sie mühelos Tontauben vom Himmel holte, gab ihm das Gefühl, als könne er den Rest seines Lebens in Minuten zählen. Wenn Berger bei seiner Arbeit für sie eines gelernt hatte, dann dass man immer ein Opferlamm brauchte, wenn etwas schiefging. Er hatte das Gefühl, dass er heute als Lammkotelett serviert wurde.

"Berger", sagte die Generalin ruhig, während sie die Waffe in den Himmel richtete. Sie hatte sich nicht dazu herabgelassen, sich umzudrehen und ihn anzuschauen. Das war nicht gut.

"General", sagte er, als das Gewehr dröhnte und die Tontaube in Stücke zerfetzte.

Die Generalin drehte sich schließlich um und sah Berger leidenschaftslos an, als sie die leeren Patronenhülsen aus der Waffe nahm und durch neue ersetzte.

"Gibt es etwas zu berichten?", fragte sie leise. Ihre blauen Augen funkelten tödlich.

Berger wusste bereits instinktiv, dass die Generalin die Antwort bereits kannte. "Der Plan ist irgendwie von der deutschen Regierung entdeckt worden. Sie haben die Konferenz heimlich abgesagt, tun aber so, als ob sie stattfinden würde, um uns anzulocken. Das ist alles die verdammte Schuld dieser verfluchten Abteilung 89. Ich kann Ihnen nicht sagen, wie leid es mir tut, General."

Sie sagte nichts, nickte nur, sah Berger immer noch an, als sie den Lauf der Waffe wieder in Position klappte und Berger in den Bauch schoss.

Als sich der Gestank des Pulverdampfes verzogen hatte, fiel Berger langsam zu Boden und hielt sich den Bauch, aus dem eine enorme Menge Blut floss. Seine schockierten Augen rollten nach oben, als er zur Seite fiel und starb.

"Ihre Entschuldigung ist angenommen, Hauptmann Berger", sagte sie kalt und starrte auf die Leiche hinunter. Sie holte ein kleines Telefon aus ihrer Tasche und rief Goebbels an.

"Es wäre eine Verschwendung, unsere kleine Atombombe einfach so verkommen zu lassen. Ich habe einen Plan, wie wir sie einsetzen können, der die Aufmerksamkeit der Berliner erregen wird. Wir können immer noch siegen."

Auch Decker war in schlechter Stimmung. Nachdem sie erfahren hatte, dass die undichte Stelle im deutschen Geheimdienst Goebbels in Südamerika kontaktiert hatte, wies sie Liebermann sofort an, eine Tonbandaufzeichnung des Gesprächs vorzulegen. Anschließend wurde das Gespräch unter Mithören von Direktor Ritter abgespielt.

"Ich persönlich erkenne die Stimme nicht", sagte Ritter düster, "aber ich werde das meinen Stellvertretern vorspielen und sehen, ob es bei jemandem Klick macht. Wir werden herausfinden, wer es ist."

"Und dann verstecken Sie ihn, damit ich nicht an ihn herankomme und ihn töte", rief Decker wütend, "wir haben jetzt keine verwertbare Spur, um die Atomwaffe zu finden. Sie werden sie entweder aus Rache in aller Öffentlichkeit explodieren lassen oder sie bis zum nächsten politischen Großereignis zurückhalten. Mit anderen Worten, uns ist eine Hand auf dem Rücken gebunden."

"Ich kann mir nicht vorstellen, dass sie das Ding auf unbestimmte Zeit aufbewahren", überlegte Schmitz, "ich meine, wo wollen sie es um Himmels willen verstecken? Und sie können nicht riskieren, dass jemand redet und den Standort verrät."

"Stimmt", sagte Decker, "was bedeutet, dass sie höchstwahrscheinlich sehr bald einen Racheanschlag an einem öffentlichen Ort verüben werden. Vielleicht schieben sie es auf muslimische Extremisten oder so. Die Frage ist nur, wo und wann."

Ritter stand auf und strich sein Jackett glatt. "In der Zwischenzeit, während wir das herausfinden, werde ich die Bedrohungsstufe im Land erhöhen. Bewaffnete Polizei an allen Verkehrsknotenpunkten, Touristenorten und bei öffentlichen Veranstaltungen, die übliche Maßnahmen. Irgendwer, irgendwo, wird einen Fehler machen."

———

Der Mord an Berger wurde direkt in das Büro des Direktors in Langley übertragen. Da die CIA seit einiger Zeit wusste, wo die Generalin wohnte, konnte sie auf Bartons Anweisung hin Satelliten über dem Anwesen die Generalin positionieren. Sie konnten gerade noch rechtzeitig in hoher Auflösung miterleben, wie Berger seine Strafe für die Entdeckung des Walküre-Plans erhielt.

"Woah", sagte Bartons Stellvertreterin Susan Watts, "was hat er getan, um das zu verdienen?"

Barton seufzte. "Ich könnte mir vorstellen, dass jetzt der schwarze Peter für die verpatzte Mission weitergegeben wird. Die Deutschen haben uns gerade mitgeteilt, dass diese Gruppe davon erfahren hat, dass ihr Plan aufgeflogen ist. Ein Maulwurf der Regierung in Berlin hat sie gerade angerufen."

"Wird der G7-Gipfel also stattfinden?", fragte Watts.

"Auf gar keinen Fall", sagte Barton, "die Atombombe ist immer noch da draußen. Solange sie nicht geborgen ist, wird sich der Präsident nicht mal in die Nähe von Europa begeben."

"Können wir etwas tun, um den Deutschen zu helfen?", fragte Watts.

"Ich habe das Gefühl, dass wir in Berlin im Moment nicht sehr beliebt sind, weil wir uns mit unserem Wissen über diese Neonazi-Gruppe zurückgehalten haben", sagt Barton, "aber wenn sie etwas brauchen, kennen sie unsere Telefonnummer."

Kurze Zeit später erhielt die Gruppe in Berlin, die die Atombombe beaufsichtigte, einen Anruf von einem Wegwerfhandy im Ausland. Sie wussten, wer Goebbels war und dass man mit ihm nicht zu spaßen hatte. Als sie also ihre Befehle erhielten, wussten sie, dass sie sie ausführen mussten.

"Jawohl, Herr Oberst", sagte der Anführer der Gruppe, den Telefonhörer fest an sein Ohr gepresst, "es wird erledigt. Heil Hitler."

Ruhig legte er den Hörer auf und drehte sich zu den anderen um, die ihn erwartungsvoll ansahen.

"Planänderung. Wir werden den G7 nicht mehr angreifen. Dieser Plan ist von der Regierung entdeckt worden. Wir haben jetzt ein alternatives Ziel. Wir müssen auf weitere Anweisungen warten."

Berlin war abgeriegelt.

Obwohl der Öffentlichkeit die Gründe für die erhöhten Sicherheitsvorkehrungen offensichtlich nicht mitgeteilt werden konnte, hatten die Medien Wind davon bekommen . Sie waren weder dumm noch blind. Es wurde spekuliert, warum so viel bewaffnete Polizei auf den Straßen unterwegs waren und warum die Verkehrsknotenpunkte noch stärker als sonst geschützt wurden. Als Ritter das Bundestagsgebäude mit der Behauptung eines "Gaslecks" schloss, glaubte ihm niemand eine Minute lang diese Ausrede.

Der Kanzlerin wurde gesagt, dass sie zusammen mit ihrem Kabinett aus der Stadt evakuiert werden müsse, aber sie weigerte sich, die Stadt zu verlassen. Ihr verärgerter Sicherheitschef wollte noch einmal versuchen, sie zu überreden, aber ein Blick von Unterwald genügte, um ihm klarzumachen, dass das vergeblich sein würde.

Währenddessen machten Decker und der Rest der Abteilung 89 Überstunden, um nach der Bombe zu suchen. Sie wussten, dass die Uhr tickte. Sie wussten nur nicht, wie lange noch.

Goebbels war auf seinem Anwesen unterwegs, als das Telefon in seiner Tasche klingelte. Es war ein weiteres Wegwerfhandy. Seit der Aufdeckung des G7-Gipfelkomplotts hatte die Generalin angeordnet, dass alle untertauchen und brandneue Telefon benutzen sollten. Nach Goebbels' Meinung war das zu wenig und zu spät, aber er war es gewohnt, nicht nach seiner Meinung gefragt zu werden.

"Ja?", sagte er leise.

"Ich habe die neuen Zielinformationen für Sie, wie Sie gewünscht haben", sagte der Maulwurf in Berlin, "ich hoffe, Sie wissen, was Sie tun. Bitte sagen Sie mir, wann Sie die Bombe zünden werden, damit ich die Stadt rechtzeitig verlassen kann. Bitte schicken Sie mir auch meine Nachzahlung zeitnah. Ich werde sie zum Überleben brauchen."

"Geben Sie mir einfach die Informationen, um die ich gebeten habe", sagte Goebbels, "ich werde dafür sorgen, dass Sie gut versorgt sind."

Nachdem der Maulwurf die Information weitergegeben hatte, legte Goebbels sofort ohne ein weiteres Wort auf. Dann rief er die Generalin an.

"Wir haben die Zielinformationen", sagte er und lächelte.

"Geben Sie das an unsere Leute in Berlin weiter", sagte sie, "ich will, dass das Zentrum Berlins morgen um diese Zeit niemand mehr wiedererkennt."

KAPITEL SECHZEHN

Die zunehmend verzweifelten Bemühungen der Abteilung 89, den Nuklearsprengkörper zu lokalisieren, erhielten durch einen Videoanruf von Ritter einen großen Schub.

"Wir wissen, wer der Maulwurf ist", sagte er und wirkte erleichtert. "Ich habe meinen Stellvertretern die Tonaufnahme des Telefongesprächs vorgespielt, und einer von ihnen wurde sofort blass. Es scheint, dass die Stimme auf dem Band einer seiner leitenden Beamten ist.

"Ich hoffe, Sie haben ihn verhaftet", sagte Decker.

"Er hat sein Büro vor einigen Stunden plötzlich verlassen. Er sagte, er hätte einen Termin, aber als wir nachsahen, gab es keinen solchen Termin. Seine Telefone sind ausgeschaltet und niemand, nicht einmal seine Frau, weiß, wo er ist."

"Er ist auf der Flucht", sagte Schmitz, "irgendwie hat er Wind bekommen, dass wir ihm auf der Spur sind, und beschlossen, sich in ein Land ohne Auslieferungsabkommen zu flüchten."

"Warten Sie, es gibt noch mehr", sagte Ritter, "wir haben seine Telefonaufzeichnungen der letzten paar Tage überprüft. Heute, kurz bevor er sein Büro verließ, rief er ein Wegwerfhandy in Venezuela an. Er war knapp fünf Minuten lang in der Leitung."

"Geben Sie uns die Nummer", sagte Decker, "ich werde unsere IT-Abteilung veranlassen, die Nummer zu überwachen, falls jemand darauf zurückruft. Außerdem brauche ich ein Foto von unserem Maulwurf für die Berliner Gesichtserkennungskameras."

Ritter nickte. "Beides bereits auf dem Weg. Aber ich bin nicht davon überzeugt, dass er abhaut, weil er glaubt, er sei aufgeflogen. Ich glaube, er rennt, weil etwas passieren wird und er den plötzlichen Drang verspürt, aus der Stadt zu verschwinden."

Decker atmete tief durch. "Ja, da könnten Sie recht haben. Jetzt werfe ich mir die Kanzlerin über die Schulter und trage sie, wenn es sein muss, gewaltsam zu einem Evakuierungshubschrauber."

"Nein, ich gehe nicht!", sagte Meyer barsch, "wie oft muss ich das euch Leuten noch sagen?"

"Frau Bundeskanzlerin, lassen Sie es mich ganz deutlich sagen", sagte Decker, "es besteht jetzt eine neunzigprozentige Chance, dass in Berlin jeden Moment eine Atombombe explodiert. Ich habe die Kontrolle über die Situation verloren. Wenn wir hier lebend herauskommen, werde ich meinen Rücktritt erklären. Aber in der Zwischenzeit müssen wir Sie in Sicherheit bringen. Der Fortbestand der

Regierung ist unerlässlich. Sie haben eine Verantwortung, zu überleben."

"Halten Sie mir keinen Vortrag über Verantwortung, Major", rief Meyer, "es war Ihre Verantwortung, dafür zu sorgen, dass es nicht so weit kommt. Sie haben dieses Ding in meine Stadt gelassen."

"Was soll ich Ihnen sagen?", sagte Decker ruhig, "Ich habe Ihnen bereits gesagt, dass ich zurücktreten werde. Jetzt bringen wir Sie in Sicherheit."

"Und wo genau wäre die Sicherheit? Hundert Meilen entfernt? Fünfhundert? Tausend?"

"Ich habe mit der österreichischen Regierung gesprochen", sagte Unterwald, der im hinteren Teil des Raumes stand, "und man hat sich bereit erklärt, Sie zu schützen. Ich bin dabei, alle europäischen Staatsoberhäupter und auch die Vereinigten Staaten vor der aktuellen Gefahr zu warnen. Wien war der erste Anruf."

Meyers Schultern sanken. "Ich kann meine Bürger nicht dem Tod überlassen, während ich weglaufe."

Decker sah Unterwald an. "Ich habe keine Zeit mehr für diesen Quatsch. Entweder Sie bringen sie in den Hubschrauber oder ich schlage sie k.o. und mache es selbst."

Unterwald zückte ein Telefon und rief den Sicherheitschef an. "Alarmstufe Rot. Die Kanzlerin wird wegen einer terroristischen Bedrohung evakuiert. Und zwar sofort. Hubschrauber auf dem Dach, bitte."

Der nukleare Sprengsatz wurde aus dem Transporter herausgenommen und aus Sicherheitsgründen in ein neues Fahrzeug umgeladen. Dann rumpelten die Tore der Lagerhalle auf und das neue Fahrzeug - ein schwarzer BMW - glitt heraus. Hinter dem Lenkrad saßen ein Mann und eine Frau in Businesskleidung. Sie waren entschlossen, normal auszusehen und nicht angehalten zu werden, weil sie verdächtig aussahen.

Als sie losfuhren, gab die Frau die GPS-Koordinaten für ihr neues Ziel ein.

Während Meyer evakuiert wurde und die Bombe auf dem Weg zu ihrem neuen Bestimmungsort war, beschloss der Maulwurf, nach Hause zu fahren und seine Frau und sein Geld zu holen. Er hatte über hunderttausend Euro in bar in seinem Safe versteckt und war entschlossen, sie nicht zurückzulassen. Er war kurz versucht, seine Frau zurückzulassen, aber ein Anfall von Emotionen in letzter Minute ließ ihn seine Meinung ändern.

Der Maulwurf wusste von den Gesichtserkennungskameras, also hatte er seine Anzugjacke und Krawatte ausgezogen und einen Kapuzenpullover angezogen. Er zog sich die Kapuze über den Kopf und vervollständigte das Ensemble mit einer Sonnenbrille. Er war sich nicht sicher, ob das ausreichen würde, um die Kameras zu täuschen, aber er beschloss, es trotzdem zu riskieren. Der Gedanke an all das Geld im Safe gewann schließlich die Oberhand über ihn.

Er parkte sein Auto einige Straßen von seinem Haus entfernt und näherte sich vorsichtig seiner Straße. Er schaute sich um, ob jemand seine Haustür beobachtete, sah aber niemanden in einem Auto sitzen oder auf dem Bürgersteig stehen. Nach einer gefühlten Ewigkeit beschloss er, alle Vorsicht in den Wind zu schlagen und das Haus zu betreten. Immerhin war er mehr oder weniger überzeugt, dass er noch nicht entdeckt worden war.

Doch als er eintrat, ahnte er nicht, dass das Nachbarhaus auf der gegenüberliegenden Straßenseite von der Abteilung 89 besetzt worden war. Amsel spähte mit einem Weitwinkelobjektiv aus dem vorderen Schlafzimmerfenster. Als er Linus Schmidt sein Haus betreten sah, schüttelte er ungläubig den Kopf und rief Decker an.

"Sie werden nie erraten, wer gerade durch seine Haustür gekommen ist", sagte Amsel.

"Da soll doch wohl ein Witz sein, oder?", sagte Decker, "er kann doch nicht wirklich glauben, dass er noch nicht aufgeflogen ist."

"Wie soll ich das machen?", fragte Amsel.

"Ich komme mit der Kavallerie", sagte Decker, "sorgen Sie nur dafür, dass er nicht abhaut. Wenn er es versucht, schießen Sie ihm ins Bein oder so was. Er könnte die einzige Person sein, die weiß, wo die Bombe ist."

Schmidt machte sich auf den Weg in den Keller, wo sich der Safe befand. Seine Frau war nicht zu Hause, was es im Nachhinein einfacher machte, sein Geld herauszuholen. Sie wusste nichts von dem Geld, und er wollte sich ihre hysterischen Nachfragen, woher es denn käme, nicht anhören, während er es aus dem Safe holte.

Er öffnete den Tresor, nahm eine Handvoll Geldbündel und stopfte sie in eine Sporttasche. Während er das tat, hörte er oben ein Geräusch und wusste, dass seine Frau zurückgekehrt war. Er atmete tief durch, um seine Nerven zu beruhigen, ging die Treppe hinauf und fand sie in der Küche. Sie sah erschrocken aus, als sie ihn sah, und da wusste er, dass er jetzt aufgeflogen war.

"Liebling", sagte sie zögernd, "das Büro sucht schon seit Stunden nach dir. Man hat mir gesagt, ich solle Bescheid sagen, wenn ich dich sehe."

Schmidt schloss verzweifelt die Augen. "Schatz, ich wünschte, das hättest Du nicht gesagt."

Decker und die anderen rasten in Höchstgeschwindigkeit auf Schmidts Haus zu. Auf dem Weg dorthin rief Amsel zurück.

"Die Frau ist zu Hause angekommen", berichtet er, "aber Schmidt ist noch im Haus. Er hat noch nicht versucht, das Haus zu verlassen. Er hat allerdings die Vorhänge zugezogen."

"Wir sind fast da", sagte Decker, während der Rest des Teams seine automatischen Waffen überprüfte, "wir haben noch ein paar Minuten. Schmitz bricht jeden Geschwindigkeitsrekord."

Plötzlich gab es einen lauten Knall in der Leitung.

"Was war das?", fragte Decker.

"Ein Schuss an", sagte Amsel, "ich gehe rein. Macht schneller und gebt mir Rückendeckung."

"Verstanden", sagte Decker. Sie legte auf und sah Schmitz an. "Noch schneller, mein Großer".

Schmitz nickte und drückte das Gaspedal noch stärker durch.

KAPITEL SIEBZEHN

Der Wagen mit der Atombombe war jetzt in der Berliner Innenstadt angekommen und bewegte sich langsam auf sein Ziel zu. Die beiden Personen im Inneren des Wagens waren ruhig und zuversichtlich, was ihre Zukunftsaussichten betraf. Überleben war natürlich vorzuziehen, aber wenn sie starben? Nun, sie würden für den Ruhm des bevorstehenden Vierten Reiches sterben. Wenn sie schon sterben mussten, dann gab es ihrer Meinung nach keinen besseren Grund.

Als sie die Zielstraße betraten, sahen sie sich nach den unvermeidlichen Sicherheitskräften um. Da sie nichts Auffälliges sahen, warteten sie darauf, dass das GPS bestätigte, dass sie an ihrem Ziel angekommen waren, bevor der Mann seine Hand diskret hinter seinen Sitz legte und die Bombe scharf machte.

"Wir haben zwei Stunden Zeit", sagte der Mann ruhig, "drei Straßen weiter sollte ein anderes Fahrzeug für uns bereitstehen. Wir nehmen es und fahren zur polnischen Grenze."

Die Frau nickte. "Die Uhr tickt. Lass uns gehen."

Doch als sie die Straße erreichten, auf der das andere Auto stehen sollte, war es nicht da. Der Mann hielt seine Wut im Zaum, rammte seinen Ellbogen durch das Fenster eines geparkten Autos und öffnete die Tür.

"Steig ein", sagte er. Offensichtlich rechnete niemand damit, dass sie überleben würden. Sie hingegen hatten andere Pläne.

Amsel zog seine Waffe und näherte sich vorsichtig dem Haus von Schmidt. Es bestand kein Zweifel, dass er einen Schuss gehört hatte. In seinem Beruf wusste man, wann eine Waffe abgefeuert wurde. Man wusste auch, dass jemand, der gefährlich genug war, eine Waffe abzufeuern, nicht zögern würde, unbequeme Zeugen zu beseitigen.

Amsel schaute die Straße hinauf und hinunter, um zu sehen, ob Decker und die anderen im Anmarsch waren, und beschloss, dass er es nicht riskieren konnte, weiter zu warten. Es könnte jemand drinnen verletzt sein. Also hielt er die Waffe mit beiden Händen, die Arme ausgestreckt, ging auf die Haustür zu und schoss auf das Schloss.

Die Wucht der Kugel pulverisierte das Schloss und stieß Amsel die Tür auf. Drinnen war es still, aber er konnte das Schießpulver riechen.

Ein Schuss *war* abgefeuert worden, daran bestand kein Zweifel. Die Frage war nur, wo war der Schütze und wer war verletzt?

Die zweite Frage war schnell beantwortet, als Amsel in den Esszimmerbereich ging. Schmidts Frau saß mit dem Rücken zur Wand auf dem Boden. Ihre Augen waren glasig und es war offensichtlich, dass sie gerade an der klaffenden Schusswunde in ihrer Brust gestorben war. Neben ihr lag ein schnurloses Telefon, das ihr anscheinend aus der Hand gefallen war.

Amsel verschwendete keine Zeit mit der Untersuchung der Leiche. Er war eindeutig zu spät und musste den Schützen finden, sonst riskierte er, auf die gleiche Weise zu enden. Als er sich umdrehte, sah er die Treppe, die nach oben führte, und eine weitere Treppe, die zu etwas hinunter führte, das wie ein Keller aussah.

"Tür A oder Tür B?", flüsterte Amsel vor sich hin.

Bevor er sich entscheiden konnte, ertönte ein Schuss, und die Kugel zischte nah an seinem Ohr vorbei. Der Schuss ließ Amsel instinktiv nach links und auf den Boden springen. Dann erwiderte er das Feuer auf die Kellertreppe, von der der Schuss kam.

"Schmidt", rief Amsel, während draußen die Autos kreischten, "Sie sind umzingelt. Es gibt keinen Ausweg. Ergeben Sie sich jetzt und Sie werden leben. Leisten Sie Widerstand und Sie werden sterben."

Schmidt antwortete mit zwei weiteren verzweifelten Schüssen, die ihn jedoch völlig verfehlten. Als Decker und die anderen mit gezogenen Maschinengewehren durch die Tür kamen, war Schmidt zurück in den Keller gerannt und hatte sich dort eingeschlossen.

"Die Frau ist tot", sagte Amsel und richtete sich auf,

"Schmidt ist unten, nachdem er sein Bestes getan hat, auch mich zu töten."

Decker lief die Treppe hinunter und untersuchte die Tür. Sie war aus rostfreiem Stahl und eindeutig dazu gedacht, Eindringlinge abzuwehren. Da gab es kein Durchkommen.

"Wir haben keine Zeit für diesen Scheiß", schimpfte sie.

Sie rannte zurück nach oben. "Wir müssen ihn da rausholen. Vorschläge?"

Brinkmann schulterte ihre Waffe. "Darf ich?"

Sie lief nach draußen, wo sie einen Gartenschlauch gesehen hatte, als sie ins Haus gelaufen war. Schmitz, der ihr nach draußen gefolgt war, sah sie neugierig an.

"Wollen Sie ihm drohen, seinen Garten zu gießen?"

Brinkmann lief zum hinteren Teil des Wagens und befestigte das eine Ende des Schlauchs am Auspuffrohr. Schmitz, der den Plan endlich durchschaut hatte, lächelte.

"Sie böse Schlange. Sie sind schon zu lange mit Decker unterwegs."

"Machen Sie den Motor an", sagte Brinkmann, "es muss ein Fenster zu diesem Keller geben. Und ich werde es finden."

Schmidt wusste nicht, was er tun sollte. Die Situation geriet immer mehr außer Kontrolle. Eben noch war er ein hoch angesehener hochrangiger Offizier des militärischen Geheimdienstes - wenn auch ein Verräter. In der nächsten Minute wurde er entdeckt und gejagt, und er hatte seine

Frau umgebracht, weil sie seinen Aufenthaltsort verraten wollte. Jetzt war er in seinem Keller gefangen.

Warum, nur musste er wegen seines Geldes zurückkommen?

Während er seine eigene Dummheit verfluchte und darüber nachdachte, sich einfach zu erschießen, um einem Verhör zu entgehen, hörte er hinter sich das Geräusch von zerbrechendem Glas. Es war ein so kleines Fenster, dass niemand eine Chance hatte, hineinzukommen. Aber wenn eine Rauchgranate hineingeworfen wurde? Das wäre schlecht.

"Schmidt", rief Brinkmann, "das ist Ihre letzte Chance. Öffnen Sie jetzt die Tür und ergeben Sie sich. Oder wir werden Sie auf die harte Tour rausholen."

"Fahrt zur Hölle!", rief Schmidt.

"Wie Du willst", sagte Brinkmann, und schob das Ende des Schlauchs durch das Loch im Fenster.

Schmidt roch sofort die Abgase und begriff, was vor sich ging. Er hielt sich Nase und Mund zu und kauerte sich auf den Boden, während seine Gedanken rasten. Wie lange würde er es noch aushalten? Als die Abgase anfingen, seine Sinne zu vernebeln, und seine Sicht zu verschwimmen begann, war die Aussicht auf den Tod plötzlich unattraktiv. Er wollte leben.

Er rannte zu der Metalltür und fummelte verzweifelt an dem Schloss herum, bevor es zu spät war. Schließlich klickte das Schloss ein und er schwang die Tür auf, um mehrere automatische Waffen auf sein Gesicht gerichtet zu sehen.

"Linus Schmidt, Sie sind verhaftet", sagte Decker, die ihm ihre Waffe ins Gesicht hielt und ihn damit bewusstlos schlug.

Decker wandte sich an Schmitz. "Schleppt ihn zum Auto raus. Amsel, rufen Sie die Berliner Polizei an und melden Sie den Mord an Frau Schmidt."

Als Brinkmann wieder an der Haustür erschien, sah Decker sie mit einem kurzen Lächeln auf den Lippen an. "Und Sie? Gut gemacht."

Während Schmitz auf das Eintreffen der Berliner Polizei wartete, packten Decker und die anderen Schmidt in eines der Autos und fuhren erneut nach Berlin.

Sie waren entschlossen, Schmidt zum Hauptquartier der Abteilung 89 zu bringen, wo er mit Nachdruck verhört werden sollte. Decker war überzeugt, dass Schmidt den Standort der Bombe kannte, und da die Stunden und Minuten herunterzählten, gab es buchstäblich keine Zeit zu verlieren. Amsel tat es Schmitz daher gleich, indem er bei jeder Gelegenheit das Tempolimit überschritt.

Auf halbem Weg nach Berlin regte sich Schmidt und erwachte aus seiner Bewusstlosigkeit. Sein Kiefer war an der Stelle, an der er von Deckers Waffe getroffen worden war, angeschwollen und er zuckte vor Schmerz zusammen, als er die Augen öffnete.

"Wo sind wir?", fragte er schläfrig.

"In der Grotte des Weihnachtsmanns", sagte Brinkmann

sarkastisch. Sie rammte Schmidt ihre Pistole in die Rippen, um ihn daran zu erinnern, wer die Oberhand hatte.

Schmidt schaute aus dem Fenster und blinzelte schnell, um einen klaren Kopf zu bekommen. Schließlich blickte er auf den Hinterkopf von Decker, die auf dem Beifahrersitz saß.

"Es geht zurück nach Berlin. Da können wir nicht hingehen."

"Warum?", fragte Decker, "gibt es einen Grund, warum wir nicht zurück nach Berlin fahren sollten? Wenn ja, dann sagen Sie es jetzt."

Schmidts Mund öffnete und schloss sich lautlos wie ein Fisch. Er befand sich in einer Zwickmühle, und er wusste es. Wenn er zugeben würde, dass sich eine illegale Atombombe in seinem Besitz befand, würde er für sehr lange Zeit ins Gefängnis gehen. Würde er es nicht zugeben, würde er getötet werden, wenn die Bombe hochging.

Er entschied sich für das geringere Übel.

"Die Bombe ist in Berlin", sagte er und begann zu schluchzen, "bitte wenden Sie das Auto. Wir müssen weg."

Decker zeigte sich unbeeindruckt. "Nicht, bevor Sie mir sagen, wo die Bombe ist."

Schmidt zögerte, aber nur für den Bruchteil einer Sekunde. "Im Hauptquartier der Abteilung 89."

KAPITEL ACHTZEHN

"Stopp!", schrie Decker.

Amsel trat auf die Bremse und der Wagen kam quietschend zum Stehen. Noch bevor der Wagen richtig zum Stehen kam, war Decker herausgesprungen, riss die hintere Tür auf, zog Schmidt heraus und warf ihn gegen das Auto. Sie steckte ihm das Ende ihrer Pistole in den Mund.

"Nicken Sie ja oder nein. Ist die Bombe im Hauptquartier der Abteilung 89?"

Schmidt nickte verzweifelt.

"Haben Sie ihnen den Standort des Hauptquartiers genannt?"

Wieder nickte er, aber diesmal etwas vorsichtiger, als hätte er Angst vor ihrer Reaktion.

Decker entfernte den Lauf aus Schmidts Mund. "Zeit bis zur Detonation?"

"Ich weiß es nicht", krächzte er, "ich weiß es wirklich nicht. Ich weiß nur, dass sie nach dem Auffliegen des G7-Plans so wütend waren, dass sie sich rächen wollten. Da Sie mit dem Mord an Gonzalez den Stein ins Rollen gebracht haben, haben sie beschlossen, die Bombe stattdessen in Ihrem Gebäude zu platzieren."

Amsel telefonierte bereits mit Graf, die vorübergehend im Hauptquartier das Sagen hatte.

"Graf, die Atombombe befindet sich innerhalb oder außerhalb des Hauptquartiers. Evakuieren Sie das Gebäude sofort und bringen Sie alle so weit wie möglich weg. Evakuieren Sie die Zivilisten auf der Straße und bringen Sie sie so weit wie möglich weg."

"Wie viel Zeit haben wir?", fragte Graf erschüttert.

"Keine Ahnung", sagte Amsel, "es kann Minuten dauern, oder Stunden. Fangen Sie an."

Während Brinkmann Schmitz anrief und ihn auf den neuesten Stand brachte, tätigte Decker den schwierigsten Anruf ihres Lebens. Mit der Bundeskanzlerin, die jetzt in Wien war. Auch sie war entsetzt.

"Selbst wenn Sie sie finden, werden Sie sie vielleicht nicht rechtzeitig entschärfen können", sagte sie. "Wie groß ist der Explosionsradius von diesem Ding?"

"Ich weiß es nicht", sagte Decker, "und ein großer Teil von mir hat Angst davor, es zu wissen. Ich rufe Sie zurück, wenn ich mehr weiß."

Als sie auflegte, befahl sie allen, wieder ins Auto zu steigen und zum Hauptquartier der Abteilung 89 zu fahren, um bei der Suche nach der Bombe zu helfen.

Schmidt war entsetzt, dass sie in die falsche Richtung fuhren.

"Pech gehabt", sagte Decker brutal, "du hast es mitgebaut, du kriegst einen Platz in der ersten Reihe."

Als Graf den Hörer auflegte, rief sie sofort den Sicherheitschef des Gebäudes, Franz Gehrlich, an, der gerade zu Mittag aß. Als Graf die Situation erklärt und Anweisungen gegeben hatte, war Gehrlich der Appetit vergangen.

Er hatte lange Zeit beim Militär gedient. Er hatte aus nächster Nähe mit Nuklearsprengkörpern zu tun gehabt. Er kannte den potenziellen Fallout, der auf ihn zukommen würde. Aber er war auch ein Profi und wusste, was zu tun war.

Er löste den Alarm aus und befahl allen über die Lautsprecheranlage, das Gebäude sofort zu verlassen, da eine atomare Bedrohung vorliege. Sie wurden angewiesen, so weit wie möglich aus dem Gebäude zu rennen und nicht stehenzubleiben. Alle standen ruhig von ihren Schreibtischen oder was auch immer sie gerade taten auf und liefen die Treppen hinunter zu den Ausgängen.

Gehrlich überwachte die Evakuierung, als er von Graf überrumpelt wurde.

"Wenn die Bombe im Gebäude wäre, wo wäre sie dann?", fragte Graf.

"Das ist unmöglich", sagte Gehrlich und sah beleidigt aus, "Jedes Paket, das hier reinkommt, wird sofort geöffnet und inspiziert. Das Wartungspersonal wird vom militärischen Geheimdienst überprüft, Fahrzeuge und Personen werden beim Betreten und Verlassen des Geländes gescannt und durchsucht. Es ist unmöglich, dass sich eine Atombombe in diesem Gebäude befindet!"

"Dann muss sie draußen sein", rief Graf über den Lärm der Alarmanlage hinweg, "auch auf die Gefahr hin, Ihren Berufsstolz zu verletzen, haben Sie in letzter Zeit irgendwelche seltsamen Autos auf der Straße gesehen?"

"Definieren Sie seltsam", sagte Gehrlich, "das ist es, was ich die ganze Zeit gesagt habe. Sich in aller Öffentlichkeit auf einer Straße zu verstecken, ist schön und gut, aber wenn Zivilisten die Straße entlanggehen, wissen wir nicht, ob sie unschuldig sind oder etwas vorhaben."

"Wir haben jetzt keine Zeit für diese Diskussion", sagte Graf, "holen Sie Ihr Personal zusammen, schnappen Sie sich ein paar Geigerzähler und fangen Sie an, alle Autos auf der Straße auf Anzeichen von Strahlung zu überprüfen. Rufen Sie mich an, wenn Sie sie gefunden haben."

Die Evakuierung des Hauptquartiers begann in den Nachrichten aufzutauchen. Reporter, die sich fragten, warum Menschen so weit wie möglich von dem Gebäude wegliefen, stießen auf Hindernisse, als sie versuchten, den Eigentümer des Gebäudes herauszufinden.

Offiziell war die Abteilung 89 unter dem Deckmantel einer fiktiven Anwaltskanzlei vor Ort, aber die Medien fanden schnell heraus, dass es sich um die geheimnisvollste Anwaltskanzlei handelte, die ihnen je untergekommen war.

Schließlich genehmigte Graf widerwillig eine Erklärung, in der es hieß, dass ein schweres Gasleck die Schuld daran trage. Dann warnte sie Decker und die anderen, die schon fast da waren, dass die Medien auf den Plan treten würden. Sie sollten also ihre Waffen wegstecken.

Von Venezuela aus verfolgten Goebbels und die Generalin, die zu diesem Anlass eingeflogen war, die Szenen in den internationalen Nachrichtensendern.

"Nicht der ursprüngliche Plan, aber ich mag ihn", sagte sie, "wenn die Bombe explodiert, werden Meyer und ihre Regierung sterben und der deutsche Geheimdienst wird enthauptet . Die Europäische Union wird traumatisiert und unfähig sein, zu reagieren. Die isolationistischen Vereinigten Staaten werden sich nicht in einen europäischen Konflikt einmischen. Wir können immer noch unseren Traum von einem Vierten Reich verwirklichen. Es wird nur ein wenig komplizierter sein, als wir es ursprünglich geplant hatten."

Goebbels nickte. "Es gibt immer einen Silberstreif am Horizont."

Die Generalin wandte den Kopf und sah Goebbels an. "Genau, Herr Oberst, wie poetisch. Heute wird mein Vater gerächt werden. *Sieg Heil.*"

"Sieg Heil", antwortete Goebbels und salutierte.

Als Decker und die anderen im Chaos vor dem Hauptquartier der Abteilung 89 zum Stehen kamen, konnte man Gehrlich in der Ferne verzweifelt winken sehen.

Er wich vor einem schwarzen BMW zurück, der in einer Straße voller Anwälte, Ärzte und einer Bank nicht gerade fehl am Platz war. In Gehrlichs Hand befand sich ein Geigerzähler, den er so vorsichtig hielt, als würde er jeden Moment explodieren.

"Dieses Auto schlägt voll aus, wenn ich den Geigerzähler darüber halte", sagte er, als die anderen herbeieilten, "ich glaube, ich habe sie gefunden."

Ohne einen Moment zu zögern, nahm Decker ihre Pistole und schlug damit das Fenster ein. Sie griff hinein, klappte das Schloss auf und öffnete die Tür. Es dauerte nicht lange, bis sie die Bombe fand - sie lag hinter dem Fahrersitz unter einer Decke.

Als Gehrlich das sah, sah er aus, als müsste er sich gleich übergeben.

"Ist das Ding echt?", keuchte er.

"Nehmen wir an, es ist so", sagte Schmitz, "wie lange dauert es, bis wir Experten hier haben, um das Ding zu entschärfen?"

"Dafür haben wir keine Zeit", sagte Decker, "das Ding läuft in zehn Minuten ab. Ich schlage vor, Ihr rennt so schnell wie möglich, um Euch selbst zu retten."

"Ihr?", sagte Schmitz, "wenn wir rennen können, kannst Du das auch."

"Jemand muss die Lage hier retten", sagte sie grimmig, "ich werde wohl mein Bestes tun, um sie zu entschärfen. Ich kann nicht weglaufen und Berlin zu einem zweiten Tschernobyl verkommen lassen."

"Ich habe eine bessere Idee", sagte Graf. Sie sprang auf den Fahrersitz und begann, den Motor kurzzuschließen. "Wie weit unten ist die Tiefgarage?"

Decker sah sie an. "Ich weiß es nicht. 50 Meter vielleicht. Wahrscheinlich ein bisschen mehr. Warum?"

"Ich fahre mit dem Auto runter, laufe wieder hoch, die Bombe geht hoch", sagt Graf, "die Explosion bleibt unter der Erde, das Gebäude stürzt ein und schließt die Radioaktivität ein."

"Runterfahren und wieder hoch laufen?", sagte Brinkmann, "das ist eine beschissene Idee."

"Wenn Sie keine bessere Idee haben, bleib' ich bei meinem beschissenen Plan", sagte Graf, ließ den Motor an, schloss die Tür und trat das Gaspedal durch. Der Wagen raste durch die Tiefgaragenabsperrung ließ diese in Trümmern hinter sich zu Boden regnen.

Als das Auto um eine Ecke bog und unter Tage fuhr, fragte eine panischer Decker Brinkmann. "Warum ist das eine schreckliche Idee? Was krieg' ich hier nicht mit?"

"Fünfzig Meter hinunterfahren, die gleichen fünfzig Meter wieder hinauflaufen und dann aus dem Gebäude raus?", sagte Brinkmann, "wenn sie das in zehn Minuten schafft, fresse ich meine Hose."

Graf schwitzte, als sie den Wagen vorsichtig um die Kurven des Parkhauses lenkte. Das Parkhaus war fünf Stockwerke tief und sie war fast ganz unten.

In der untersten Etage angekommen, bremste sie und öffnete die Tür.

Aber die Tür ließ sich nicht öffnen.

Was zum Teufel, dachte sie. Plötzlich überkam sie eine Welle der Panik, aber sie erkannte, dass Decker zuvor das Fenster eingeschlagen hatte, also zog sie sich vom Sitz hoch und warf sich mit den Füßen voran durch das zerbrochene Fenster. Als ihre Füße den Boden berührten, knickte einer ihrer Knöchel ein und ein Schmerz schoss durch ihren Knöchel hoch durch ihr Bein.

Sie wagte es nicht, noch mehr Zeit zu verschwenden. Der Zeitzünder für die Bombe lief wahrscheinlich nur noch wenige Minuten, und sie musste loslaufen. Aber als sie Druck auf ihren Knöchel ausübte, zuckte sie zusammen und begann zu hinken.

Plötzlich wurde ihr klar, dass sie es nicht schaffen würde.

KAPITEL
NEUNZEHN

Die von Graf verbreitete Geschichte über das Gasleck begann langsam zu bröckeln. Nachrichtenhubschrauber, die die chaotische Straße überflogen, sahen in den Händen eines Technikers etwas, das wie ein Geigerzähler aussah. Sie sahen auch, wie eine dunkelhaarige Frau eine Autoscheibe einschlug und eine andere in das Auto sprang und in das Parkhaus raste.

"Was für ein Mensch setzt sich in ein Auto und fährt *in* ein Gebäude mit einem Gasleck?", fragte ein Nachrichtensprecher rhetorisch.

"Jemand, der versucht, dein gottverdammtes Leben zu retten", murmelte Unterwald, während er die Szenen mit Bundeskanzlerin Meyer in Wien verfolgte.

"Wird es funktionieren?", fragte Meyer, "können sie die Explosion unter der Erde halten?"

"Ich weiß es nicht", sagte Unterwald, "aber wenn noch Zeit gewesen wäre, sie zu entschärfen, hätte Decker schon Leute dazu geholt. Wenn dies die einzige verbleibende Option ist, müssen wir beten, dass alles klappt. So oder so wird diese Straße für sehr lange Zeit von der Karte gestrichen werden."

Graf begann, auf den Ausgang zu zu rennen, aber ihr verletzter Knöchel bremste sie stark aus. Sie bemühte sich, den Schmerz zu ignorieren, weil sie sich einredete, dass ein bisschen Schmerz besser sei als die Alternative. Aber ihr Knöchel war schwer verstaucht, vielleicht sogar gebrochen, und so sehr sie auch versuchte, den Schmerz auszublenden, er durchfuhr sie bei jedem Schritt.

Gerade als sie sich im Stillen von allen verabschieden wollte, ertönte ein lautes Brüllen und Graf schaute auf, um zu sehen, was das für ein Geräusch war. Zu ihrer enormen Erleichterung war es Decker auf ihrem Motorrad.

"Steig hinten auf!", rief sie, "sofort!"

Graf richtete sich auf, humpelte hinüber und schwang ihr Bein behutsam über den Rücksitz des Motorrads. Kaum hatte ihr Hintern den Sitz berührt, ließ Decker den Motor an, wendete das Motorrad und schoss in Richtung Ausgang davon.

"Jetzt werden wir sehen, ob Zeit und Glück auf unserer Seite sind", rief Decker.

Bevor sie auf ihre Maschine gestiegen war, um Graf zu retten, hatte Decker allen befohlen, so schnell wie möglich weg von dem Gebäude zu rennen. Schmitz war den Tränen nahe, als er versuchte, nicht zu gehorchen, aber Decker hatte ihm in Aussicht gestellt, dass er sich vor einem Kriegsgericht wiederfinden würde, wenn er nicht sofort losliefe.

"Dann stell mich vor ein Kriegsgericht", schrie er, "ich lasse euch nicht im Stich!". Schließlich wurde er jedoch von Brinkmann und Amsel weggezerrt, die einsahen, dass es sinnlos war, gemeinsam zu sterben. Wenn Decker entschlossen war, ihr Leben aufs Spiel zu setzen, konnte sie niemand davon abbringen. Schon gar nicht am Ende des Countdowns.

Die Mitarbeiter waren aus dem Hauptquartier der Abteilung 89 evakuiert und befanden sich nun einige Straßen weiter. Schmitz und die anderen rannten zu ihnen hinauf und hofften, dass Decker und Graf es noch rechtzeitig schaffen würden, zu ihnen zu stoßen. Aber er hatte das ungute Gefühl, dass er sie nie wieder sehen würde.

Er schaute auf seine Uhr. "Wie viel Zeit bleibt noch?", fragte er Amsel.

"Eine Minute oder weniger?", fragte Amsel hilflos.

Die Zeit schien sich zu beschleunigen, als Deckers Ducati die obere Ebene des Parkhauses erreichte und sie wieder Tageslicht sehen konnten. Sie wussten nicht mehr, wie viel Zeit ihnen noch blieb. Jetzt mussten sie nur noch versuchen, so schnell wie möglich aus dem Parkhaus zu kommen.

Fünfzig Meter unter ihr, im Inneren des verlassenen BMWs, zählte die Bombe herunter.

5 .....

4 ....

3 ...

2 ..

1.

Deckers Motorrad schoss aus der Garage, als die Bombe mit einem gewaltigen Knall detonierte. Als sie in halsbrecherischem Tempo von dem kollabierenden Gebäude wegfuhren, begann der Boden wie bei einem gewaltigen Erdbeben zu beben.

Dann begannen die Zentrale der Abteilung 89 und alle benachbarten Gebäude langsam und systematisch wie ein Kartenspiel in sich zusammenzufallen. Rauch und Trümmer regneten herab, und ein großes Trümmerstück traf das Heck von Deckers Motorrad, und brachte das Motorrad zu Boden. Bald waren beide Frauen vollständig von Staub und Trümmern bedeckt, und keine bewegte sich. Blut floss über ihre Gesichter.

Als die Explosion nachließ und die Gebäude schließlich vollständig eingestürzt waren, hörte man nur noch Schmitz, der sich die Seele aus dem Leib schrie.

"Decker!", rief er, "Graf!"

Brinkmann und Amsel versuchten, ihn zurückzuhalten, aber Wolfgang Schmitz ließ sich nicht aufhalten. Er riss sich von seinen Kollegen los und rannte zum Epizentrum und zu den beiden unbeweglichen Körpern von Graf und Decker. All das wurde in den Kabelnachrichten gezeigt, wo ein idiotischer Nachrichtensprecher sardonisch sagte:

"Liebes Publikum, was auch immer das war, es war mit Sicherheit kein Gasleck."

"Decker?"

"Uuurgh..."

"Decker, bist du okay?"

"Uuurgh..."

Schmitz, der die Trümmer von ihr wegzog, sah erleichtert aus, Tränen liefen ihm übers Gesicht. "Ich nehme an, das heißt 'ja'."

Er wandte sich an Graf. "Graf, geht es Ihnen gut?"

Keine Antwort.

"Graf?"

Schmitz überprüfte ihren Puls und sah erschrocken aus. "Oh Gott nein..."

Grafs leicht geöffnete, blinde Augen und die hässliche Wunde an ihrem Hinterkopf, wo die Trümmer sie getroffen hatten, sagten ihm alles, was er wissen musste.

Im Büro des Premierministers in Wien herrschte Schweigen. Alle Blicke richteten sich auf Bundeskanzlerin Meyer, die auf einem Sofa saß und fassungslos auf das blickte, was sie auf dem Fernsehbildschirm sah. Ihr Mund öffnete und schloss sich wie ein Fisch, während sie versuchte, Worte zu finden, die einfach nicht kommen wollten.

Als sie endlich ihre Stimme wiederfand, sah sie Unterwald an, der so aschfahl aussah, wie sie selbst.

"Hans", sagte sie, "gib eine Presseerklärung ab. Sagen Sie den Medien, dass die deutsche Regierung aufgrund einer glaubwürdigen Bedrohung durch eine Atomexplosion evakuiert wurde. Betonen Sie, dass die Regierung immer noch funktioniert und dass die Verantwortlichen für dieses Verbrechen gnadenlos zur Strecke gebracht werden.

Unterwald nickte. "Betrachten Sie es als erledigt."

Als die Erklärung veröffentlicht wurde, brach in den internationalen Medien ein Sturm der Entrüstung aus. Niemand war jedoch schockierter als die Generalin, deren Feierlichkeiten und Gedanken an ein Viertes Reich durch die Nachricht, dass die deutsche Regierung nicht wie geplant ausgelöscht worden war, unsanft unterbrochen wurden. Goebbels fragte sich, wie er sich diskret aus dem Staub machen konnte, bevor sie mit der Suche nach einem Sündenbock beginnen würde.

"Wir werden uns neu formieren", sagte Goebbels, "es noch einmal versuchen..."

"Es noch einmal versuchen", sagte die Generalin ruhig, "wissen Sie, wie viel Geld und Zeit in dieses Unternehmen geflossen ist? Und wofür? Alles umsonst!", spuckte sie zornig aus.

Sie schnippte mit den Fingern und gab ihren deutschen Schäferhunden, die unruhig im Zimmer umherliefen, ein Zeichen. Auf dieses Signal hin stürzten sich die Hunde auf Goebbels. Goebbels schrie auf, als sich die Hunde in sein Fleisch bissen, und das letzte, was er sah und hörte, waren Hitlers Worte:

"Wir *werden* uns neu formieren, Oberst - aber nicht mit Ihnen."

KAPITEL ZWANZIG

Feldwebel Sabine Graf wurde in ihre Heimatstadt Hamburg zurückgebracht und in Anwesenheit von Hunderten von Offizieren der Abteilung 89 mit allen militärischen Ehren beigesetzt. Ihr Vater, ein Oppositionspolitiker, der Meyer leidenschaftlich hasste, schluchzte unkontrolliert, als Meyer eine bewegende Grabrede hielt, in der er Graf als Heldin und Patriotin bezeichnete, die das Leben unzähliger Menschen gerettet hatte.

Als Grafs Sarg von Decker, Schmitz, Amsel und Brinkmann aus der Kirche getragen wurde, standen alle in der Kirche auf und senkten ihre Köpfe. Einige salutierten. Viele weinten. Jeder verabschiedete sich auf seine persönliche Weise.

Der britische Premierminister Miles Channing saß im Kabinettssaal und signierte einen Stapel Papiere in einem kleinen, roten Kasten auf seinem Schreibtisch. Doch in

Wahrheit war er mit seinen Gedanken ganz woanders. Seit der Atomexplosion in Berlin fürchtete er, dass der deutsche Geheimdienst seine geringe Beteiligung daran aufdecken würde.

Auch wenn er sich damit herausredete, dass er nicht direkt für die Geschehnisse verantwortlich war, wusste er, dass die internationale Gemeinschaft und insbesondere die britische Öffentlichkeit das niemals so sehen würde. Sie wären zu Recht entsetzt darüber, dass ihr gewählter Regierungschef auch nur im Geringsten mit einem verheerenden, schrecklichen Anschlag in Verbindung gebracht wurde. Ein Anschlag, bei dem ein deutscher Geheimdienstoffizier ums Leben kam und ein Teil der Berliner Innenstadt in ein unbewohnbares radioaktiv verseuchtes Sperrgebiet verwandelt wurde.

Und Channing wusste, was das bedeutete. Es bedeutete, dass *sie* hinter ihm her war. Sie würde niemals zulassen, dass der Tod ihres Offiziers und die Zerstörung ungesühnt blieben. Seine Hand zitterte unwillkürlich, als er an Decker dachte und daran, was sie ihm antun würde, wenn sie jemals in seine Nähe käme. Ihr Ruf eilte ihr voraus.

Seine Gedanken wurden durch ein leises Klopfen an der Tür unterbrochen.

"Herein", sagte Channing.

Die Tür öffnete sich und gab den Blick auf Sir Edward Davies frei, der einen Aktenordner bei sich trug.

"Ich habe zwei Dinge für Sie, Herr Premierminister", sagte er, "erstens, meinen Rücktritt als Ihr Stabschef. Zweitens rate ich Ihnen, mit sofortiger Wirkung zurückzutreten.

Wenn Sie das nicht tun, werden die Deutschen Ihre Rolle bei dem Atombombenzwischenfall aufdecken. Wenn Sie stillschweigend zurücktreten, hat man sich bereit erklärt, Ihre Verhaftung und Auslieferung an den Internationalen Strafgerichtshof nicht zu fordern."

Channing war erschüttert. "Ich werde mich nicht von den verdammten Deutschen aus dem Amt jagen lassen. Und die ICC wird mich niemals anklagen."

"Darauf würde ich nicht wetten", sagte Davies, "diese Akte enthält Kopien aller Beweise, die auf Gonzalez' Computer gefunden wurden. Wie Sie im Vorstand der Waffenfirma sitzen, die einem bekannten Drogenhändler die Bauteile für eine Bombe verkauft hat. Wie ein Mann mit engen Verbindungen zu Ihnen und zur ehemaligen Sowjetunion, das Uran an Gonzalez verkauft hat. Dieselbe Bombe und dasselbe Uran, wegen dem jetzt Berlin im Dunkeln leuchtet."

Channing sah aus, als würde er gleich weinen. "Ich habe keine andere Wahl, oder?"

Davies blickte ihn ohne eine Spur Mitleid an. "Nein, haben Sie nicht. Und Sie haben verdammtes Glück, dass Sie diesen Deal von den Deutschen bekommen haben. Gehen weit Sie weg, Sir, verbringen Sie mehr Zeit mit Ihrer Familie und schreiben Sie Ihre Memoiren. Überlassen Sie diesen Job jemandem, der die Integrität hat, ihn ehrenhaft zu erledigen."

Es war ein heißer, heller Sommertag in Chile, als die Generalin aus ihrem Privatflugzeug stieg. Das Komplott zur

Destabilisierung Deutschlands und damit auch der EU war ein peinliches Durcheinander, und die Demütigung brannte tief in ihrem Inneren. Trotz ihrer Herkunft war ihre Glaubwürdigkeit als Anführerin der extremen Rechten nun ernsthaft untergraben, und die Leute lachten offen über sie.

Wenn es etwas gab, das sie mehr als alles andere hasste, dann war es, ausgelacht zu werden. Ob Ihrer Herkunft war ihr Respekt geschuldet, nicht Spott.

Sie warf einen Blick auf ihre Sicherheitsleute, als sie in ihr schwer gepanzertes Auto stieg. Sie würde es nie zugeben, aber sie vermisste Berger. Sie bedauerte, ihn getötet zu haben. Sie verstand immer noch nicht, warum sie es getan hatte, aber es gab kein Zurück und keinen Weg, die Vergangenheit ungeschehen zu machen. Berger war tot und würde es auch bleiben

Während der Fahrt zurück zu ihrem Anwesen starrte die Generalin aus dem Autofenster und dachte nach. Was würde ihr Vater zu dem Debakel in Deutschland sagen? Würde er sich schämen oder wäre er stolz, dass sie es so weit gebracht hatte? Höchstwahrscheinlich würde er sich genauso schämen wie sie selbst.

Sie schnaubte angewidert. Sie hatte nicht einmal eine Erinnerung an ihn. Sie wurde nach seinem Tod geboren. Alles, was sie hatte, war das, was ihre Mutter, Eva Braun, ihr vor ihrem Tod erzählt hatte. Warum machte sie sich so viele Gedanken darüber, was ein toter Mann wohl denken würde?

Werd' erwachsen, Klara, sagte sie zu sich selbst, reiß dich *zusammen.*

Als die Generalin auf dem Anwesen ankam, stieg sie aus dem Auto aus und ging zu ihrer Haustür. Doch bevor sie diese erreichen konnte, traf sie ein Schuss in den unteren Rücken.

Der Schmerz war schrecklich. Sie hatte schon öfter auf Menschen geschossen, aber sie selbst war noch nie angeschossen worden. Sie hatte nicht geahnt, dass es so weh tun konnte. Mit großem Schrecken stellte sie fest, dass sie ihre Beine nicht mehr spüren konnte.

Die Kugel hatte sie gelähmt.

Als sie versuchte, sich die Auffahrt zu ihrer Haustür hochzuziehen, hörte sie, wie jemand den Weg zu ihr hinaufging. Bei der Art und Weise, wie die Person ruhig ging, war es klar, dass es nicht ihr Sicherheitsdienst war, der ihr zu Hilfe kam.

Ein Schatten zog über ihr Gesicht und die Generalin blickte auf, um das kalte, leidenschaftslose Gesicht einer langhaarigen Brünetten zu sehen, die ganz in Schwarz gekleidet war und ein schallgedämpftes MP5 Heckler und Koch Maschinengewehr in der Hand hielt.

"Wer sind Sie?", flüsterte die Generalin. Sie spürte Blut in ihrem Mundwinkel.

"Major Sophie Decker, Abteilung 89", sagte die Gestalt in Schwarz, "und Sie haben mein Hauptquartier mit Ihrer Atombombe in die Luft gejagt. Ich bin hier, um mit Ihnen abzurechnen."

Die Generalin lachte leise. "Abrechnung? Warten Sie, bis mein Sicherheitsdienst hier ist. Dann werden Sie sehen, was Sie bekommen. Und es wird nicht das sein, wofür Sie gekommen sind."

Decker kniete nieder und sah Klara Hitler in die Augen. "Ihr Sicherheitsteam kommt nicht. Sagen wir einfach, mein Team hat es dauerhaft ausgeschaltet."

Der Kopf der Generalin sackte nach vorne auf den kühlen Boden. "Wirst du mich umbringen?", fragte sie schließlich.

"Ja", sagte Decker, nahm ein scharfes, gezacktes Messer und schlitzte der Generalin die Kehle von einem Ohr zum anderen auf. Der brennende Schmerz ließ die Generalin laut aufstöhnen. Sie legte ihre Hand an die Kehle und betrachtete das Blut an ihren Fingern mit Unverständnis. Während sie verblutete, breitete sich eine riesige Menge Blut um sie herum aus.

"Das ist für Sabine Graf", sagte Decker. Sie holte ihr verschlüsseltes Funkgerät heraus. "Hol mich ab, Schmitz, und dann nichts wie weg von hier. Ich hasse dieses verdammte Land."

Du bist noch nicht fertig.
Deine nächste Mission wartet schon.

Das nächste Boxset – Abteilung 89 Bücher 15-17

➡️ Jetzt lesen, kostenlos mit Kindle Unlimited

Printed in Poland
by Amazon Fulfillment
Poland Sp. z o.o., Wrocław

61526676R00236